U0044367

醫統江山

第二輯

卷14

生死相搏

石章魚 著

一醉解千愁，
無非是自我欺騙
為何有些人總是不停地喝醉
因為他們想不停地麻醉自己

目錄

第一章

靠山崩塌殆盡

薛靈君顫抖了一下，心中一股冷意瞬間行遍全身，
她確信自己沒有聽錯，母后薨了？
李沉舟應該不會在這樣的大事上撒謊，
瞬間的悲傷過後，薛靈君又迅速冷靜了下來，
她開始考慮自己的處境，考慮李沉舟率兵前來的真正用意。

一個孤獨的身影走出了靖國公府的後門，迎著漫天風雪步履蹣跚的艱難行進。簡融心失魂落魄地走著，靖國公府和她的娘家本來就在同一條街道，不到二里的距離，卻因為風雪而變得遙不可及，這樣的雪夜，李沉舟絕情的話已經擊碎了她所有的幻想，她不知自己要做什麼？渾渾噩噩地走出了房間，渾渾噩噩地走出了靖國公府的後門，沒有任何人過來阻止，更沒有一個人過來挽留。瞬息之間，彷彿她已經被這個世界所拋棄。

簡融心甚至沒有來得及穿上她的外氅，就這樣來到了大雪飄飛的寒夜，她的人就快冰封，她的內心已經感覺不到一絲一毫的溫暖。不遠處的酒肆仍然燈火通明，不時傳來歡聲笑語，那是客人正在飲酒賞雪。

看到燈光，簡融心想起了父親的音容笑貌，家的輪廓在她內心中漸漸變得清晰起來，她深深吸了一口清冷的空氣，冒著風雪向前方走去。

酒肆內胡小天和夏長明兩人相對而坐，他們來到這裡的原因既不是賞雪也不是為了飲酒，而是因為這座酒肆距離靖國公府最近，胡小天要趁著今晚大雪的掩護夜探靖國公府。簡融心的出現是一個意外，胡小天本以為自己看錯，可是以他的目力發生這種誤差的可能性微乎其微，眼前的一幕實在太不合乎常理，靖國公府的少奶奶，李天衡的夫人，大雍才女簡融心竟然在風雪之夜悄然離開了家門，從她的穿著來看，應該是突然離開，甚至可能是被趕出來的。

胡小天在認出簡融心之後，第一個念頭就是圈套？怎麼可能？簡融心怎麼可能獨自一人離開靖國公府，尤其是在這樣的風雪之夜？然而他們可以清楚地看到簡融心的身後並未有任何人隨行。

夏長明並未對這個剛剛經過的孤身女子提起任何的注意，胡小天低聲道：「長明，我先走，今晚的計畫取消。」

夏長明微微一怔，計畫就是夜探靖國公府，胡小天只說取消，並未說明因何要突然取消這個計畫。

胡小天來到酒肆外，望著前方在風雪中已經身影模糊的簡融心，不由得皺起雙眉，他轉身看了看靖國公府的方向，沒有任何人跟出來，此事實在是蹊蹺。

望著抱著雙臂，瑟縮走在風雪中的簡融心，胡小天不禁心生憐意，他牽過自己的坐騎，翻身上馬，縱馬趕了上去，經過簡融心身邊的時候，停了下來，朗聲道：「這位姑娘，因何深夜獨自一人躑躅街頭？有沒有什麼我可以幫你的地方？」

簡融心的目光似乎已經凝結，又彷彿根本沒有聽到他的說話，只是默默向前。

胡小天因為易容的緣故自然不怕本來的身分暴露，他翻身下馬，將自己的黑色貂裘脫下為簡融心披在肩頭。

簡融心沒有拒絕，因為她就快支持不下去了，她根本無力拒絕胡小天的好意，她感覺自己隨時隨刻都可能倒下，如果不是想回到家裡，見到父親的信念在支持著自己，她此刻已經倒下。

李沉舟已經完全恢復了冷靜，端起桌上的那杯酒一口飲盡，然後一把抓起了桌上的長刀，虎魄，此刀乃是刀魔風行雲贈予他的愛徒文博遠所用，文博遠死後這把刀落在了李沉舟的手中，李沉舟從文博遠佩戴的另外一半雙魚玉佩辨認出了他的身分，方才得知自己身世的秘密。

李沉舟大踏步走出門外，外面一名黑衣人靜靜候在那裡，宛如雕塑般一動不動，李沉舟來到他面前的時候，他方才抱拳行禮道：「主公！一切準備停當！」

李沉舟點了點頭。

那黑衣人又道：「只是途中出了一點點的偏差！」

李沉舟唇角一動：「什麼偏差？」

「多了一位路人！」

李沉舟的面孔因痛苦而抽搐了一下，讓他的表情變得猙獰而扭曲：「是誰？」

「不認識，應該是偶然出現幫忙！」

李沉舟道：「自己送死，怨得誰來！」

簡融心終於看到了自家的大門，鼻子一酸有種要流淚的衝動，可是她的淚水已經凝結，她知道身邊有一名男子始終陪伴著自己，護送著自己，身上的貂裘就是拜他所贈，她本該向那男子道謝，可是她此刻任何話都說不出口，輕輕叩響了門環，無人應聲，簡融心用力一推，大門在吱嘎聲中開啟了。

胡小天陪伴簡融心來到這裡，一半是源於同情，還有一半是因為好奇，他實在難以想像簡融心為何會淪落到這般模樣？李沉舟在他的印象中一直都是個溫文爾雅的君子，記得他們夫婦二人一直在人前極其恩愛，緣何會發生今晚這一幕？就算是傻子也能夠看出夫妻兩人必然發生了矛盾，簡融心應該是負氣出走，

可就算是負氣出走，李沉舟也應該派人護送，在這樣的風雪之夜，即便是兩家距離不遠，讓妻子孤身一人衣著輕薄獨自離開，他又怎能放心得下？

胡小天不由得想起了薛靈君的條件，她讓自己殺掉簡融心，眼前可謂是一個絕佳的時機，可是薛靈君想要通過殺死簡融心以打擊李沉舟的目的看來根本無法達到。如果簡融心在李沉舟的心目中真的重要，眼前的一幕就不會發生。

簡融心想要走入家門，卻被一隻有力的大手抓住了手臂，胡小天低聲提醒她道：「不要進去。」

簡融心用力甩開胡小天的手掌，不顧一切地向裡面奔去，剛剛奔出幾步，腳下一絆，就踉倒在地，卻是被一具屍體絆倒，其實那屍體早就躺在那裡，只是被飛雪遮住所以並不明顯，簡融心看到那屍首驚得美眸圓睜。

胡小天大步來到簡融心的面前，低聲道：「快走，這裡是個圈套！」

簡融心搖了搖頭，一顆芳心恐懼到了極點，想起剛才離開靖國公府的父親，她整個人變得六神無主，喃喃道：「爹……爹……」她從雪地上爬起來，克服心頭的恐懼拂去那屍臉上的積雪，借著雪光辨認出死者並非是她的父親，乃是管家簡安。

胡小天暗叫不妙，從眼前的一幕來看，簡家很可能遭遇了滅門，什麼人會做這種事，簡洗河不僅僅是大雍大學士，更是李沉舟的岳父，誰敢動他？

看到在雪地中茫然四顧的簡融心，胡小天頓時明白了什麼，如果說這是一個圈套，這個圈套絕非針對自己，自己只是剛巧看到誤打誤撞闖進來的一個路人，簡家才是目標，簡融心這位靖國公府的少奶奶，也不過是其中的一個犧牲品罷了。

雪仍在下，掩蓋了一具具的屍體，掩蓋住了血腥，可是掩蓋不住四伏的危機，眼前的平靜只是暫時的。

簡融心來到了父親的書房。

書房內燭火未熄，大學士簡洗河靜靜坐在書桌前，胸前一個血洞，前襟之上滿是鮮血，血液已經凝固，簡洗河也斷氣多時，簡融心看到眼前一幕，頓時感到天旋地轉，叫了一聲爹爹，撲倒在他的身上，已經暈厥過去。

胡小天來到簡洗河身前，伸出手去摸了摸他的頸部血管，確信簡洗河已經死去，因為天寒地凍的緣故，簡洗河的身體早已變得冰冷。外面傳來細碎的腳步聲，胡小天的耳廓微微一動，英俊的面龐平靜如昔，他先將簡融心背起，利用她的裙帶，將她仔細捆綁在自己的背上，然後吹熄了燭火，從腰間緩緩抽出了破風。

外面重新歸於寂靜，除了簌簌的落雪聲再也沒有其他的動靜，胡小天卻感覺到前所未有的危險正在向他迫近。背後的簡融心陷入短暫的昏迷中，這樣至少可以讓她在這段時間內遠離悲傷。

胡小天忽揚起手中破風，手起刀落，劈斬在伸手不見五指的夜色中，噹！火星四射，一支破窗而入的羽箭被胡小天一刀斬落。一刀過後，數十支羽箭從四面八方射向房內，鋒利的鏃尖穿透格窗，胡小天的身軀螺旋般升騰而起，手中長刀在他和簡融心的身體四周形成一道無懈可擊的刀盾，鏃尖叮叮噹噹地撞擊在刀盾之上。

胡小天選擇的突破口在屋頂，蓬的一聲巨響，書房的屋頂被他破出一個大洞，胡小天背負簡融心出現在屋頂之上。俯首望去，卻見數十名黑衣武士已經進入簡府，在簡府的大門外，一支數百人的隊伍也已經抵達。

胡小天不敢戀戰，騰空一躍，施展馭翔術，宛如一隻大鳥一般向後門方向飛掠而去，身後數十支羽箭向他射來，胡小天在空中揮動長刀，將射向自己的羽箭盡數擊落。

可是不等他落地，後門處也有百餘名武士蜂擁而至，胡小天足尖在圍牆上輕輕一點，身軀再度飛起，但見周圍道路之中到處都是聞訊趕來的兵馬，胡小天雖然武功卓絕，可是看到眼前一幕也不由得暗自心驚，一切果然都早有準備，一場劇變就在今夜。

危急之時，卻見一道白光從空中俯衝而至，胡小天定睛望去，心中大喜過望，乃是夏長明的一隻雪雕，雪雕在這樣大雪紛飛的夜裡便於隱藏身形，其實剛才就已經棲息在對面樓頂的飛簷之上，因為一動不動，彷彿和屋簷上的積雪融為一體，所以並未被人發現。

胡小天提起一口氣來，迎向雪雕，身軀穩穩落在雪雕背上，雪雕振翅向空中飛去，雪雕的負載能力雖然比不上飛梟，但是短距離內負載兩人也沒有太大的問題。

雪雕負載胡小天兩人越飛越高，很快就消失在飛雪之中，那下方前來圍堵的軍隊並未看清發生了什麼，瞄準空中漫無目的地射箭，可因為大雪的干擾，又加上雪雕飛行速度奇快，他們的射擊並未給雪雕帶來任何傷害。

長公主薛靈君從夢中驚醒，她剛剛做了個噩夢，夢到自己躺在一片血泊之中，那血全都是從自己的身上流出，驚得她冒出了一身冷汗，捂著急促起伏的胸口，薛靈君驚魂未定地喘息著，外面風雪仍然在下著，室內卻是溫暖如春。急促的敲門聲將她嚇了一跳，薛靈君怒道：「什麼人？」

外面傳來貼身侍女劍萍惶恐的聲音：「殿下，外面來了好多兵馬，將府邸團團圍困起來了。」

薛靈君心中一驚，她披上長衣從床上下來，並沒有馬上去開門，而是來到窗前傾耳聽去，她聽到的只有落雪聲，一切似乎平靜如昔，可劍萍不會欺騙自己。打開房門，讓劍萍進來，劍萍身上也沾染了不少雪花，俏臉之上滿是惶恐之色：「殿下，外面來了好多人馬。」

「何方人馬？」薛靈君臨危不亂鎮定如昔。

劍萍搖了搖頭，她並不清楚外面的兵馬是何人所派，只知道哪些兵馬現在將府邸圍困，並沒有採取下一步的行動。

薛靈君淡淡笑了笑，不慌不忙地來到銅鏡前，對著鏡子整理著自己的妝容。

劍萍看到她在這種時候居然還惦記著化妝，忍不住道：「殿下……」

薛靈君淡然自若道：「幫我梳頭！」

慈恩園內，哭聲震天，接到老太后死訊的臣子們匆匆趕到了這裡，當然不是每個臣子都有資格得到消息，這其中包括太師項立忍、吏部尚書董炳泰、禮部尚書孫維轅。燕王薛勝景一身重孝跪在母后遺體前，哭得也是涕不成聲。

大雍皇上薛道洪、新近被封為明王的薛道銘也都聞訊來到了這裡，和明王一起過來的還有董淑妃。

老太后離世遭受打擊最大的人要數這幫老臣子們，其實說起來在場的多數人都是暗暗害怕，現在唯一能夠制衡薛道洪的人已經不在了，他以後勢必會變本加厲，以雷厲風行的手段清掃這些政見不同者。

薛道洪哭了一會兒，他向董公公道：「太皇太后身體一直康健，怎會突然就發生這種事情？」

董公公抽噎道：「陛下……太皇太后晚上還好好的，可是按照柳長生所開藥方服下湯藥之後不久就叫腹痛，奴才還未來得及將太醫請來，太后她老人家已經不行了……全都是奴才的疏忽，陛下賜我死罪吧……」他哭得昏天黑地，旁人眼中果然是忠心奴僕，可實際上這廝卻一手策劃了蔣太后之死。

薛道洪怒道：「朕早就說過那柳長生父子不可信，想不到太皇太后幫忙救了他們，他們非但不知感恩反倒恩將仇報，來人！把他們父子二人凌遲處死！」

一旁太師項立忍道：「陛下，萬萬不可，萬萬不可啊！」

薛道洪臉色陰沉道：「因何不可？為何不可？」

項立忍恭敬道：「陛下，那柳玉城父子只不過是神農社的郎中，他們因何要害太皇太后？做這種事情對他們又有何好處？他們的背後必然有人指使，還望皇上切勿急於為太皇太后復仇，先查明真相再說。」

一旁董公公又道：「有句話不知奴才該不該說……」

薛道洪怒道：「你吞吞吐吐作甚，有什麼全都說出來，若敢有半點欺瞞，朕要了你的腦袋。」

董公公道：「其實太皇太后對柳家父子是不熟悉的，乃是因為長公主殿下代為求情，所以太皇太后才出面向皇上把他們父子保了出來。」

眾人聽到這裡內心全都是一沉，燕王薛勝景雖然從頭到尾都沒有向這邊看上一眼，可是他卻無時無刻不在關注著這邊發生的事情，董公公所說的誠然都是事實，可是薛靈君無論如何也不可能殺死自己的親娘？這樣做對她又有什麼好處？

李沉舟率人包圍了駙馬府，這座駙馬府，自從駙馬洪興廉死後，事實上就只有長公主薛靈君孀居於此，自從薛靈君嫁入洪家之後，洪家就陸續遭遇不幸，薛靈君也因此得到克夫之名，到洪興廉死後，但凡和她有過交集的男子無一倖免，全都無法逃脫噩運，這也讓薛靈君成為眾人紛紛避之不及的不祥之人，是以薛靈君雖然美豔無雙，對她愛慕者不少，但是真正敢於接近她的男子卻是少之又少，都說石榴裙下死做鬼也風流，可很少有人當真捨得為了一個女人丟了性命。

李沉舟深深吸了一口氣，將胸口的濁氣和鬱悶全都擠壓出來，然後抖了一下身上的黑色貂裘，緩步向大門處走去，一切都在他的掌握之中。

一名手下來到他的面前低聲道：「將軍！長公主就在裡面，要不要抓她出來見您？」

李沉舟冷冷向那名手下看了一眼，顯然是在責怪他的無禮，至少在目前皇上並沒有降罪於長公主，又有什麼理由抓她？

那名手下嚇得垂下頭去。

薛靈君靜靜坐在房間內，親自畫的妝容無比精緻，望著銅鏡中的自己，確信從這張俏臉上挑不出半點瑕疵，方才滿意地笑了笑。

出門打探消息的劍萍匆匆奔了進來，顫聲道：「殿下，李……沉舟來了……」

薛靈君將妝台上的紫金鳳冠端端正正戴在頭上，輕聲道：「你去請他進來！」

劍萍點了點頭，心中暗自佩服薛靈君的鎮定，在這種時候仍然沒有表露出一絲一毫的慌張，儘管駙馬府被大軍團團圍困，儘管府中所有人都嚇得魂飛魄散六神無主，薛靈君仍然像任何事都沒有發生過一樣。

李沉舟在劍萍的引領下來到薛靈君的寢室，在平日裡他是不敢踏足此地的，這樣的行為必然會引來不少的閒話。可今日不同，局勢已經掌握在他的手中。

薛靈君身穿華麗的鳳飛九天的金色長裙，頭戴紫金冠，雖然只是背影朝著李沉舟，仍然流露出高高在上的貴氣，聽到李沉舟的腳步聲，她輕聲道：「李沉舟，你率人包圍本宮的府邸，驚擾我的好夢，究竟是什麼人給你這麼大的膽子？」

李沉舟抱拳道：「長公主殿下，臣此番前來並非有意驚擾您的好夢，而是有要事向殿下稟報！」他停頓了一下方才道：「太皇太后兩個時辰前薨了！」

薛靈君的嬌軀顫抖了一下，內心中一股森寒的冷意瞬間行遍全身，她確信自己沒有聽錯，母后薨了？李沉舟應該不會在這樣的大事上撒謊，瞬間的悲傷過後，薛靈君又迅速冷靜了下來，她開始考慮自己的處境，開始考慮李沉舟率兵前來的真正用意。薛靈君緩緩轉過身去，她的眼圈微微有些發紅，可是並沒有落淚，淚水於事無補，只會毀壞自己精緻的妝容，薛靈君是一個愛美到了極致的女人，她不允許自己在任何人的面前出現醜態，心在流淚，可是再悲傷又有何用？這突然轉變的局面讓她有些不知所措，她機關算盡卻沒有算到母后走得如此突然，她一直用來依仗的靠山崩塌殆盡，現在的她只能依靠自己。

李沉舟也不得不佩服薛靈君的冷靜，在她聽到母后的死訊之後並沒有表現出任何的慌亂，換成是自己也未必能夠做得到。

薛靈君道：「你是來陪我去慈恩園的？」

李沉舟搖了搖頭：「根據目前掌握的情況，太皇太后是在服用柳長生開出的藥方之後開始腹痛，太醫趕到之時已經無力回天。」

薛靈君心中已經完全明白了，柳長生父子乃是自己向母后求情，母后用讓他們為自己治病的藉口將他們解救出來，而現在柳長生父子已經淪為了殺人兇手，是自己將他們一手送入慈恩園，自己所需要承擔的責任可想而知。薛靈君點了點頭道：「原來你是來押我過去的，難怪會如此興師動眾。」說出這番話的時候，薛靈君心如死灰，自己本來想利用這件事讓胡小天幫忙剷除簡融心，從而打擊李沉舟，卻沒有想到聰明反被聰明誤，精心策劃的一切還沒有等到行動就已經被人所乘，有人利用柳長生父子謀害了母后，又將矛頭直指自己，現在的她可謂是作繭自縛。

薛靈君道：「皇上懷疑我？」

李沉舟道：「太皇太后之所以將柳長生父子叫到慈恩園，據說是因為長公主的緣故，此事不知是真是假？」

薛靈君望著李沉舟，美眸之中透著絕望的光芒：「你們設下圈套無非是想將本宮除去，死則死矣，何懼之有？」她的聲音陡然變得尖利起來。

李沉舟微笑道：「死有輕如鴻毛，也有重如泰山，長公主殿下當真願意這樣赴死？」

薛靈君厲聲道：「我因何要謀害自己的母后？母后死了對我有什麼好處？縱然是販夫走卒一樣可以看清這個道理，皇上想要除去我又何須找出如此荒唐的理由！」她的內心在一片悲涼的氛圍中，皇上想要除掉一個人本不需要藉口，母后死後已經無人可以克制皇上。也許這就是自己的最終命運，自己已經無力回天。

李沉舟點了點頭道：「其實長公主殿下對皇上並沒有什麼危害，皇上想要除掉的也並非是你。」

薛靈君聽出他話裡有話，她本是聰明絕頂之人，尤其是在生死關頭，對哪怕是任何一線生機都變得極其敏銳，低聲道：「你怎麼知道皇上的想法？」

李沉舟道：「太皇太后最近密集傳召了幾位老臣，密謀顛覆皇上。」

薛靈君咬了咬櫻唇，她搖了搖頭道：「我對此一無所知。」

李沉舟道：「太皇太后知道的事情未必肯對長公主說，長公主殿下的心思也未必肯讓太皇太后知道。沉舟不才，卻留意到一些發生在長公主身邊的事情。」他將一封早已寫好的書信遞給了薛靈君。

薛靈君接過那封書信，展開一看，頃刻間俏臉失了血色，美眸中流露出惶恐萬分的光芒：「你……」

李沉舟道：「你只需知道，在我心中和你一樣恨著他，這上面的所有事，我不會向任何人說，你儘管放心。」

薛靈君咬了咬櫻唇，顫抖的手將那封信湊在燭火上燒了，她已完全亂了陣腳。

李沉舟道：「這世上沒有人比我更恨他，他奪走了我的一切，我只有眼睜睜看著自己心愛的女人嫁給他人，我只能眼睜睜看著她受苦蒙難，卻愛莫能助，你知不知道，那是一種怎樣的痛苦？」他的目光燃燒著憤怒的火焰。

薛靈君從他的目光中捕捉到了什麼，她一步一步走向李沉舟，身上華麗的長袍宛如流水般滑落而下，露出裡面皎潔而成熟的軀體，她的每一寸肌膚都洋溢著致命的誘惑。

李沉舟望著她，目光變得灼熱而瘋狂，他忽然不顧一切地撲了上去，擁住薛靈君，雙手撕扯著她身上所有的束縛，用力揉捏著她的肌膚，吻住她的櫻唇，薛靈君以同樣的瘋狂迎合著，她的喉頭發出致命的誘惑聲：「……我什麼都給你……」她伸出手去想要解開李沉舟的衣物，卻被李沉舟一把抓住了手腕。

如此用力，薛靈君的俏臉因為痛苦而扭曲，她咬著櫻唇，嬌嗔道：「痛……」

李沉舟放開了她，向後退一步，緩緩轉過身去，低聲道：「穿上你的衣服！」

薛靈君極其順從地點了點頭，撿起地上的長袍，重新穿在身上，踮著腳尖來到李沉舟的身後，伸出嬌嫩的舌頭輕輕舐著他的耳垂，柔聲道：「我知道你怎麼看我，你看不起我。」

李沉舟忽然揚起右掌猛然向窗口劈去，掌風過處，窗口裂開一道足有三尺的裂痕，伴隨著一聲尖叫，躲在窗外偷聽的劍萍被李沉舟的無形掌刀劈中，身首異處，四肢手足仍然在雪地中不斷抽搐。

冷風從裂口處帶著飛雪撲入房內，室內的氣溫驟然降低，薛靈君不知是處於恐懼還是寒冷，猛然撲向李沉舟的身後，緊緊擁住他的身軀：「沉舟！我愛你，現在就算你殺了我，我也無憾！」

李沉舟緊閉雙目，低聲道：「簡洗河已經死了，簡融心被人劫走！」淚水從薛靈君緊閉雙眸中湧泉般流出，她顫聲道：「我可以為你做任何事！」

李沉舟搖了搖頭，他並不相信。

薛靈君抱得越發緊了：「我知道你怕什麼？我知道，因為我和你一樣害怕……沉舟，我什麼都不在乎，我只在乎你……」

李沉舟低聲道：「為什麼要救柳長生父子？」

薛靈君道：「因為胡小天找我。」

李沉舟內心劇震，難怪他會有一種不祥的預感，胡小天來了？他忽然想起簡融心的失蹤，難道這一切全都和胡小天有關？

薛勝景自從來到靈堂內就哭得昏天黑地，並沒有人懷疑他的真偽，畢竟死去的是他的親娘，而且蔣太后之死意味著他從此失去了靠山，現在的薛道洪已經再無顧忌，無需再忌憚任何人。

薛道洪站起身來，他向薛道銘使了個眼色，明王薛道銘慌忙跟隨他起身，兄弟兩人一起來到外面，雪仍然在下，薛道洪倒背著雙手，靜靜望著外面的飛雪。

薛道銘虛情假意地關切道：「皇兄，外面冷得很，千萬別著涼。」說話的時候，他還特地將自己的外氅脫下，為薛道洪披上，其實心中巴不得薛道洪去死，哪怕是病死也好。

薛道洪歎了口氣，吐出一道白氣，氣溫比起上半夜又低了不少，哈氣成霜，這是雍都最為寒冷的一段時光，他低聲道：「道銘，朕待你如何？」

薛道銘將腰身躬得如同蝦米一樣，畢恭畢敬道：「皇兄待我恩重如山，無微不至。」

薛道洪道：「朕雖然是大雍的皇帝，可這皇冠朕一點都不想戴，欲戴皇冠必承其重，你知不知道，朕自從登基以來，再也沒有睡過一個安穩覺。」

薛道銘心中暗罵，站著說話不腰疼，你不想當皇帝，早幹什麼去了？為何當初要跟我爭個你死我活？說這種風涼話給我聽嗎？

薛道洪道：「朕知道這番話沒人肯信，可是這大雍的江山不是朕一個人的江山，乃是我薛氏的江山，乃是我們兄弟的江山，穩固江山，繁榮大雍是你我共同的責任。」

薛道銘道：「皇兄但凡有用得著兄弟的地方，道銘必赴湯蹈火在所不辭。」

薛道洪轉身看了看他道：「若是發生了什麼事情，你會不會站在朕一邊？」

薛道銘道：「那是當然！」

此時金鱗衛統領石寬來到二人身邊，恭敬道：「啟稟陛下，長公主已帶到！」

薛道洪點了點頭，舉目望去，卻見風雪中有八人護送長公主薛靈君向靈堂走來，在薛靈君身邊陪同的正是李沉舟。薛靈君在走上台階的時候被石寬攔住了去路，她鳳目圓睜，怒喝道：「讓開！」

石寬向薛道洪看了一眼，薛道洪點了點頭，石寬這才讓開了道路。

一群人全都進入靈堂之中，其實靈堂就是老太后的寢宮，老太后的屍體仍然躺在床上。走入其中就聽到薛勝景的號哭聲，其他的大臣大都被隔絕於帷幔之外。

蔣太后的意外死亡給這幫老臣子的打擊無疑是巨大的，現在所有人內心都處於忐忑不安中，根據他們目前的情況來看，皇上必然要追究老太后的死因，而種種跡象表明，太后之死全都指向薛靈君，目前的證據對薛靈君極其不利。

所有人都等待著薛道洪的決斷，薛道洪看來並不急於做出決定，只是隨同眾人一起返回靈堂。

薛靈君看到母親遺容之時方才斷絕了心中全部的希望，不過她並沒有像薛勝景一樣哭得愁雲慘澹，甚至連一滴眼淚都沒有流下，在母后遺體前拜了三拜，然後站起身來到薛道洪的面前，恭敬道：「皇上是不是需要一個解釋？」

薛道洪點了點頭，精心布下了這個局，就是為了等她到來，如今證據確鑿，薛靈君縱有通天之能也無法逃脫罪責。他歎了一口氣，滿臉悲憤道：「朕實在不明白，你因何要做這種事？竟然串通外人謀害祖母！」

薛靈君淡然道：「太皇太后是陛下的祖母，卻是我的親娘，天下間哪有親生女兒殘害親娘的道理，可空口無憑，有些事我還是當著陛下和諸位大臣的面說個清楚，不知陛下肯不肯給我這個機會？」

薛道洪道：「你說吧！」他認為證據確鑿，就算薛靈君巧舌如簧，也無法改變今日的事實。

薛道洪向李沉舟看了一眼，李沉舟點點頭，意思是給薛靈君一個分辯的機會。

薛靈君道：「求我救出柳長生父子的人乃是胡小天！」

眾人都是一怔，雖然聽到胡小天的名字全都感到詫異，可隨即所有人又覺得胡小天對這件事起不到任何的作用，只是徒增一個裡通外國的罪名罷了，這位長公主也是病急亂投醫，在這種時候說出這種事情根本於事無補。

薛道洪道：「所以你就勾結胡小天謀害太皇太后？」他的指向性非常明確，步步緊逼，不給薛靈君任何的退路。

薛靈君道：「陛下為何不問胡小天因何會來找我？」

此時帷幔後的哭聲戛然而止，卻是薛勝景止住了哭聲，他也被外面發生的事情所吸引。

薛道洪充滿不屑道：「那就要問你自己了！」他已經決定要給薛靈君和胡小天定下一個勾搭成姦的罪名。

薛靈君道：「胡小天來找我之前，先找的乃是燕王！」

眾人的目光同時向帷幔後方投去，有人已經揭開了帷幔，薛勝景臃腫的身軀在靈床旁邊無所遁形，他仍然跪在床前，一雙小眼睛中的光芒鎮定如昔，不見任何慌亂，他對此早已有了充分的心理準備。大難臨頭各自飛，同胞兄妹又能如何？

薛道洪冷冷望著薛勝景：「皇叔，您又有何解釋？」

薛勝景呵呵笑了一聲道：「解釋？為何要解釋？其實誰人不是心明眼亮？我母后去世，誰人得到的利益最大？靈君，你一心自保，我不怪你，這皇室之中又豈容親情存在？」

薛靈君聽到這裡，心中居然生出些許的愧疚，可薛勝景有句話並未說錯，皇室之中豈容親情存在？

薛勝景點了點頭道：「其實我之今日就是爾等的明天，先皇在位這麼多年都未曾對我下手，枉我一心幫你登上皇位，你卻要屢屢相逼，置我於死地，你以為我死了你就可以安枕無憂，你以為害死了我母后，大雍就再無人可以讓你感到顧忌？」

薛勝景呵呵冷笑：「你若真是這麼想，那麼就將你父皇想得太簡單了，將太皇太后想得太簡單了，也將我想得太簡單了。」

薛道洪此時居然沉得住氣，平靜望著薛勝景，在他的眼中，這位皇叔早已成為甕中之鱉，說出這番話只是困獸猶鬥毫無意義。

薛勝景道：「大雍能夠發展到今日，固然因為你父皇英明神武，可是若無我在外默默耕耘為國經營，大雍的經濟也不會有今日之繁榮，若不是太皇太后一力保你，又怎能輪得到你這小畜生登上皇位？我和你姑姑兩人為你登基出力不少，到頭來還是落到被你謀害的下場，渤海國一事你謀害我們不成，現在竟然連太后一起坑害，薛道洪啊薛道洪，你果然狠毒！」

薛道洪微微一笑道：「朕念在你是長輩的份上給你留住情面，本想送你一條生路，可是你卻不知悔改，信口雌黃，誣我清白。」

薛勝景冷笑道：「昔日我敬你讓你，不是因為你是皇上，而是因為我顧全大局，不想大雍國土分裂，大廈崩塌，可惜我的退讓卻被你當成軟弱可欺，你不怕今日之所為寒了百官的心？」

薛道洪冷冷望著薛勝景，忽然揮了揮手，他對薛勝景已經忍無可忍。

薛勝景歎了口氣道：「你們不必過來，容我給我娘磕三個頭，辭別她老人家。」

薛道洪使了個眼色，石寬等金鱗衛於是止步不前，薛勝景的要求並不過分，若是自己連這都不同意，似乎不近人情，尤其是當著那麼多臣子的面，薛道洪還要偽裝出仁至義盡的模樣。

只見薛勝景恭恭敬敬在蔣太后的遺體面前磕了三個響頭，長歎一聲道：「母后，孩兒不孝，讓您沉冤無法昭雪，孩兒不可讓您的遺體再被他人利用。」說到這裡，突然整個地面震動起來，四周傳來蓬蓬之聲，瞬間煙霧瀰漫，氣味刺鼻。

眾人被這突如其來的震動弄得大驚失色，又擔心氣味有毒，一個個屏住呼吸，拂袖逃出，李沉舟第一個反應過來，一個箭步衝到靈床前，再看之時，卻見太皇太后的床榻竟整個翻轉了過去，連同薛勝景肥胖的身軀一起消失於眾人的眼前。

薛道洪本以為勝券在握，卻料不到薛勝景從自己眼皮底下逃生，氣得他火冒三丈，怒吼道：「給我搜，就算掘地三尺，也要將這逆賊找出來。」

一幫金鱗衛來到剛才靈床所在的地方，叮叮咚咚砸個不停，可是若沒有幾天的功夫想要將地面掘開根本沒有任何可能。

薛道洪冷冷望向薛靈君，就算薛道銘逃脫，就算薛道銘承擔了全部的罪名，他一樣不會放過薛靈君，將心中對薛道銘的仇恨全都轉嫁到了薛靈君的身上，咬牙切齒道：「你可知罪？」

薛靈君平靜望著薛道洪道：「我何罪之有？」

薛道洪怒道：「若非你勾結胡小天放出柳家父子，太皇太后焉能遭此不測？」

薛靈君呵呵笑道：「柳家父子是你所抓，放人也是你的決定，若我有嫌疑，你何嘗不是一樣有嫌疑？」

「放肆！」薛道洪怒吼道。

薛靈君毫無懼色道：「皇上若是認定我有罪，為何不敢讓那柳長生出來跟我對質，看看我有沒有讓他加害我的母后？」

薛道洪點了點頭道：「好！朕就給你一個明白！來人！將柳長生帶上來！」

一眾臣子望著眼前的一幕，全都暗自歎息，今晚發生的事情已經再明白不過，無論薛靈君救人的動機何在，她和燕王都不可能毒害自己的親生母親，骨肉親情是一，蔣太后活著是這兄妹二人最大的靠山，天下間沒有人會如此愚蠢，會自斷後路，自掘墳墓，最想蔣太后死的其實是皇上才對。

明王薛道銘靜靜站在角落之中，似乎眼前發生的一切都跟他沒有任何關係，他的表情也沒有任何的驚奇錯愕，彷彿對發生的事情早有預料。

柳長生穿著單薄的衣衫被帶到了眾人面前，雖然柳長生不懂武功，可是仍然給他帶上了手銬腳鐐，謀害太皇太后乃是重罪，若非留著他當證人，早已將之處死。

柳長生撲通一聲跪倒在地上，顫聲道：「草民冤枉……」

李沉舟沉聲道：「柳長生，你冤枉什麼？皇上就在這裡，群臣可以為你作證，你將想說的話只管說出來。」

柳長生抬起頭來看了李沉舟一眼，他忽然聲嘶力竭地叫道：「是皇上讓我做的，全都是皇上讓我做的……」話未說完，李沉舟已經抽出長刀，一刀刺入柳長生的心口。

李沉舟怒道：「混帳東西竟敢信口雌黃，冒犯天威！誰再敢胡說，此人就是他的榜樣。」

一幫大臣面面相覷，誰也不敢說話。

薛道洪充滿感激地看了李沉舟一眼，雖然柳長生的那番話起不到任何的作用，可畢竟有損自己的顏面，這些臣子不敢說，可未嘗不敢想。他感覺今晚的局面有些混亂了，耽擱的時間越久，對自己就越不好，需要儘快將這件事結束。他向石寬使了個眼色道：「將薛靈君先帶下去，以後再審！」

薛靈君卻道：「你有什麼資格在這裡發號施令？」

薛道洪雙目圓睜，不怒自威：「就憑朕是大雍的皇帝！」

薛靈君呵呵笑道：「你不是皇帝，你只不過是一個竊國賊子罷了。」

薛道洪怒道：「朕有玉璽，朕有先皇傳位詔書！」

薛靈君道：「先皇暴斃，傳位詔書倒是有一份，不過絕不是你手中的那份。所謂的傳位詔書只不過是太皇太后所寫，那玉璽也不是真的，太皇太后一直對你寵愛有加，一心想要讓你繼承大統，所以不惜違背先皇意願。」

薛道洪哪裡還能聽得下去，怒吼道：「來人，將這瘋女人給朕拖出去，亂棍打死！」

讓薛道洪驚詫不已的是，周圍金鱗衛竟然無人動作，薛靈君從袖口之中取出一份詔書，示於眾人，厲聲道：「本宮有先皇遺詔在此，誰敢妄動！」

薛道洪本來以為薛靈君只是在說謊，可現在看到她居然拿出了一份詔書，心中也不禁動搖了，他求助地望向李沉舟，這種時候唯有李沉舟才可以穩定大局。

李沉舟冷冷道：「長公主殿下，你知不知道這份詔書若是假的，你就犯了欺君之罪？」

薛道洪暗歎李沉舟糊塗，這種時候最應該做的就是當機立斷，絕不容許薛靈君再胡說什麼。他大喝道：「來人，將這賤人拖下去，關起來再說！」剛才讓人將薛靈君拖出去亂棍打死，看到無人動作，意識到自己剛才的情緒有些過激，所以這次委婉了許多，可是石寬等人仍然沒有任何的動作。

董淑妃不知何時也出現在靈堂之中，歎了口氣道：「既然都說這份詔書是假的，不妨讓大家看看就是！」薛道銘一旁攙扶著董淑妃，也幫襯道：「皇兄，不如就讓大家看看這份詔書，也好還陛下一個清白。」

薛道洪的唇角抽搐了一下，再次望向李沉舟。

李沉舟此時卻主動向薛靈君走去，從薛靈君手中接過那份詔書，他看了看，然後轉身向薛道洪笑了笑。

薛道洪看到李沉舟的表情，心中稍稍安定，看來這份詔書是假的，此時他才想起那份遺詔明明自己反反覆覆的驗證過，絕不會有錯，的確是父皇親筆所寫，不可能會是假的，薛靈君此時拿出一份詔書根本就是垂死掙扎，故意製造混亂罷了。

李沉舟將那份詔書遞給了太師項立忍。

項立忍接過詔書看了看，然後他又將詔書遞給了禮部尚書孫維轅，他們兩人在朝內全都是德高望重的老臣，兩人看完之後，對望了一眼，項立忍歎了口氣道：「依老臣之見，這份詔書乃是先皇親筆所寫。」

薛道洪聞言驚得目瞪口呆，他怒道：「混帳？爾等膽敢欺君！」

董淑妃從項立忍手中要過那份詔書，仔仔細細看了，看完之後不禁潸然淚下，叫苦不迭道：「我苦命的兒啊，諸位大臣，先皇本是要將皇位傳給道銘，卻被人用卑鄙手段竊走了皇位，還請各位大臣為我兒做主！」

薛道洪無論如何都想不到局面在頃刻間扭轉，竟然變得對自己不利，他大吼道：「反了嗎？朕乃是先皇指定繼承大統，朕乃天命所歸，爾等想用一份偽造的詔書謀奪朕的皇位嗎？」

李沉舟的聲音在一旁響起：「以我之見，這份詔書也是真的，長公主殿下，您究竟是從何處得來的這份詔書？」

薛道洪幾乎無法相信自己的耳朵，他轉過身去，怒視李沉舟道：「你……」話未說完，卻感到一股強大無匹的潛力向自己壓迫而來，竟然壓得他說不出話來。

李沉舟道：「我怎樣？我李沉舟保的是大雍江山，保的是天命所歸的皇上，而非利用卑鄙手段謀朝篡位之人！」

薛道洪被在高壓之下連一句話都說不出來，無奈之下摸到腰間的劍柄，他試圖將長劍抽出來，卻感覺一股無形的壓力從四面八方壓榨著他的身軀，這壓力讓他四周骨骼關節都開始疼痛起來。

薛靈君道：「你登基之後，想的不是怎樣將大雍治理好，帶著大雍走向強盛，而是一心想要剷除異己，太皇太后為了你不惜偽造遺詔，可你非但不知感恩，反而要置我和燕王於死地。太皇太后認清了你的嘴臉，這才將這份真正的遺詔交給我保存，若是你從此洗心革面，太皇太后叮囑我讓這份遺詔永世不得現身，可是你非但不知悔改，卻變本加厲，意圖將我等斬盡殺絕，你既不仁，就休怪本宮不義！」

薛道洪有無數的話想說，可是卻一個字都說不出口，在外人看來他已經啞口無言，在事實面前無從辯駁。

董淑妃情緒激動，分開眾人衝上前去，指著薛道洪的鼻子尖聲道：「如此不仁不孝，不忠不義的奸賊又有何資格坐在皇位之上，這皇位本來就是道銘的，來人！將他給我拿下！」

薛道洪內心苦悶至極，只是苦於無法動彈，就在他內心絕望之時，身軀陡然感到一鬆，握住劍柄的手終於得以自由，他抽出長劍，腳步踉蹌，根本不受控制地向董淑妃衝去，手中長劍噗地一聲刺入了董淑妃的心口。

誰也沒料到會發生眼前的一幕，幾乎所有人都認為薛道洪已完全放棄了反抗，這一劍將董淑妃的身軀刺透，鮮血沿著劍鋒不停滴落出來，逐漸匯流越來越多。

董淑妃死命抓住薛道洪的手臂，字字泣血道：「奸賊……還我兒皇位……」

薛道洪被董淑妃嚇得魂飛魄散，他根本沒想殺死董淑妃，可是剛才根本不受控制，事已至此，已經無法改變，他抬起腳來又一腳將董淑妃的屍身踹開，就在此時，薛道銘發出聲嘶力竭的悲吼，衝上前來，一劍就刺入了薛道洪的咽喉。他的武功原本就高出薛道洪甚多，剛才並沒有想到薛道洪竟敢在眾目睽睽之下行兇，等他意識到母親被殺已經晚了。

眾人看到眼前的一幕，全都震駭莫名，只是瞬息之間，先是發生了薛道洪殺死董淑妃，然後薛道銘又為母親報仇殺死了他同父異母的兄長，更讓人震驚的是，薛道洪還是如今大雍的皇上。

四濺的鮮血，有數滴飛濺到薛靈君的長袍之上，她有些厭惡地皺了皺眉頭，望著兩具先後倒下的屍體，心中並沒有絲毫同情，成王敗寇，想要活下去就必須踏著他人的屍體一路前行，哪怕是自己的親人也在所不惜！

不少臣子因為眼前的血腥場面緊緊閉上了眼睛。

李沉舟走了過去，握住薛道銘的手臂，從他手裡輕輕接過了那把劍，那把奪去薛道洪性命的長劍。

第二章

沉睡的雄風甦醒

李沉舟輕吻她的櫻唇，低聲道：「沒有你就沒有我！」
他從未想過自己居然還有成為真正男人的機會，
薛靈君說出的那番話撕毀了他的自尊，激起了他的殺氣，
意想不到的是，他一直沉睡的雄風也終於甦醒。

薛道銘的目光茫然望著李沉舟，一時間不知應當如何面對周遭的一切。

李沉舟恭敬道：「陛下還需保重龍體，節哀順變！」

「陛下節哀順變！」一眾臣子聽到李沉舟的這句話仿若突然從夢中醒來，一個個全都在薛道銘的面前跪了下去，薛道洪已死，薛勝景已逃，目前最有資格坐在皇位之上的人就只有薛道銘，更何況長公主拿出了那份遺詔，遺詔表明皇位本來就是屬於明王的，只是太皇太后因為寵愛薛道洪，所以不惜欺上瞞下，弄出了一份假的詔書，幫助薛道洪登上了皇位，如今薛道銘上位也等於物歸原主了。

薛道銘環視跪在自己面前的眾人，這是一種前所未有的感覺，這是一種高高在上的感覺，他曾經為之堅持奮鬥，如今終於得償所願，可是心中卻忽然有種無盡空虛的意味，連他也搞不清為了什麼，過了好一會兒方才回過神來，沉聲道：「眾卿平身……」

項立忍從血泊中撿起那份染血的詔書，望著死不瞑目的薛道洪，心中一陣愧疚，抬起頭卻正遇到李沉舟陰冷的目光，驚得他失手又將詔書失落，長公主薛靈君走過來將詔書拾起，輕聲道：「這份詔書如此重要，還是交給本宮保管的好。」

薛靈君走入雲香宮歇息的時候，天色已近黎明，走入宮室，她遣散了所有的宮人，將手中那份染血的詔書扔在了桌上，有些疲憊地坐在長椅子上，還未等她完全平息下去，就聽到房門敲響的聲音，隨即又傳來李沉舟的聲音道：「長公主殿下，微臣能進來嗎？」

薛靈君咬了咬嘴唇，芳心中一陣慌亂，李沉舟今晚的表現比她預想中更加可怕，可是這個人的身上又似乎存在著某種讓她沉迷的魅力，讓她既惶恐又感到吸引，薛靈君輕聲道：「房門沒關，你自己進來就是。」

李沉舟推門走了進來。

薛靈君斜靠在長椅之上，半邊長袍自香肩上滑落下來，露出嫩白如雪的肩頭，幾縷蓬亂的髮絲從額頭上垂落，一雙美眸半睜半閉更顯誘惑，嬌聲道：「你此刻來找我，不怕別人說閒話嗎？」

李沉舟緩步來到桌前，拿起那份染血的詔書看了看，然後湊在燭火上燒了。

薛靈君望著漸成一堆灰燼的詔書，禁不住道：「這又是為何？擔心被人發現這詔書是假的嗎？」

李沉舟呵呵笑了一聲，轉身來到薛靈君的面前，薛靈君望著他英俊冷酷的面龐，內心不由得又緊張起來。

李沉舟道：「人都死了，誰還會在乎一份詔書？」

薛靈君咬了咬櫻唇，鼓足勇氣道：「你是不是想殺我滅口？」

李沉舟望著薛靈君精緻沒有半分瑕疵的俏臉，忽然伸出手去，捏住了她的下頷，薛靈君被他捏得好不疼痛，卻不敢反抗，閉上美眸道：「你殺了我就是，反正你一直都想殺我……」忽然感覺到櫻唇一涼，卻是李沉舟冰冷的唇親吻在她的柔唇之上。

薛靈君吃驚地睜開雙眸，李沉舟卻又突然放開了她，低聲道：「我改主意了。」他想要離去的時候，薛靈君卻不顧一切地撲向他，緊緊抱住他，嬌軀激動地瑟瑟發抖道：「你為何改了主意？」

李沉舟一動不動地站在那裡，內心正遭受著前所未有的煎熬。

薛靈君的手撫摸著他的身軀，一種前所未有的觸電感覺刺激著他的內心，他沉聲道：「長公主殿下自重。」

薛靈君緊緊抱著他不願放手，低聲道：「在你們心中，我一直都是一個不顧廉恥的女人，你是不是嫌我骯髒？是不是看不起我？」

李沉舟的呼吸變得急促起來，薛靈君的手忽然滑落到他的雙腿之間，李沉舟幾乎出於本能的反應，一把將薛靈君狠狠推倒在地上。

薛靈君被摔得骨痛欲裂，咬著櫻唇，領口開得更大，一雙嫵媚的美眸充滿了困惑，她不明白李沉舟何以會如此粗暴地對待自己，可馬上想起剛才自己觸摸過的地方，薛靈君睜大了美眸望著李沉舟。

李沉舟卻在逃避著她充滿質詢的目光，他的表情惶恐而無助就像是一個做了壞事被人當場抓住的孩子。

薛靈君小聲道：「你……不是男人？」

李沉舟英俊的面龐因為痛苦而扭曲，他怒視薛靈君，雙目之中殺機凜然。

薛靈君感覺如同落入冰天雪地，內心惶恐無比，她有些後悔，自己因何要揭穿他的秘密，或許李沉舟剛才沒有殺死自己的念頭，可是自己發現了他見不得光的秘密，他為了保住這個秘密或許會不惜任何代價。

李沉舟緩緩向前走了一步。

薛靈君感覺一股無形的壓力向自己籠罩而來，她面色慘白，顫聲道：「你要殺我？就算殺了我又能證明什麼？你依然不是男人？你只是一個廢物！」

李沉舟英俊的面龐因為憤怒而漲得通紅。

薛靈君道：「你不必怕我聲張，我一直都喜歡你，能夠死在你的手裡，我沒有任何的遺憾。」自知死到臨頭，她反倒不再害怕，頂著壓力站起身，挺著胸膛向李沉舟走去。

李沉舟反倒停下了腳步。

薛靈君嬌媚而深情地望著他道：「你雖然不肯說，可是我看得出來，你喜歡我對不對？可是你不敢說，甚至連當年皇室提親你也不敢答應，我本以為你嫌棄我的身子不夠乾淨，可是我現在才明白……」

李沉舟的身軀劇烈顫抖著，他猛然衝了上去，一把就將薛靈君的長袍扯了下

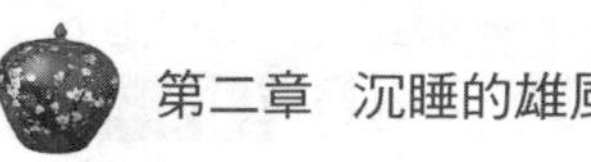

去，薛靈君的嬌軀撲入他的懷中，宛如常春藤般纏住了他的軀體，不顧一切地親吻著他的面頰脖子身軀，喉頭中發出讓人難以抗拒的輕吟：「證明給我看，你行的……你行的……啊……」

黎明的晨光從窗格中悄然透入了雲香宮，兩個緊緊糾纏在一起的軀體密不可分地躺在鋪開的黑色貂裘之上，薛靈君霞飛雙頰，黑色長髮宛如流瀑般散亂在黑色貂裘之上，皎潔的肌膚更顯得潔白無瑕。

李沉舟展開右臂將這具誘人的嬌軀擁緊，彷彿要將她融化在自己的懷抱中。

薛靈君望著李沉舟前所未有平和安祥的面龐，唇角露出一絲迷人至極的笑容，伸出食指輕輕撫摸著他的鼻尖，小聲道：「我錯了，你是這世上最厲害的男人。」

李沉舟湊過去在她櫻唇上輕吻了一記，低聲道：「沒有你就沒有我！」他從未想過自己居然還有成為真正男人的機會，正是薛靈君說出的那番話撕毀了他的自尊，激起了他的殺氣，意想不到的是，他一直沉睡的雄風也終於甦醒。

身為一個閱歷豐富的女人，薛靈君當然明白李沉舟的身上發生了什麼。她因為李沉舟的改變而欣喜，同時又感到說不出的惶恐。李沉舟起身穿衣。薛靈君來到他身後幫他束好腰帶，此時的她表現得猶如一個溫柔賢淑的妻子。

李沉舟雖沒有轉身，卻已知道薛靈君正在默默流淚，低聲道：「因何要哭？」

薛靈君擠出一絲笑容，俏臉之上猶自掛著兩行淚珠：「我沒哭，只是高興。」

李沉舟轉過身來，伸出手為她擦去淚水，輕聲道：「我會對你好，一輩子！」

薛靈君咬了咬櫻唇，投入李沉舟的懷抱，無聲啜泣起來，李沉舟輕聲勸慰著。

薛靈君抬起頭來，仰起滿是淚痕的面孔望著李沉舟：「你會不會嫌棄我？」

李沉舟微笑搖了搖頭：「我只是擔心自己配不上你！我發誓，任何人帶給你的傷害我都會讓他加倍奉還。」

風雪正疾，一幫大臣全都聚集於慈恩園內，薛道洪被殺的消息仍然沒有洩露出去，除了少數人外，多半人都不知道昨晚在這座園子裡發生了什麼。

靖國公李明輔被人請到了廣晴樓，據說是皇上召見，可到了廣晴樓方才發現只有李沉舟一個人在。

李明輔不覺有些吃驚：「沉舟？你……你在這裡做什麼？」

李沉舟端起茶盞輕輕抿了一口，然後抬起雙眼，靜靜望著李明輔道：「太皇太后死了，皇上也死了，難道你沒有聽到任何的消息？」

李明輔目瞪口呆，幾乎無法相信自己的耳朵，他向前走了一步：「沉舟，你不是在說笑吧？我怎麼不知道……」

李沉舟淡然道：「你只關心李氏存亡，除了李家以外的事你還關心過什麼？」

李明輔道：「沉舟，你到底做了什麼？我李家滿門忠烈，你千萬不可做出對不起祖宗的事情。」

李沉舟緩緩放下了茶盞：「大伯，你還記不記得這個地方呢？」

李明輔看了看周圍，臉上露出迷惘之色，他搖了搖頭。

李沉舟歎了口氣道：「你自然不記得了，我七歲的時候，你說帶我來園子裡玩，於是我跟著你來到了這裡，當時我們還在這裡遇到了一個人，你還記不記得他是誰？」

李明輔的臉色突然變了，他下意識地向後退了一步。

李沉舟道：「大伯，你總是看到該看到的事情，不想看到的事情，從來不看也從來不管，你把我留在皇上的身邊，你知不知道那天發生了什麼？」

李明輔滿臉愧疚，他低下頭去甚至不敢看李沉舟的眼睛：「我……我不知道……」聲音明顯發虛。

李沉舟歎了口氣道：「為了保住李家，你也算得上煞費苦心了，可人若是活到你這樣的地步，毋寧去死！」他將七尺白綾扔到了李明輔的腳下：「薛勝康死了，這世上唯一可能暴露這個秘密的人就是你，應該怎麼做，你心裡清楚。」

「沉舟，我什麼都不知道！」

「我不相信！」

「沉舟，我是你的大伯！」李明輔的聲音中充滿了惶恐。

李沉舟微笑望著李明輔道：「你不是總想著為李氏犧牲嗎？我成全你！對了，還有一件事我要告訴你，我爹，他仍然活著！」

簡融心醒來的時候，發現自己躺在床上，她坐起身來，首先檢查自己身上的衣物，看到自己身上的衣服完好無恙，這才鬆了口氣，可隨即又想到慘死的父親，不由得低聲啜泣起來，她從床上下來，想要去尋找父親，腳落在地上如同踩在棉花上一樣，一陣頭暈目眩，險些栽倒在地上，她慌忙用手扶住床沿，重新坐了下去。

房門被輕輕敲響，簡融心穩定了一下情緒，輕聲道：「進來！」此刻她方才發現自己的聲音已經極其沙啞。

胡小天推門走了進來，手中端著一碗湯藥，看到簡融心已經醒來，向她笑了笑道：「你醒了？」

簡融心充滿警惕地望著他，這名男子的面容和昨晚幫助自己的那個全然不同，而且她此前曾經見過胡小天，一眼就認出了他的身分。她當然不知道胡小天昨天經過易容，現在卻是以本來面目出現在她的面前。簡融心道：「你是胡小天？」雖然認出了他，可簡融心仍然需要確認他的身分。

胡小天也不隱瞞，輕聲道：「李夫人，在下正是胡小天。」

簡融心秀眉微蹙，她也不是普通女子，雖然昨夜遭遇家門慘案，可事情已經發生，她再悲傷也於事無補，而今之計必須要搞清自身處境，明白究竟發生了什麼。

胡小天道：「李夫人，您將藥先喝了，容我向您慢慢解釋。」

簡融心本想拒絕，可是話到唇邊又改變了念頭，自己明顯是病得不輕，若是病死了，只怕家門的冤屈永世無法昭雪了，她端起藥碗默默飲盡，將空碗放在一旁，低聲道：「有勞你了，只是昨晚到底發生了什麼？」

胡小天道：「不瞞李夫人，我昨晚剛巧在酒肆飲酒，看到夫人形單影隻離開靖國公府，所以心中好奇，方才跟隨夫人……」

簡融心打斷胡小天的話道：「昨晚到底發生了什麼？」

胡小天看到她悲傷狐疑參半的眼神，心中忽然明白，簡融心一定是懷疑家門慘案和自己有關了，他輕聲道：「具體的事情，我並不知曉，只是昨晚雍都接連發生了幾件大事，太皇太后對薛道洪登基以來的所作所為不滿，於是和一些臣子合謀準備用明王取而代之，這件事不知怎麼走漏了風聲，薛道洪為了保住皇位，設計害死了太皇太后，還一併將一些參與此事的老臣除去，其中就包括尊父。」

簡融心聽到這裡眼圈一紅，掩住櫻唇，以免自己哭出聲來。

胡小天繼續道：「據說燕王得知真相，意圖利用這件事來要脅薛道洪，趁亂奪取皇權，危急關頭，幸虧李沉舟挺身而出，攜手長公主和一幫臣子平息叛亂，還拿出昔日先皇遺詔，推舉明王薛道銘奪回王位，薛道洪因為事情敗露自戕而亡，至於燕王薛勝景也奪位不成，倉皇逃竄，目前全城都在搜查他的下落。」

簡融心忽然想起昨晚李沉舟的表現，她開始漸漸明白，一切絕非偶然，自己一直信賴的丈夫竟然如此狠毒，他一直都是薛道洪的親信，可為何會突然倒戈，現在居然聯手長公主薛靈君共同扶植薛道銘上位。昨晚他如此絕情，根本就沒有在乎自己的死活，父親的死或許就跟他有關，想到這裡簡融心更是泣不成聲。

胡小天看到她情緒再度失控，也不知該如何勸她，拿起藥碗，悄然退出門外。

來到外面，看到展鵬和安翟兩人都在那裡等著。兩人見胡小天出來，同時迎了過來，胡小天指了指對面的房間，這雪雖然小了一些，天氣卻變得越發寒冷了。

三人來到房內，安翟道：「皇城果然出了大事，已經查實，薛道銘的確已經成為大雍天子，而且據說當年薛勝康曾經留下了一份遺詔，遺詔上指定的繼任者就是薛道銘，而不是薛道洪，皆因蔣太后心中偏愛薛道洪這個孫子，所以才將真正的遺詔藏了起來，偽造了一封詔書，幫助薛道洪登上了皇位。」

展鵬感歎道：「這大雍皇室的事情還真是狗血，比起大康還要荒唐。」

胡小天呵呵笑道：「皇室之中從來都是如此荒唐狗血的，只有我們想像不到，沒有他們做不到。」他沉吟了一下道：「昨晚我還鬧不明白，為何簡融心會獨自一人離開靖國公府，現在總算有些明白了，她跟李沉舟之間遠非表面看上去那樣恩愛和睦。」

展鵬道：「難道是李沉舟殺了簡洗河？」

胡小天點了點頭，從現在掌握的情況來看，可能性很大，他終究還是低估了李沉舟，一直以來他都認為李沉舟對薛道洪極其忠誠，甘為薛道洪的馬前卒，可現在看來薛道洪只不過是被李沉舟利用了而已，如今薛道洪或是已經完成了他的使命，或是對李沉舟而言已經成為前進的阻礙，所以李沉舟果斷將之剷除。

胡小天不由得想起長公主薛靈君利用柳長生父子的性命為要脅，逼迫自己為她殺掉簡融心的事情，這其中並非偶然，難道薛靈君和李沉舟之間早有私情，所以薛靈君才會因愛生恨，進而產生除掉簡融心的念頭？如果薛靈君和李沉舟聯手，兩人在大雍的確可以橫行無忌，他們的實力足以和任何人抗衡。

薛道銘即便是被推上皇位，也只能是一個傀儡罷了。

安翟道：「對了，昨晚死了很多人，除了大學士簡洗河之外，還有靖國公李明輔，連董淑妃也死了，據說還是被薛道洪殺死的。」

胡小天聽到靖國公李明輔死訊的時候心頭變得越發迷惘了，在他看來，所有人的死都和李沉舟有著脫不開的干係，殺掉其他人還好解釋，可靖國公李明輔是他的大伯，為何他要殺死自己的親伯父？又或者李明輔的死和他無關？乃是仇人報復的結果？

安翟道：「這兩天公子最好還是深居簡出，這裡很安全，公子只管放心。」

展鵬道：「外界傳言很多，還有說燕王和主公背地裡聯手，意圖顛覆大雍。」

胡小天笑了笑道：「過去沒有聯手，現在卻很有可能了。」

安翟歎了口氣道：「李沉舟此番護國有功，權勢更上一層，上官天火父子有他的庇佑，只怕想動他們更難了。」

胡小天道：「車到山前必有路，眼前的困境只是一時，安翟，你去打聽一下最新的情況。」他又向展鵬道：「展鵬，你留下保護簡融心。」

展鵬聽出他有出門的意思，關切道：「主公這種時候該不會要出門吧？」

胡小天道：「發生了這麼大的事情，我又怎能安心待在這裡，你們不必為我擔心，就算是遇到什麼麻煩，我也可以安然脫身。」

安翟道：「其實公子不必親力親為，打聽消息的事情只管交給在下來做。」

胡小天微笑道：「我不是信不過你，安大哥的消息雖然靈通，但是有件事必須要我親自去做。」

兩人都充滿迷惘地望著胡小天，卻不知什麼事情他務必要親自去做？

胡小天道：「可能只有我才能找到薛勝景！」

雍都的這場大雪下了一天一夜，已經齊膝深，大街小巷有不少百姓自發出來掃雪，換成往日，一定會三五成群地聚在一起，議論新近發生的大小事，可今日氣氛卻有些不同，每個人都是在低頭掃雪，即便是遇到熟人，也是彼此交遞一個目光，誰也不敢主動說話，大街之上不時有全副武裝的金鱗衛經過。全城戒嚴，緝拿燕王薛勝景及其餘黨。

老百姓不知宮內具體發生了什麼，可也有風聲傳出，老太后死了，淑妃娘娘死了，皇上死了，新皇登基，一個晚上發生那麼多的事情，每一件都稱得上驚天動地的大事，這些事情都不是尋常百姓敢於議論的。

雍都東南有一處名為七里坪的地方，這裡聚集著雍都商界巨賈，臨近新年原本是商賈活動最為頻繁的時候，自古以來官商一家，官家看輕商人，商人怨恨官家，可雙方因為利益的緣故卻始終糾纏不清，然而雍都突然發生的這場宮廷之變，讓所有商賈都已經看不清局勢，更有不少人感到害怕，生怕昔日亂投門路的事情被人發覺，這場風波牽涉到自己。

七里坪富商雖多，可是首屈一指的人物仍然是眢不留，他掌控的興隆行乃是大雍最大的商行，在中原也位列三甲，他的生意輻射到大江南北，列國都有興隆行的分號，眢不留絕對是生意通四海，財源達三江的人物，私下裡和胡小天聯繫也是非常密切，胡小天通過他獲得了不少緊缺物資，他也通過胡小天賺取了不菲的財富。

眢不留在大雍做事的原則向來是不即不離，跟誰也不靠得太近，可誰也不輕易得罪，只要是廟裡的菩薩，他每一尊都不會錯過。就算不可能討好到每一位，但是昝不留絕不輕易得罪任何一位，這就是他做生意的宗旨，為此昝不留沒少使銀子，可昝不留同時又謹慎地保持著和所有人的距離，給別人的印象是每次的交往都是為了利益，而非為了私交。

昝不留的府邸在七里坪並不顯眼，可風水上卻佔據絕佳之地，門前兩隻銅獅乃是先帝薛勝康所賜，這是為了表彰他的功德，十五年前，大雍遭遇百年不遇的水災，昝不留慷慨解囊，捐出了五百萬兩現銀，成為大雍商人的楷模。

這兩尊銅獅屹立於昝不留的府邸前方，也成為昝不留最為珍貴的東西，他特地讓人做了一對水晶罩，將銅獅護在其中。大雪初霽，就有傭人開始清掃水晶罩上的積雪。

胡小天踩著積雪來到昝府前方，兩名傭人對這位不速之客都充滿了警惕，畢竟從昨晚開始，整個雍都就變得風聲鶴唳，昝不留也特地交代，除非宮裡來人，外面的閒雜人等一概說他生病不見。

改變形容之後的胡小天當然也不會有特許入內的面子，他也不多言，直接將一個七彩水晶海馬吊墜兒遞給其中一名傭人，這東西乃是昝不留當年送給他的，那傭人拿著這吊墜進去，不多時就慌慌張張出來將胡小天請了進去。

昝不留溫暖的房間內飄蕩著一股子煙味兒，他剛剛抽著旱煙，煙味仍未消散，胡小天進來之前，已經讓人泡好了一壺好茶，火爐上也重新添好了炭火。

胡小天走入房內的時候，昝不留仍然懶洋洋躺在坐榻之上，等到僕人離去，他忙不迭地從坐塌上跳了下來，向著胡小天深深一揖道：「不知公子到來，失禮之處還望見諒！」

胡小天頗感差異，自己已經利用改頭換面改變了容貌，何以昝不留能夠將自己認出？難道僅僅就依靠這枚吊墜？

昝不留道：「現在到處都在傳言公子和燕王勾結意圖顛覆大雍皇權，公子的模樣雖然變了，可身材體型未變，再說這七彩水晶馬是我送給公子之物，若非有急事，公子也不會親自登門。」

胡小天笑了笑，估計昝不留也是猜測，他根本無法斷定自己的身分，不過自己也沒有隱瞞的必要，當下點了點頭道：「昝先生，非常時期冒昧前來，希望昝先生不要見怪。」

昝不留聽到他的聲音，方才敢完全斷定眼前之人就是胡小天，他笑道：「公子哪裡話，您來到雍都不來找我，我才會見怪呢。」邀請胡小天落座，親自為他斟滿茶水遞了過去，昝不留隱約猜到胡小天今次前來必然是因為大雍宮變的事情。

果然不出他所料，胡小天飲了口茶道：「我也就無需拐彎抹角了，昝先生應該聽說了昨晚發生的事情，我想昝兄幫我一個忙。」

咎不留道：「只要在下能夠辦到，必全力而為！」

胡小天道：「燕王和我乃是八拜之交，他出了事情，身為兄弟的我又怎能袖手旁觀，咎兄在雍都關係眾多，可否幫我打聽一下他的下落？」

咎不留心想胡小天啊胡小天，你果然給我出了一個難題，他雙目望著胡小天，好一會兒方才道：「胡公子是戴了面具嗎？看起來真是毫無破綻呢。」

胡小天聽他顧左右而言他，應該是還對自己的身分並不確認，不由得微微一笑，轉過身去，過了一會兒再度轉過面孔，已經恢復了本來的容貌。

咎不留望著眼前的胡小天，心中嘖嘖稱奇，難怪他敢堂而皇之地出現於大雍，擁有這樣改變容貌的神奇功夫，就算是跟他迎面相逢，誰又能認出他的本來身分。

咎不留道：「此事我聽說了一些，可是我和燕王並無太深的交情……」說到這裡他發現胡小天的唇角泛起一絲嘲諷的笑意，頓時感覺老臉一熱，當著胡小天這樣的明白人說這種話其實並無必要。

胡小天點了點頭，將茶盞緩緩放下：「看來胡某來錯了地方。」

咎不留看到他想要起身告辭，頓時又慌了：「公子且聽我說完。」

胡小天又將茶盞拿了起來：「咎兄有話不妨直說，無論做兄弟，做朋友，做夥伴都是坦誠一些更好。」

咎不留道：「咎某說句不該說的話，對大雍的政事，公子又何須過問太多。」

胡小天道：「既然知道不該說，昝兄又何必多費口舌？」

昝不留被他說得啞口無言，忽然意識到自己在經商上雖然無往不利，可是在政治上眼光差胡小天太多，胡小天今日登門是為了尋求幫助，如果自己幫他解決了這個麻煩，那麼以後自己在胡小天的地盤上必然可以暢通無阻，如若不然，恐怕自己以後往南的商路會被胡小天斷絕，不排除他將自己昔日和大康私下交易的事情抖出來，真要是那樣，可是殺頭滅族的大罪。想到這裡，昝不留不由得出了一身冷汗。

胡小天道：「李沉舟這個人，你了不了解？」

昝不留聽他終於轉變了話題，暗自鬆了一口氣：「李沉舟乃是名門之後，深得皇上的信任，這次不知為何竟突然投向明王的陣營？」

胡小天道：「昝兄難道看不出這場宮變真正的主使人是誰嗎？」

昝不留道：「我只是一個商人，宮裡的內幕我並不清楚。」說到這裡他又意識到自己的話中可能會讓胡小天誤以為自己在推諉，慌忙又道：「不過從現在的狀況來看，應該是李沉舟和明王早有勾結。」

胡小天笑道：「不是當局者，誰也不清楚究竟發生了什麼事情，現在你應該明白，我為何要讓你幫我找燕王了吧？」

昝不留想了想道：「現在到處都在尋找燕王，他豈敢繼續留在雍都，說不定早已逃離。」

胡小天搖了搖頭道：「燕王為人精明，大事上從不糊塗，李沉舟動手之前已經嚴控雍都各個門戶，除非燕王生有翅膀，方才能夠從這裡逃出去。」薛勝景沒有翅膀，胡小天卻有，只要他願意，可以從容逃出雍都。

昝不留道：「公子是說燕王他仍有可能藏身在雍都的某個地方？」

胡小天道：「越是危險的地方反倒越是安全的地方，燕王在這裡生活了這麼久，李沉舟縱有通天之能，也不可能在一夜之間將他連根拔起。」

昝不留道：「公子，我雖然和燕王的交情不深，可是我對誰和燕王接觸頻繁多少還是有些瞭解的，這件事我會盡力去查，若是有消息，必然第一時間稟報公子知道。」經過一番猶豫之後，他終於決定要為胡小天去做這件事。

胡小天對昝不留的這番話表示滿意，點了點頭道：「昝兄辛苦了，我還有一事相求。」

昝不留恭敬道：「公子請吩咐。」

胡小天歎了口氣道：「不瞞昝兄，我今次冒險前來雍都，初衷乃是為了解救柳長生父子，可現在看來，我非但沒有挽救他們，反倒害了他們父子。」

昝不留道：「在下明白，這件事我會托人去打聽。」

胡小天也不便久留，起身告辭，臨行之前，昝不留又道：「胡公子，值此風聲鶴唳之時，還是儘快離開為妙，昝某不是怕事，而是真心為了公子的安危著想。」

胡小天微笑道：「多謝昝兄掛懷，我自有應對之道。」

昝不留知道他短時間內不會離去，歎了口氣道：「就算公子準備留下，這兩日最好還是不要在外面拋頭露面的好。」

胡小天抱了抱拳，低聲道：「後日正午，我在八方樓恭候昝兄的佳音。」這句話等於給昝不留定下了一個期限。

昝不留不由得苦笑道：「無論有無消息，昝某必如約前往！」

從七里坪返回落腳處的時候，胡小天特地繞行到東城燕王府，通往燕王府的道路已經被封，胡小天也不敢堂而皇之地靠近，遠遠朝燕王府看了看，發現有士兵正在查抄燕王府，李沉舟借著這次的事情勢必要將燕王府翻個底兒朝天，想起燕王昔日收藏在佛笑樓的奇珍異寶，胡小天都禁不住為這廝可惜，先是聚寶齋被薛道洪強霸了過去，現在薛道洪死了，薛勝景卻背負了一個意圖謀朝篡位的罪名，連最後的這點家底都保不住了。

沿著燕王府一路往西，途經神農社的時候，看到神農社的大門已經被封，昔日此間門庭若市，前來看病的人絡繹不絕，可如今已經物是人非，柳長生父子被抓之後，有不少弟子連坐，還有很多人僥倖逃走，不過這神農社已經人去樓空。

胡小天在神農社大門前駐足觀望之時突然聽到一聲狂笑，轉身望去，卻見一個頭髮蓬亂的中年漢子向這邊跑來，數九寒天，那男子竟然赤著雙足，一邊踩著冰雪狂奔一邊呵呵傻笑：「我回來了……我回來了……」看到神農社的大門不由得欣喜若狂，腳下一滑，噗通一聲竟摔了個四仰八叉。

胡小天見他摔得如此慘重，正想過去相扶，不經意看到那男子的面容，竟然是神農社柳長生的大弟子樊明宇。心中更是驚奇，樊明宇究竟為何淪落到如此地步，看他的模樣應該是瘋了。

就在此時一個身穿藍色棉袍的少女從遠處趕了過來，眼圈兒發紅，緊咬櫻唇將樊明宇從地上扶起，顫聲道：「爹，你發什麼瘋？」

胡小天向那少女望去，看到那少女的輪廓竟有幾分熟悉，仔細一想，這少女居然是樊玲兒，數年不見，也出落成一個楚楚動人的大姑娘了。

樊明宇指著神農社的大門道：「到家了，到家了！我要回家。」

樊玲兒警惕地向四周望去，她並沒有認出易容後的胡小天，小聲勸慰道：「爹，您走錯了，女兒這就帶你回去。」

樊明宇卻倔強得狠，掙脫開樊玲兒的手臂，大步撲到神農社前，竟然伸手將門口的封條扯去。

樊玲兒看到父親如此作為，不由得為之色變，追到身邊，托住父親的雙手道：「爹，快走！快走！」

樊明宇非但沒走，反而將房門敲得蓬蓬作響，扯著嗓子道：「為何不給我開門？為何不讓我進去？」他神智錯亂，竟然看不出這大門是上鎖的。

樊玲兒又驚又怕，生怕父親的敲門聲會引來官兵，可她又無法勸阻父親。果不其然，遠方的巷口有四名武士循聲趕來，幾人手握刀槍指著樊明宇父女喝道：「幹什麼？還不給我束手就擒？」

胡小天皺了皺眉頭，以傳音入密向樊玲兒道：「還不快走？」

樊明宇看到那些武士過來，似乎恢復了些許神智，嚇得掉頭就跑。

四名武士看到他們望風而逃，豈能就此將他們放過，加速追趕上來。不意胡小天迎了上來擋住他們的去路，不等對方質問，胡小天已經出手，他動如脫兔，乒乒乓乓，一連串乾脆的拳腳將四名武士盡數擊倒在了地上，然後拍了拍手揚長而去。

樊玲兒帶著父親盡是選擇偏僻的街巷行走，生怕被那幫武士追蹤到，兜了好大一個圈子方才來到一座陳舊的民居前，她將父親推入院子裡，跟著逃了進去，探頭向房門兩旁看了看，確信無人跟上，這才關上房門插好。

樊明宇赤腳站在雪地中，不知是因為寒冷還是害怕，身體哆哆嗦嗦的。

樊玲兒歎了口氣，柔聲道：「爹，你先進去，我燒盆熱水給您洗腳。」

樊明宇傻呵呵站在那裡，伸手指向樊玲兒身後道：「你是誰？」

樊玲兒慌忙回過頭去，卻見剛才那個幫助他們逃走的醜陋男子就站在她的身後，樊玲兒嚇了一跳，對方行蹤詭秘，看來一直都跟著他們，自己卻毫無覺察，可見此人的武功如何高超，不過對方應該對他們沒有惡意，不然何須等到這裡出手？

樊玲兒暗自吸了一口氣，提醒自己一定要冷靜，輕聲道：「爹，你先進去。」

樊明宇這次似乎明白了她的話，點了點頭轉身進屋去了。

樊玲兒向胡小天道了一個萬福道：「多謝恩公相救。」

胡小天並未說話，目光注視西廂房的方向，他跟隨樊明宇父女一路來到這裡，可是剛剛進入這院落之中就察覺到這裡還有第四個人在，從西廂房內傳來細微的呼吸聲，雖然對方刻意收斂，可是仍然沒能逃過胡小天的耳朵。

胡小天輕聲道：「原來樊姑娘家裡還有其他客人在？」

樊玲兒不知他為何知道自己的姓氏，他明顯話裡有話，可這裡除了自己父女二人並無他人，為何他會這樣說？

胡小天已經大踏步向西廂房走去，不等他來到西廂房門前，房門緩緩開啟，一個帶著斗笠的蒙面女子從裡面輕盈步出，雖然看不到她的面目，可是胡小天已經從她婀娜的身姿中辨認出她就是秦雨瞳。

樊玲兒不認得胡小天，可是她卻認得秦雨瞳，驚喜道：「姑姑來了！」秦雨瞳和她的父親樊明宇乃是同輩，所以她才會這樣稱呼。

秦雨瞳點點頭道：「玲兒好，我和這位叔叔有些話說，回頭我再找你。」

樊玲兒看了看胡小天，仍然想不起此前和他究竟在哪裡見過？等到樊玲兒進入房內，秦雨瞳方才來到胡小天面前，輕聲道：「終究還是沒能瞞過你的耳朵。」胡小天雖然改頭換面，可仍然被她一眼認出。

胡小天笑道：「我還以為你認不出我來了。」

秦雨瞳道：「你的易容術並不高明，尤其是這雙眼睛鋒芒太露，不懂隱藏。」

胡小天道：「騙過多數人已經夠了。」他的目光落在秦雨瞳面上的輕紗上：「你這個樣子叫不叫欲蓋彌彰？這樣走出去，別人不產生疑心才怪。」

秦雨瞳伸手將面紗揭開，一張蒼白普通的面孔，雙目也是毫無神采，看起來一臉病容，雖然沒有了此前在胡小天面前展示的醜陋傷疤，可她現在這個樣子自然稱不上絕世姿容，至多也就是平凡女子。

胡小天當然知道這絕非秦雨瞳的本來面目，其實易容術的最高境界就是偽裝成普通人，沒有特色平平淡淡，讓人一眼記不住那種最好，秦雨瞳在這方面顯然已經是大師級的境界。

胡小天道：「我認識你這麼久，仍然記不住你的樣子。」

秦雨瞳淡然道：「正常！」

胡小天道：「你何時過來的？」

秦雨瞳道：「有些事交給別人總是不放心，所以我決定前來看看。」

聽她這樣說，胡小天不禁暗自慚愧，雖然自己答應了她，也盡心盡力幫忙去辦，可人算不如天算，從某種意義上來說，是自己害了這父子二人。

秦雨瞳從胡小天的目光中捕捉到了一絲愧色，她並沒有出言責怪胡小天，小聲道：「誰也沒有料到大雍會發生這樣的變故。」

胡小天歎了口氣，他也沒有隱瞞，將自己先去找燕王，而後又聽從燕王建議前往長公主薛靈君處求助的事情說了一遍，充滿自責道：「如果不是我去找薛靈君，或許她不會利用柳先生父子的性命來要脅我為她做事。」

秦雨瞳咬了咬櫻唇，反倒開解胡小天道：「事已至此，你也無需自責，還是想辦法儘快打聽他們父子的下落才好。」

胡小天道：「我已讓人多方打聽，希望能夠儘快找到他們父子的下落，只是……」他並沒有把話說完，不過他的表情已經流露出這件事並不樂觀。

秦雨瞳道：「盡人事聽天命吧！」她的聲音中流露出淡淡的悲哀，她和柳長生乃是忘年交，柳長生不但醫術高超，而且品德高尚，這樣的人卻遭遇飛來橫禍，讓人不得不感歎命運不公。可除了感歎和同情，秦雨瞳不知自己還能做些什麼？一個醫者可以拯救他人的生命，可最終卻救不了自己，醫人易，醫國難！在這樣的亂世之中，縱然醫術蓋世，也難以施展自己的抱負，她忽然明白，為何胡小天明明擁有一身出神入化的醫術卻選擇爭權奪利割據一方，或許他早已看透了這其中的道理。

第三章

改頭換面的最高境界

恩赫的面容在短時間內發生了讓人驚歎的改變，
如果不是胡小天親眼所見，他無論如何都不會相信，
這個異族人竟然就是薛勝景，原來改頭換面的最高境界
竟然可以隨心所欲地裝扮成一個異族人。

昝不留如約來到了八方樓，他並沒有讓胡小天失望，給胡小天帶來了一個線索，紅山會館。

紅山會館乃是黑胡商人最常聚集的地方，自從黑胡和大雍開戰之後，黑胡商人出於安全的考慮陸續退出，於是紅山會館就空閒了下來，此地又被域藍國商人拿了下來，漸漸域藍國的商人取代了昔日黑胡商人的地位。在黑胡和大雍戰事全面爆發之後，大雍對戰馬的需求大大增加，過去大雍的馬匹大都從黑胡引入，現在兩國交兵，黑胡當然不可能繼續向敵國提供戰馬，域藍國趁虛而入，幾乎壟斷大雍馬市。

昝不留坐在雅間之中，目光警惕地望著窗外，他明顯有些不安心。

胡小天道：「你放心吧，我在這周圍安排了人手，如有任何異動，他們會在第一時間把情況通報給我。」

昝不留點了點頭，低聲道：「柳長生父子的事情我也已經打聽清楚，柳長生已經死了，至於柳玉城他還活著，不過已經被轉送刑部大獄，估計也是死罪難逃。」

聽聞柳長生已經死去的消息，胡小天內心一陣難過，雖然這是他意料中的結局，可畢竟他此前心中還存在著一絲希望，想起柳長生的古道熱腸，急公好義，胡小天越發感歎這世道不公，為何好人沒有好報？一個念頭在他心中變得越發堅定了，這次無論如何都要將柳玉城救出來，不僅僅因為柳玉城是他的好朋友，更因為柳玉城是神農社的少門主，柳長生的衣缽傳人，救出柳玉城就為柳家保全了後代，也得以讓神農一門傳承下去。

胡小天道：「你說他或許會在紅山會館？」

昝不留道：「只是可能，這兩天燕王府已經被人搜了個底兒朝天，幾乎一磚一瓦一草一木都被翻遍了，並沒有發現他的下落，燕王在朝內好友不多，僅有的幾個不是落難就是下獄，眼前的局勢下，縱然有人想幫他，可也不敢，我思來想去，如果他仍然留在雍都，能夠求助的只有外族。紅山會館最為可疑，燕王和域藍國從未有生意來往。」

胡小天皺了皺眉頭道：「為何沒有生意來往的反倒最為可疑？」

昝不留笑道：「我也沒有證據，只是一個商人特有的感覺罷了。」

胡小天望著昝不留，他並沒有刨根問底，昝不留給出的理由其實根本禁不起推敲，可誰又在乎呢？他所在乎的是能夠找到薛勝景的下落。

昝不留望著窗外，宮變已過去了整整兩天，雍都城內的戒嚴並無半點鬆懈，隨著時間的推移，這場宮變也開始有消息陸續放出並得到證實，明王薛道銘果然如願以償地成為了大雍皇帝，他在登上皇位之後所封賞的第一個官員就是李沉舟。

「李愛卿，朕封你為護國大都督，統領三軍，繼任靖國公……」此時此刻大雍皇宮保和殿內，剛剛登上皇位的薛道銘坐在龍椅之上，因為太皇太后和母親董淑妃新喪的緣故，他身穿黑色長袍，未戴冕冠，頭頂紮以黑紗以示服喪，他剛剛追謚了自己的生母董淑妃為太后，想起母親這一生都在為了自己能夠登上皇位而奮鬥，如今自己終於坐在龍椅之上，成為大雍天子，可母親卻已經看不到了，薛道銘內心中沒有一絲一毫的欣喜。

「謝主隆恩！吾皇萬歲萬萬歲！」李沉舟沉穩有力的聲音打斷了薛道銘的沉思。

薛道銘的思緒重新回到現實中來，望著躊躇滿志的李沉舟，望著肅穆兩旁的眾臣，薛道銘心中忽然感到一陣說不出的悲哀，他擺了擺手道：「眾愛卿先退下吧，姑母大人留下，朕……有幾句話想單獨跟你說。」

眾臣跪拜逐一退離了保和殿。

李沉舟離去之前和薛靈君交遞了一個眼神，薛靈君身穿黑色孝服，整個人顯得肅穆而莊重，美麗的面孔上再也看不到一絲一毫的輕佻和嫵媚。

眾臣離去之後，空空蕩蕩的保和殿內只剩下他們姑侄兩個。

薛道銘站起身來，緩步走下台階，他的目光始終注視著薛靈君，充滿著疑問和質詢。

薛靈君靜靜站在那裡，表情平靜無波，無憂無喜。

薛道銘道：「你明知那份詔書是假的！」他的聲音迴蕩在空曠的宮殿之中。

薛靈君望著這位新君，目光漠然，彷彿眼前的薛道銘只是一個陌生人。

薛道銘道：「為什麼要這樣做？」

薛靈君道：「沒有為什麼，太皇太后心中最愛的始終只有道洪，為了鞏固道洪的統治，她甚至可以犧牲我們任何一個！」

薛靈君的內心中瀰漫著說不出的悲哀與憤怒，這就是她的親生母親，在母親的心中兒女的性命遠不如大雍的江山更加重要，老太太心機深沉，洞悉一切，這些年皇宮內發生的事情又有哪件事能夠瞞過她的眼睛。自己也曾經是個天真爛漫的少女，往事不堪回首，每當想起那個風雨之夜，薛靈君就如萬箭穿心般痛苦，那一切母親是知情的，可是她卻沒有給自己任何的安慰，只是給她兩個選擇，要麼去死，要麼找個人嫁了。

薛靈君又想起了李沉舟，她一直不明白李沉舟為何會拒絕自己？李沉舟的拒絕讓她越發感到自卑，直到慈恩園劇變的晚上，她方才知道真正的原因，原來李沉舟和自己一樣極度自負又極度自卑，這些年來他們都一樣被無法啟齒的痛楚折磨著。

母后若是活著，或許可保她和二皇兄平安無事，可是薛靈君早已看清母親的內心，她心中最看重的只有大雍的江山，為了大雍江山的穩固，權利的完整，她會堅決站在薛道洪的一邊，一直以來她所能做的，願意去做的，也無非是保住他們兄妹兩人的性命罷了，面對薛道洪的步步緊逼，不斷壓榨他們兄妹兩人的權利和生存空間，她卻始終保持克制，並沒有為他們出頭的意思，薛靈君早已明白，這樣下去，只要母后一死，她和燕王必被薛道洪所殺，想要生存就必須改變大雍目前的政局。

然而說起來容易，可是每個人心中都有自己的盤算，即便是自己的親兄長薛勝景都在她面前表現得諱莫如深，從不輕易暴露他的真實想法。

薛靈君早已想過要在母親去世之前策動一場政變，以柳長生父子的性命要脅胡小天除掉簡融心，給李沉舟心理上的重創只是她策劃的第一步。她在少女時代就對少年英武的李沉舟生出愛慕之情，可是李沉舟卻拒絕了皇家的提親，這讓薛靈君原本傷痕累累的內心更加受創，她也因此而仇恨李沉舟。

一個女人最光彩照人的年齡，在別人眼中要風得風要雨得雨的她卻生活在一種不為人知的侮辱和痛苦中，而這種痛苦無人可以和她分擔，薛靈君從心底憎恨這個世界，憎恨她的兄長，她的母親，甚至憎恨這個國家。她恨不能讓大雍滅國，讓所有傷害過她的人得到應有的懲罰。

薛勝康走得太突然，甚至沒有留給她報復的機會，從薛勝康的身上，她學會了陰謀算計，學會了冷酷無情，她本想將學到的一切一樣一樣用在他的身上，可是他卻不給她機會。

在母親心中自己始終都無足輕重，儘管她在人前表現出超越其他子女的疼愛，可是她從未真正表現出一個母親的慈祥，她給自己的愛，更像是一種補償和賄賂，她要掩蓋住這個驚天的醜聞，她要讓薛家的江山固若金湯。

薛靈君發現自己在行動上總是慢了一步，沒有來得及報復，沒有來得及出手。她根本沒有想到李沉舟會策動這場宮變。她本以為自己會死在李沉舟的手裡，她也明白自己在李沉舟的眼中並沒有太多可以利用的價值，在她配合李沉舟弄出這份假的傳位詔書之後，她的使命就已完成。她認為自己終究難逃一死，當她在李沉舟面前賣弄風情的一刻，她的內心是悲哀而絕望的，李沉舟這樣的人又怎會被女色所動，可事情卻再次出乎她的意料之外。她沒有想到李沉舟的身體存在著這樣的缺陷，更加沒有想到，他在自己的面前居然奇蹟般重振雄風。

直到現在薛靈君想起李沉舟宛如野獸般侵入自己的情景，內心猶自激動不已，她發現在自己的心底深處一直喜歡著他，她渴望一個這樣強有力的男人征服自己，蹂躪自己，踐踏自己。

想到這裡，薛靈君的臉色微微有些發紅。

薛道銘察覺到姑母的變化，他似乎明白了什麼，低聲道：「原來你跟他早就聯手了，你們才是整件事的策劃者。」

薛靈君望著薛道銘，輕聲歎了口氣道：「道銘，無論是誰策劃了這件事，坐在皇位上的人只有一個，我想你應該感到慶幸。」

薛道銘咬牙切齒道：「我不會受你們的擺佈！」

薛靈君的目光中流露出淡淡的悲哀，她瞭解自己的這個侄兒，自從安平公主宣告死亡之後，他就變得渾渾噩噩，意志消沉，這樣的人甚至連薛道洪都敵不過，又怎麼可能是李沉舟的對手？

太師項立忍走出宮門的時候方才發現李沉舟就在自己身後，他慌忙停下了腳步，微微低了低頭，不著痕跡地向李沉舟表示敬意。還好群臣大都已經走了，即便是沒有來得及離開的，也都是低著頭走路，很少有人去兼顧別人的事情。

李沉舟道：「太師好！」

項立忍低聲道：「老夫還沒有來得及恭喜李都督呢。」

李沉舟淡然道：「功名於我只不過是浮雲罷了，只要大雍能夠重返輝煌，沉舟就算做一名布衣又有何妨？」

項立忍心中暗自冷笑，李沉舟啊李沉舟，都到了這種地步，你還假惺惺的說這種話，做人怎可虛偽到如此的地步？心中雖然不齒對方的所作所為，可口中卻道：「李都督高風亮節，實乃百官之楷模。」

李沉舟道：「太師過獎了，其實太師才是國之棟樑百官楷模，若是無太師這根定海神針，大雍又豈能渡過這場危機？也幸虧太師慧眼如炬，認出先皇遺詔，方才讓公理大白於天下！」

項立忍唯有苦笑，薛靈君的那份遺詔才是假的，他對先皇的文風字跡何其熟悉，那封遺詔雖偽造得很像，可畢竟還是仿冒，項立忍昧著良心有不得已的苦衷。

項立忍道：「太皇太后遺體不知所蹤，此事非同小可，大都督還需加派人手，儘快將老太后的遺體找回。」

李沉舟點了點頭，輕聲道：「太皇太后想要糾正以往的錯誤，卻被薛道洪提前洞悉，燕王又想趁機作亂，坐收漁人之利，大雍經此一亂有若大病一場。」

項立忍心中暗罵，所有一切還不是你一手策劃，現在卻說太皇太后和皇上相爭，燕王趁機作亂，根本是將所有責任都推到別人的身上。

李沉舟道：「最近處處風聲鶴唳，太師還需叮囑家人，讓他們最近一段時間儘量不要外出。」這句話明顯透著威脅的意思。

項立忍的頭不覺又低了幾分，低聲道：「老夫幾個女兒之中，最不聽話的要數青雲，她身在劍宮，整天跟著那幫師兄弟舞刀弄劍，老夫的話她早就不聽了。」

李沉舟微笑道：「我最近倒是見過青雲妹子，聽說她和劍宮少門主邱慕白已經訂婚，何時完婚呢？」

項立忍心中暗歎，如果不是你拿她的性命相逼，老夫又怎會為虎作倀？勉強擠出一絲笑容道：「明年三月。」

李沉舟道：「到時候，小侄一定親往討一杯喜酒喝。」

項立忍看到這廝的心情居然不錯，想想他伯父也是剛死，此人果然冷血。禁不住潑冷水道：「尊伯的事情還望節哀順變。」

李沉舟焉能聽不出項立忍的意思，歎了口氣道：「我伯父一生忠烈，為大雍鞠躬盡瘁死而後已，至今我都不明白他因何會自縊身亡，這件事我務必會查出一個結果，還他老人家一個公道。」

項立忍聽得心中一緊，看來李沉舟還要借著李明輔的事興風作浪，自己真是不該多問，李沉舟城府太深，若是因為多了這一句嘴而引火焚身，豈不是麻煩了？

李沉舟道：「沫兒妹子最近還好嗎？」

項沫兒乃是項立忍最小的女兒，項立忍聽他這麼問心中一驚，低聲道：「還好，對了，聽說尊夫人失蹤，不知可有消息？」他慌忙想將這個話題岔開了去。

李沉舟卻道：「皇上剛登基，至今卻無正妻，我看沫兒和皇上倒是般配呢。」

項立忍聞言色變，其實早在薛道銘和安平公主聯姻之前，他曾經期望將小女兒項沫兒嫁入皇室，嫁給薛道銘，如果是那時聽到自己女兒有機會成為大雍皇后，項立忍開心都來不及，可現在他聽到這一消息無異於驚天噩耗，他自問已經看清李沉舟的面目，此人的野心絕不是只當一個大都督而已，誰又能保證今日的薛道銘不是昨日的薛道洪？

項立忍道：「多謝大都督美意，只是沫兒已經訂親，此事怕是不妥吧。」

李沉舟微微一笑，朝著項立忍拱了拱手道：「先走一步，日後再敘！」

前方金鱗衛統領石寬在等候著李沉舟，兩人來到一處，石寬向李沉舟抱了抱拳道：「大都督，我們已將燕王府搜了個底朝天，終於在佛笑樓下發現一條密道。」

李沉舟皺皺眉頭並沒有說話，狡兔三窟，燕王府發現密道也不是什麼稀奇事。

石寬壓低聲音道：「那條密道一直通往雍都城外，出口在城西六里的一口井中，看來他已經逃出了雍都。」

李沉舟沉吟了一會兒方才道：「薛勝景是從慈恩園逃走，那條密道又是通往哪裡？」

石寬道：「我們雖然將地面挖穿，可是進入地道沒多久前方就完全坍塌了，應該是薛勝景觸動了機關，將密道毀去。」

李沉舟道：「並無跡象表明慈恩園的密道和燕王府相通，所以……」他停頓了一下又道：「無法斷定薛勝景已經離開了雍都。」

石寬對此並不認同，他低聲道：「薛勝景為人狡詐機警，如今雍都已經盡在我等的掌握之中，他又怎會坐以待斃，我看他十有八九是逃了。」

李沉舟意味深長道：「越是危險的地方就越是安全的地方，薛勝景這個人做事隱忍果決，他在大雍刻苦經營了這麼多年，其潛在的勢力不容低估。」在李沉舟的心中，大雍皇族之中也只有薛勝景才是自己最大的威脅，這次自己之所以能夠佔據上風，全都因為搶佔了先機，而不是因為他在實力上足可碾壓對手。

石寬道：「都督放心，我已出動全部金鱗衛，皇城之內絕不會有任何閃失。」

李沉舟點點頭道：「尉遲冲或許會回來奔喪，不要小視此人在軍中的影響力，在他歸來之前，務必要保證將薛道銘的勢力洗滌一清，徹底控制住雍都大局。」

胡小天走入紅山會館，他並不是第一次來到這裡，過去紅山會館還掌控在黑胡人手中的時候，他曾經和霍勝男、董天將、宗唐四人，為了尋找定魂珠夜闖鴻雁樓，在密室遭遇黑白雙屍，經過連番激鬥險死還生，也是在那場爭鬥之中，完顏赤雄被殺，霍勝男也因此蒙受不白之冤跟他逃出大雍。

恍惚彷彿還是昨天發生的事情，可如今卻已經物是人非，紅山會館也已經被域藍國商人買下。

如果無人介紹，是不可能進入紅山會館的內部，更見不到現在這裡的主人恩赫，恩赫是一個赤髮虬鬚的胖子，華麗的服飾非但沒有讓他這個人顯得高貴，反而讓他整個人透著庸俗和猥瑣。

胡小天來到大堂的時候，恩赫和一幫門客正在飲酒作樂，兩名異族女郎正在大堂正中妖嬈起舞。

看到胡小天進來，恩赫拍了拍手示意舞女退了下去，肥胖的雙手抓起錦帕擦了擦滿是油污的嘴唇，呵呵笑道：「有客前來不亦樂乎，這位兄台是昝先生介紹過來的嗎？」

胡小天笑了笑道：「正是！」

恩赫拍了拍身邊的軟墊道：「來！坐！」他的聲音透著一股濃濃的異族味道。

胡小天也不客氣，來到恩赫的身邊，除去靴子，來到羊毛軟墊上盤膝坐下。

一名侍女過來為胡小天在面前的金樽中倒了慢慢一樽酒，恩赫淡綠色的眼睛打量著胡小天，蜷曲的紫紅色鬍鬚微微上翹著，他在笑，不過笑得有些奸詐。

胡小天見過形形色色的商人，不過和域藍國商人打交道還是第一次。

恩赫端起金樽做了個請的手勢，先乾為敬。

胡小天也將金樽中的酒一飲而盡，恩赫道：「這位公子找我要談什麼生意？」

胡小天拿出一幅畫像遞給了恩赫，恩赫展開之後，卻見畫像之上畫著一個胖子，那胖子正是大雍燕王薛勝景。

恩赫猛然收起了畫像，突然高聲喝道：「來人！」十餘名健壯武士從門外一擁而入。

胡小天對可能發生的局面早有預料，抓起酒壺斟滿了面前的金樽，不緊不慢道：「我手中有你和燕王交易的所有證據，若是我將這些東西全都送上去，你應該知道後果。」

恩赫明顯被胡小天的這句話給震住，愣了一會兒卻又哈哈大笑道：「什麼證據？你想誣我清白？」

胡小天不慌不忙，其實他根本沒有什麼證據，只不過故意詐對方罷了，既然旮不留給他指明了這條道路，就證明紅山會館很可能有問題，虛張聲勢或許可以起到意想不到的作用。從恩赫聽到自己剛才那句話的反應來看，他應該是有問題的。胡小天淡然道：「那咱們不妨試試，看看他們是信你還是信我？」

恩赫臉上的笑容倏然收斂：「不要以為你這樣就能唬住我！」

胡小天道：「我若出事，大不了就是一條命，可你若出事，只怕這紅山會館所有人都要倒楣。」他端起金樽抿了口酒道：「真是不錯，你還真是懂得享受呢。」

恩赫靜靜望著胡小天，終於還是擺了擺手，示意所有人全都退了下去，他站起身低聲道：「跟我來！」

胡小天跟著恩赫走過三進院落來到鴻雁樓，鴻雁樓外也有多名域藍國武士駐守，見到恩赫，所有人將右手放在心口之上躬身行禮。

恩赫也不說話，徑直走入鴻雁樓內，胡小天跟著他進入鴻雁樓，大門在身後緩緩關閉，昔日他夜闖鴻雁樓遭遇諸多機關陷阱，所以心中還是充滿了警惕和戒備。

恩赫呵呵笑道：「這位兄弟此前可曾來過紅山會館？」

胡小天笑道：「聞名已久，卻是第一次過來。」

恩赫雙目在胡小天臉上掃了一眼道：「那鴻雁樓應該不是第一次過來吧？」

胡小天總覺得他話中透著古怪，卻見恩赫已經來到那啟動密室的牛頭前方，將兩隻牛犄角調換位置，博古架發出一陣吱吱嘎嘎的響動，下方現出密室的洞口。

胡小天當然知道這其中的秘密，只是恩赫在還沒有搞清自已身分之前就將這秘密展露給自己，此人究竟什麼來路？

恩赫已經步履矯健地向密室中走去。

胡小天似乎猜到了什麼，可現在仍然不敢確定，他也是藝高人膽大，跟著恩赫走下了密室。

密室內燃燒著鮫魚油燈，這種魚油可以燃燒經年不滅，將整個密室照耀得亮如白晝，昔日擺放動物乾屍的甬道如今已經被清理乾淨，取而代之的是層層疊疊的鐵箱，胡小天心中暗忖，若是這些鐵箱中裝的全都是金銀財寶，其數量一定驚人。

再往前行，進入密室，首先看到的就是一塊足有三丈寬，一丈高的和田玉雕，這塊玉山通體無瑕，全都是最頂級的羊脂玉，雕的是百美舞樂圖，大到宮闕樓台，小到美人每一根秀髮，每一個指甲都雕刻得維妙維肖。而且這龐大玉雕之上真有美人數百，每一個美人神態各異，神情栩栩如生，充滿了一種神秘莫測的生命力。胡小天曾在燕王府佛笑樓內見過這尊玉雕，如今卻在紅山會館鴻雁樓內見到，這世上不可能有兩件同樣的東西，薛勝景視財如命，又豈肯將這獨一無二的寶物割愛？

如果說這玉山說明不了問題，當胡小天看到牆上霍小如的畫像時頓時明白了，有人已經搶在朝廷抄家以前將佛笑樓的寶物全都搬到了這裡。

胡小天轉向恩赫。

恩赫嘿嘿笑了起來，一雙眼睛瞇了起來，瞬間顯得小了許多，他的神態氣質在頃刻間已經完全變成了另外一個人，他就是薛勝景。

胡小天驚詫地睜大了眼睛，他雖然知道燕王薛勝景心機深沉，做事深不可測，可從未料到燕王居然還擁有這樣出神入化的易容功夫，從他可以改變體型來看，燕王薛勝景已經掌握了易筋錯骨的功夫，甚至比起自己更加強大。

胡小天道：「大哥！」

恩赫的面容在短時間內發生了讓人驚歎的改變，如果不是胡小天親眼所見，他無論如何都不會相信，這個異族人竟然就是薛勝景，原來改頭換面的最高境界竟然可以隨心所欲地裝扮成一個異族人。

薛勝景緩緩點了點頭，舉步來到女兒的畫像前，目光望著霍小如，雖然現身和胡小天相見，可是他仍然無法確定胡小天的目的，連同胞兄妹都不可信，更何況一個外人乎？他瞭解胡小天對女兒的感情，上次渤海國的事情已經得到了驗證，有一點他能夠肯定，胡小天就算不肯幫助自己，看在小如的份上他也不會出賣自己。

胡小天看到霍小如的畫像，心中已經明白，這幅畫像絕不會無緣無故地出現在這裡，而是薛勝景有意為之。稍一琢磨就能夠推測到薛勝景的用意，胡小天微微一笑道：「這兩天小弟始終都在為大哥的安危擔心不已，看來我是過慮了。」

薛勝景歎了口氣道：「李沉舟果然夠狠，我沒有料到他會這麼早動手。」其實是他沒有想到李沉舟會對薛道洪下手才對，他本以為李沉舟已經成功將薛道洪變成了一個傀儡，一切矛盾都要等到母后去世之後方才會激化爆發。

胡小天道：「外面的情況，大哥應該清楚吧？」

薛勝景點了點頭：「靈君和李沉舟聯手做了這些事。」

胡小天有些不解道：「他們之間的聯手毫無徵兆，此前薛靈君還以柳長生父子的性命做要脅，讓我幫她殺掉簡融心。」

薛勝景冷哼一聲道：「姦夫淫婦，乾柴烈火，一拍即合！」即便是對同胞妹子，他也一樣極盡惡毒之詞。

胡小天道：「那天晚上在慈恩園，究竟發生了什麼事？」

薛勝景道：「太皇太后遇害，董公公嫁禍給柳家父子，他們本想置我於死地，可是他們卻不知道一件事，慈恩園當年的改建工程乃是本王負責監工，本王曾在母后的寢宮之中留下了一條密道，這件事甚至連母后都不知道，他們想要害我之時，我及時逃脫。後來的事情，我也是從別的地方打聽到。靈君拿出一份傳位詔書，只說太皇太后當年因為疼愛道洪，所以用一份假的傳位詔書將道洪捧上皇位。」

胡小天心中暗自震驚，皇家為了爭權奪利，果然什麼事情都能發生，他低聲道：「真有此事？」

薛勝景搖了搖頭道：「那份傳位詔書我親眼看過，我皇兄早在三年之前就已經親手寫好，他怕的就是將來有一天他若突然發生不測，大雍會陷入爭奪皇權的混亂境地，所以靈君手中的那份詔書才是假的。」

胡小天抿了抿嘴唇，已經能夠斷定薛靈君和李沉舟之間早已狼狽為奸，此女果然反覆無常，不可信任。他又道：「既然現在的傳位詔書才是假的，為何朝中那麼多人都不敢站出來說明真相？」

薛勝景呵呵苦笑道：「李沉舟發動宮變之前必然經過了充足的準備，那幫朝臣不敢發聲，是因為他們可能受到了恐嚇，這世上肯捨生取義的人少之又少。」

看到薛勝景身處逆境卻仍然鎮定自若的樣子，胡小天心中暗暗佩服，此人的內心著實強大。他微笑道：「大哥怎會認出我？」

薛勝景道：「一個人無論偽裝得多高明，畢竟還會存在一些破綻。」

胡小天道：「可我從大哥身上卻找不到任何的破綻。」他這句話並非是恭維，是由衷而發，如果不是薛勝景自己暴露身分，胡小天是根本看不出來的。

薛勝景歎了口氣道：「其實這些年我無時無刻不在考慮退路，我皇兄表面對我不錯，可他真正的想法卻是要將我除之而後快。好不容易等到他死我才鬆了口氣，卻想不到新即位的小畜生變本加厲，屢次三番陷害於我。」他口中的小畜生指的自然就是薛道洪。

胡小天對大雍皇室的恩怨情仇多少也瞭解一些，能夠理解薛勝景的憤怒，無論薛勝景有無奪權的野心，他被同胞兄長薛勝康害得家破人亡也是事實，換成是任何人都不會無動於衷繼續沉默忍耐下去。

薛勝景道：「我很久以前就去過域藍國，機緣巧合，剛好結識了一位商人，我們性情相投，彼此以兄弟相稱，後來他死於一次刺殺，那場刺殺的目標卻是針對我，而他只是誤傷。也是從那時起，我方才意識到，必須未雨綢繆，別人都以為我玩世不恭庸碌無為，可我只是故意在人前偽裝，一個人如果專心做一件事，而且又為之努力多年，那麼他必然可以取得一定的成就。這座紅山會館，這裡的商人恩赫，乃至這裡所有的一切都出於我的安排，很少有人清楚這其中的內情。」他的臉上充滿了得意。

胡小天道：「昝不留是你的人？」

薛勝景沒有說是也沒有說不是：「他並不清楚紅山會館的內情，他只是知道我跟這裡的關係，明白若是我出事，他應當通過何種方式聯繫到我。」

胡小天點了點頭，本來他還以為薛勝景這次被李沉舟打得一敗塗地，可從眼前的情況來看，薛勝景只是暫居下風，他潛藏在大雍的實力並未受到太大的損傷。

薛勝景道：「柳長生已經被李沉舟殺了，你留在大雍已沒有任何意義，兄弟何不儘早離去，以免惹火燒身？」聽起來他似乎很為胡小天著想。

胡小天聽出他話裡有話，輕聲道：「柳長生雖死，可柳玉城仍然活著，他們父子之所以落到如今的境地，多少跟我有關，只要有一線希望，我就會幫到底。」

薛勝景道：「兄弟還真是義薄雲天，為了朋友兩肋插刀，不惜身涉險境。」

胡小天道：「我對大哥也是一樣，自從聽說大哥出事之後，我就食不知味，睡不安寢，想盡辦法打聽您的下落，現在總算可以放下心來了。」

薛勝景道：「真是我的好兄弟，患難見真情，我還以為現在已經沒人在乎我的死活呢。」兩人說得親熱，可話中卻透著虛偽，他們的結拜之情到底有多深，彼此都心知肚明，根本就是利益的結合。

胡小天道：「大哥放心，你的事情就是我的事情，你我乃八拜之交，結義兄弟，自當患難與共，再者說了，衝著小如的面子我也要幫你。」

薛勝景本來還有幾分感動，可聽到最後方才察覺到這話很不對頭，敢情還是衝著自己閨女的面子，胡小天啊胡小天，你簡直是不要臉，你跟我是結拜兄弟，按照輩分應當是小如的叔叔，做叔叔的豈能惦記自己的侄女？這番話他沒有說出來，也明白胡小天是故意說給自己聽的，只當沒聽懂就是，笑瞇瞇道：「有你這句話為兄就放心了，李沉舟這個人其實是你我共同的敵人啊！」

胡小天道：「我和他倒是沒有什麼私怨。」

薛勝景道：「聽聞映月公主已經成為丐幫幫主，而江北丐幫分裂的事情也是天下皆知，映月公主乃是賢弟的未婚妻，丐幫的事情想必就是賢弟的事情吧？」薛勝景何等老奸巨猾，他才不相信胡小天僅僅為了柳長生父子的性命就甘願冒這麼大的風險前來大雍，在這件事的背後肯定還有另外的目的。

胡小天道：「大哥的消息倒是靈通。」

薛勝景道：「這世上原本就沒有什麼真正的秘密，李沉舟這次之所以能夠得手，江湖人物為他出力不小，丐幫上官天火父子，劍宮邱閑光，落櫻宮唐九成全都為他所用，如果想要擊敗李沉舟，就必須先斷去他的這些爪牙。」說到這裡，薛勝景的雙目中迸射出陰森的殺機。

胡小天道：「大哥莫非是想親力親為？」從薛勝景的這番話中，他已經聽出薛勝景想要利用自己，胡小天雖然此行的目的之一就是剪除上官天火父子，可他也不想被薛勝景白白利用。

薛勝景道：「賢弟不必多心，愚兄如今已經成為眾矢之的，不便親自出面，可是我在雍都還是有些潛力，李沉舟以卑鄙手段要脅那幫老臣，雖然淫威讓人屈服，可這些臣子的心中未必肯服氣，只要順利剪除掉他的爪牙，勢必會重挫他的實力，抓住時機必然可以奪回權力。」

胡小天心中暗忖，你們大雍內鬥於我並無太大關係，誰當皇帝我都無所謂，不過薛勝景有句話並沒說錯，他不能任由上官天火父子坐大，更不能放任江北丐幫就此分裂，在這一點上他和薛勝景有著共同的利益。

薛勝景以為胡小天仍在猶豫，低聲道：「只要賢弟跟我同心協力，力挽狂瀾未必沒有可能，他日我若能夠重奪大雍權柄，我和賢弟永結同好，還會將邵遠城以南的地方作為禮物贈送給你，不知你意下如何？」

胡小天聽到這裡心中不由得有些發笑，薛勝景根本是畫了個大餅給自己，他現在已經被李沉舟弄得隱姓埋名，惶恐如喪家之犬，居然拿不屬於他的東西作為承諾。反正早已決定要和薛勝景合作，不妨多從他這裡討要一些好處。胡小天道：「柳玉城的事情，大哥還有沒有辦法？」

薛勝景道：「柳玉城本來就不是什麼重要人物，柳長生死了，已經落實謀害太后的罪名，柳玉城的死活反倒變得無關緊要，這樣，我有辦法將他救出來。」他說得充滿信心，借此來向胡小天表明自己的能量，等於告訴胡小天，不要以為自己已經落難，即便是如此，自己仍然可以做到很多事。

胡小天聽到他的這句話，心中非但沒有感激和欣喜，反倒對薛勝景生出厭惡，這句話表明薛勝景原本就有能力救出柳長生父子，卻故意推三阻四，讓自己去找薛靈君幫忙，其人的虛偽和卑鄙由此可見一斑。

胡小天清楚地認識到，薛勝景和薛靈君兄妹在這一點上並沒有任何分別，利用同樣的條件來要脅自己幫忙做事，只不過薛靈君以柳長生父子的性命要脅自己去殺掉簡融心，而薛勝景卻是要用柳玉城的性命作為條件來換取合作，殺掉簡融心對胡小天來說乃是違心之事，至於對付上官天火、邱閑光這幫人卻正符合他的利益，所以他和薛勝景合作乃是各取所得，雙方獲利。

胡小天道：「大哥知道小如的下落嗎？」

薛勝景愣了一下，旋即就明白胡小天問這句話的目的何在，這小子貪心不足，不但想讓自己幫忙救人，還想順帶把自己的寶貝女兒給收了。薛勝景微笑道：「是你的終歸都是你的，此事過後，我會安排你們相見。」

胡小天心中把薛勝景罵了個遍，這混蛋果然連一句實話都沒有，如果不是因為霍小如，他才不會認這廝做老丈人呢。

胡小天道：「說說您的計畫！」

薛勝景點了點頭道：「李沉舟雖然和靈君聯手暫時控制了朝政，可是他們還有兩大欠缺。第一就是經濟，這些年來大雍的經濟命脈早已被我掌控在手中，只要我願意，隨時可以切斷大雍的所有貿易通道。第二，就是軍事方面，李沉舟在軍中威信雖然很高，可他的影響力主要體現在水師方面，這些年大雍南部將領更迭不少，換上了不少他的親信，可是他對北方駐軍的影響力卻是微乎其微。」

胡小天對大雍軍中的情況還是做過一番深入瞭解的，大雍這兩年北方和黑胡人交戰正酣，北方抗擊黑胡的主帥乃是尉遲冲，此人德高望重，乃是大雍軍中首屈一指的大人物，李沉舟雖然這兩年聲勢日隆，可在威望方面和尉遲冲還有很大差距。

薛勝景道：「根據可靠消息，尉遲冲已經被金牌召回，前來雍都奔喪，不日就可抵達雍都。只要能夠爭取到他的支持，逆轉大局自然不在話下。」

胡小天道：「你又怎麼知道尉遲冲不會站在李沉舟的一邊？」

薛勝景歎了口氣道：「我也正在為了這件事糾結，若是尉遲冲選擇站在李沉舟的一方，那麼我唯有選擇離開雍都了。」言下之意就是他現在留在雍都的原因是認為還有翻盤的機會。

胡小天道：「薛靈君和李沉舟到底是什麼關係？」這件事一直讓他頗為糾結，終於忍不住問了出來。

薛勝景苦笑道：「他們因何會聯手連我都感到納悶呢，說起他們的關係，還要追溯到多年以前，當時我母后有意將靈君許配給李沉舟，托人去試探了一下李家的意思，靖國公李明輔欣然應允，可是到了李沉舟那裡他卻不肯答應，搞得我們皇家很沒有面子，如果不是念在李家對大雍勞苦功高，一定不會輕饒了他，靈君雖然嘴上不說，可心中對李沉舟卻極其惱火，我實在是沒有料到他們怎會合作？」

胡小天也沒有想到，在渤海國的時候，李沉舟還想將薛靈君一併除去，難道那時候薛靈君所遭遇的種種危機只不過是故意在自己面前製造出的假像？仔細一想，當時的情況又不似作偽。

薛勝景道：「造化弄人，時勢所迫，他們之間的聯手必然是因為利益使然，靈君雖然聰明，可她終究還是鬥不過李沉舟，她跟李沉舟合作根本就是與虎謀皮，李沉舟此人野心勃勃，真正的目的乃是謀奪我大雍江山！」

胡小天道：「明王薛道銘也是一位精明人物，何以這次甘心被他們利用？」

薛勝景道：「此事說來話長，道銘自從安平公主死後，整個人就變得渾渾噩噩，也讓很多支持他的老臣感到失望，此番雖登上皇位，也不過是個傀儡罷了。」

胡小天道：「聽聞董淑妃也死了？」

薛勝景點了點頭道：「這場屠殺或許只是一個開始。」

薛道銘望著母親的遺容熱淚盈眶，他站起身來，越過白色的帷幔，董炳泰帶著三兒子董天將一身素服候在外面，看到薛道銘出來，爺倆兒一起跪了下去，父子兩人齊聲道：「吾皇萬歲萬萬歲！」

薛道銘道：「舅父、表兄，你們不必如此多禮。」

董炳泰道：「陛下君臣有別。」

薛道銘點了點頭道：「起來吧！」他向董炳泰道：「舅父，您跟我進來！」

董炳泰知道他的意思，表面上是帶他進去瞻仰妹妹的遺容，實際上卻是要單獨跟他說話，他向董天將看了一眼，董天將會意，靜候在外，默默為他們兩人望風。

薛道銘和董炳泰兩人來到裡面，董炳泰看到一動不動躺在靈床上的妹妹心中也是一陣難過，這個妹妹一度曾經是董家的榮耀和驕傲，因為她深受薛勝康的寵愛，所以董家在朝中的地位才得以固若金湯，妹妹一生極度要強，一心想將親生兒子捧上帝位，可以說自從薛道銘出生，她就開始為此奮鬥，然而薛勝康的突然離世讓她乃至整個董家的努力化為泡影。這場宮變外甥雖然如願以償地登上皇位，可是妹妹卻沒有機會親眼見證他登基的一刻。她若是泉下有知，想必此時也可以瞑目了。

董炳泰望著董淑妃蒼白的面孔，卻忽然發現她的那雙眼睛並未完全合上，死不瞑目！突然冒出的念頭讓董炳泰不寒而慄。他下意識地閉上了雙目，似乎感覺到妹妹正看著自己。董炳泰心中其實是明白的，妹妹不可能瞑目，薛道銘雖然登上了皇位，可他只不過是一個傀儡罷了。

薛道銘低聲道：「舅父，我娘是被李沉舟害死的！」

董炳泰打了個激靈，睜開了雙目，他有些慌張地向兩旁看了看。

薛道銘知道他怕什麼，低聲道：「你不用擔心，所有宮人都被我清了出去，表哥還在外面。」

董炳泰歎了口氣道：「殺死你娘的人是薛道洪。」

薛道銘道：「如果不是李沉舟和薛靈君聯手佈局，我娘又怎會枉死？」他也親眼看到母親死在了薛道洪的手下，又親手殺了薛道洪為母親報仇，可他內心中的恨意仍然難以平復。

董炳泰道：「你想怎樣？」

薛道銘道：「舅父，那份遺詔到底是不是真的？」

董炳泰雙目中閃過些許驚慌的神情，他不敢直視薛道銘的眼神：「自然是真的……你母后不是已經證實了嗎？」

薛道銘點了點頭道：「李沉舟只是想將我當成一個傀儡罷了，他現在扶我登上皇位，可一旦時機成熟，他必然會將我除去，舅父，我們不可坐以待斃。」

董炳泰苦著面孔道：「陛下，這種話你千萬不可再說！」

薛道銘怒道：「你怕什麼？」

董炳泰歎了口氣道：「不是怕，而是要暫避鋒芒，陛下，千萬不可意氣用事，做無謂之爭。」

薛道銘道：「舅父，若是我們一味忍耐下去，李沉舟的氣焰只會越發囂張。」

董炳泰道：「現在絕不是時候，陛下，你且聽我一言，這番話除了我之外你不可向任何人提起，就算你的表兄也不可以。」

薛道銘看到他鄭重的樣子，也明白事關重大，緩緩點了點頭。

董炳泰道：「留得青山在不怕沒柴燒！」他說完這句話居然不敢繼續逗留，悄然退了出去。

董炳泰剛離開，就聽到外面傳來通報之聲，卻是長公主薛靈君到了，薛靈君一身素縞，面容憔悴，當真是我見尤憐。她去見過薛道銘安慰了他幾句，或許是董炳泰剛才那番話起到了作用，薛道銘的情緒平靜了許多，全程並未流露出任何異常。

薛靈君逗留的時間不久，畢竟皇家一連出了三件喪事，除了董淑妃之外，還有太皇太后和薛道洪，正所謂禍不單行，現在已經是全國服喪，到處都是一副愁雲慘澹的情景。

薛道銘讓舅父董炳泰代他送長公主離去。

董炳泰陪著薛靈君來到靈堂之外，薛靈君輕聲歎了口氣道：「董大人！」

董炳泰恭敬道：「臣在！」

「皇上剛剛登基就失去了母后，心情自然低落，你是他的舅父，也是他在這世上為數不多的親人，一定要多多安慰於他。」

董炳泰道：「長公主費心了，臣必然好好開導皇上。」

薛靈君道：「皇上是你的外甥也是本宮的親侄兒，在本宮心中疼愛他並不比你少一分，只是太皇太后也屍骨未寒，本宮實在分身乏術。」

董炳泰道：「長公主殿下務必要保重身體。」

薛靈君道：「有時間就單獨陪皇上說說知心話兒，他心中的苦悶也只能跟你這個舅父說。」

董炳泰聽到這裡，脊背之上瞬間冒出了冷汗，薛靈君的這句話是什麼意思？自己也就是在剛才和薛道銘單獨說了會子話，怎麼這麼快就傳到了她的耳朵裡，隔牆有耳，只希望她不知道他們之間談話的具體內容。董炳泰忐忑不安地點了點頭，悄悄用眼角觀察薛靈君的臉色，發現她的一張俏臉冷若冰霜，心中越發沒底了。

薛靈君道：「大雍這場變亂鬧得人心惶惶，當務之急乃是穩定朝綱，平復百官的情緒，務必要幫著皇上從悲傷中早日走出來，千萬不可聽信外界流言蜚語，越是這種危機之時，越是需要我們上下一心，精誠團結，董大人該懂得本宮的意思。」

董炳泰垂下頭低聲道：「長公主提醒得是。」

薛靈君擺了擺手，舉步離去。

董炳泰望著她的背影，神情複雜，董天將從後方來到父親身邊，低聲道：「她不在慈恩園守靈，來這裡做什麼？」

董炳泰苦笑道：「太皇太后的遺體都沒有找到，何來守靈之說。」

董天將道：「我大哥和二哥被李天衡調去邵遠，至今不見回來。」

董炳泰充滿擔憂地望著董天將道：「兒啊，你千萬不可惹事，爹已經老了，決不可看到你們三兄弟任何一個出事。」他也有難言的苦衷，李沉舟在此次宮變之前就找了個藉口將他的兩個兒子調往邵遠，其實是用他們兩人的性命進行要脅。他不是不知道李沉舟的野心，可是在這場李沉舟蓄謀已久的宮變中，他已經完全落入了被動，現在就選擇抗爭是絕不明智的，搞不好還會搭上親人的性命，隱忍一時，伺機而動才是最正確的辦法。

李氏宗祠之中又多了一個牌位，李明輔的牌位放在了李玄感的左側，李沉舟拜祭完畢恭恭敬敬地將香插在香爐內，父親的牌位已經被他移走，取而代之的是一個只有姓氏沒有名字的牌位，這牌位屬於文博遠，他素未謀面的兄弟，他們兄弟相見之時，文博遠已經變成了一具冰冷的屍首，李沉舟從胸前掏出已經合二為一的雙魚玉佩，溫軟的玉質彷彿含有生命一樣，李沉舟似乎摸到了兄弟的脈搏。

雖然他沒有確切的證據，可是卻能斷定，弟弟的死必然和胡小天有關，他從未忘記過這筆血仇，他不會放過任何一個得罪過他的人。

門外傳來手下的通報聲，卻是長公主薛靈君到了，雖然薛靈君身分尊崇，可是按照規矩，她也不能擅入李氏宗祠。

李沉舟想了想，突然道：「請她進來！」他現在是靖國公，也是李家真正的主人，他可以不再顧忌任何人的臉色，做自己想做的任何事。

如果不是李沉舟主動相邀，薛靈君不會有進入宗祠的想法，她此番前來是為了弔唁自縊身亡的李明輔，同時也為了見李沉舟，自從那晚之後，她還沒有和李沉舟單獨相見的機會，縱然兩人已經聯手，可是她仍然有種不踏實的感覺，總覺得李沉舟對自己的瞭解遠多過自己對他。

李沉舟比起過去更加的沉穩堅毅，給人的感覺深不可測，即便是身分要比他更加尊崇的薛靈君在他的面前仍然會感到一種無形的壓力，她真切感受到李沉舟身上發生的變化，也許這種變化正是自己賦予他的。

李沉舟望著薛靈君的目光中竟多出了幾分溫暖，看著薛靈君來到自己面前，主動伸出手去握住了薛靈君的柔荑，關切道：「天氣這麼冷，你又何必親自前來？」

薛靈君因他的話而感到溫暖，被他握著柔荑內心有種久違的羞澀感，她輕聲道：「李大人忠君愛國，於情於理我都該過來拜祭一下。」她想要掙脫開李沉舟的大手，卻被他抓得越發緊了。

李沉舟帶著她來到林立的牌位前，一字一句道：「列祖列宗在上，這就是我的女人，她叫薛靈君！」

薛靈君的內心如同被閃電擊中，不知為何她就淚眼模糊了，雖然她明白李沉舟極可能利用感情攻勢進一步束縛她的內心，讓自己對他死心塌地，可是他的這句話恰恰是她最想聽到的，輕易就擊中了她內心中最軟弱的部分。

第四章

人皮

石寬掀開覆蓋蔣老太后屍體的白布，
老太后的屍體背部朝上，可以清楚看到她如今的慘狀。
縱然見慣暴戾場面的李沉舟，也不禁為之動容，
要知道這親手扒掉蔣老太后衣服
並將她背後整塊皮膚割下的人乃是她的親生兒子，
薛勝景之殘忍冷血實在是超乎常人之所料。

當別人的計策已經得逞，佈局堪稱完美的時候，依靠奇謀或許可以破局，可是更直接的方法卻是簡單暴力，胡小天和薛勝景定下的計策就是斷其爪牙，在李沉舟將主要精力投入經營核心，增強對大雍控制權的時候，他們要擾亂對方的佈局，將李沉舟的幫手逐一剪除。

簡融心病了三天，等她能夠有力氣下床的時候，又是一場大雪降臨，簡融心走出房門的時候，看到秦雨瞳在外面賞雪，這幾天都是秦雨瞳在照顧她。

秦雨瞳的聲音平淡卻不夾雜任何的溫情：「如果我是你，就會留在房內好好休息。」

簡融心道：「躺在床上總感覺自己已經死了！」

秦雨瞳回過頭去，看到簡融心美麗的俏臉神情木然，仿若突然間失去了生命的神采。

一個女人先是被丈夫遺棄，然後又親眼目睹家門被滅，慈父慘死的慘劇，這樣的打擊很少有人能夠承受。簡融心至今都想不透，為何婚後對自己一直關懷備至的丈夫竟突然變得如此冷酷，縱然他們一直都是有名無實的夫妻，可是他們婚後相敬如賓，自己早已決定要追隨他一輩子，可現實竟是如此殘酷。

簡融心向秦雨瞳道：「謝謝你們這幾天對我的照顧，我好了很多，我要走了。」說話的時候目光卻望著簌簌落下的飛雪，更像是自說自話。

秦雨瞳終忍不住提醒她道：「你又能到哪裡去？」

簡融心道：「回家，我要埋葬了我的父親……」說到這裡她有種想哭的衝動，可是淚水已經流乾。

秦雨瞳道：「你只怕並不知道，朝內有許多人被牽扯到燕王謀逆的案子裡，其中就包括你的父親。」

簡融心咬了咬櫻唇，目光終於落在秦雨瞳的雙眸之上：「我爹不可能跟他串謀，我爹對大雍忠心耿耿，怎會參與謀逆？」她的目光變得堅強而倔強：「我會出去說清楚，我要還我爹一個清白。」

秦雨瞳歎了口氣道：「有些事根本是說不清道不明的。」此時她看到胡小天走入了院落之中，他應該是剛剛從外面回來，身上落滿了飛雪，頭髮眉毛都染白了，新生的髭鬚也沾染了不少雪花，看起來就像是一個老頭兒。

胡小天來到門廊前，在離兩人還有一段距離的時候拍打了一下身上的雪花。

簡融心向他走了過去：「我要離開這裡！」

胡小天居然毫不猶豫地點頭：「只要你願意，我隨時可以安排人送你離開。」

簡融心道：「我要回家。」

胡小天向秦雨瞳看了一眼，目光中充滿了疑問，似乎在質詢秦雨瞳因何沒有將真實的情況告訴簡融心。

秦雨瞳道：「簡姑娘並不相信我說的話。」

簡融心道：「我要出去為我爹討還清白！」

胡小天道：「這兩天發生了很多事，太皇太后死了，皇上死了，董淑妃死了，靖國公李明輔也死了！」

簡融心一直都在病中，她本以為發生慘劇的只是自己的家裡，卻想不到大雍皇朝竟然發生了那麼多的事情，她充滿震駭道：「怎會如此？」

胡小天道：「根據宮裡傳出的消息，薛道洪當年登上皇位全都仰仗太皇太后提供的一份偽造的傳位詔書，太皇太后看清薛道洪的嘴臉，生怕自己死後，薛道洪屠殺皇室，於是決定策劃糾正這個錯誤，她聯合一些老臣想要廢掉薛道洪，卻不意走露了風聲，薛道洪先下手為強，除掉了太皇太后，簡大學士也因此而遭遇連累。」

簡融心掩住了櫻唇，淚水簌簌而落，如果胡小天所說的一切屬實，那麼丈夫應該早就知情，那晚將自己驅離家門就是他有意為之，他對自己根本沒有半分感情。

秦雨瞳明顯有些聽不下去了，她悄悄向胡小天使眼色，提醒他不必將所有的真相都說出來，因為真相多半都是殘酷的。

胡小天卻繼續說了下去，真相雖然是殘酷的，卻有必要讓簡融心知道，因為她早晚都會知道。雖然胡小天所知的真相也並非事情的全部，可是有兩點他務必要讓簡融心清楚，一是簡融心的父親簡洗河死於政治鬥爭，李沉舟恰恰利用了簡家被滅門的理由，理所當然地和薛道洪決裂，旗幟鮮明地站在了所謂正義一方，占盡了忠誠和道義。二是大雍如今的權力已經被李沉舟和長公主薛靈君聯合把持。

簡融心的俏臉變得煞白，殘酷的現實幾乎要讓她瀕臨崩潰。

秦雨瞳走過來為她披上了一件白色貂裘，向胡小天道：「夏長明一直都在找你，你有沒有見到他？」其實是想支開胡小天，她實在不忍心簡融心繼續接受這個殘酷的現實。

胡小天點了點頭轉身離去。

簡融心低聲道：「原來他一直都在騙我……」

秦雨瞳憐惜地望著簡融心，輕聲道：「至少現在你還活著。」

簡融心淚光漣漣地轉向秦雨瞳道：「這樣活著還不如死去……」

夏長明和安翟兩人都在隔壁的院子，今日風雪肆虐，因為胡小天此前並沒有安排特別的行動，兩人正在房內烤火聊天，看到胡小天帶著風雪走入房內，兩人慌忙起身相迎。

安翟道：「公子回來了！」

胡小天點了點頭，夏長明將自己坐的椅子讓給了他，笑道：「主公，打聽到了什麼消息？」

胡小天道：「也沒什麼了不得的消息，只是我們到時候行動了。」

兩人聽到行動二字，同時雙目生光，湊到胡小天的面前，自從來到雍都，他們可謂是毫無進展，最近更因為大雍宮變，整個雍都變得風聲鶴唳，他們不得不選擇隱匿行藏，雖然嘴上不說，可心底卻非常窩火。

胡小天將一封信遞給安翟，安翟展開看了，臉上禁不住露出笑容道：「這上面寫的可是真的？」

胡小天道：「你管它是不是真的，只管將上面的消息廣為散播出去，眾口鑠金，積毀銷骨。」

安翟點了點頭道：「這件事容易，公子只管放心交給我來做。」他抱了抱拳，轉身去了，馬上就去辦胡小天交給他的事情。

夏長明心中雖然很好奇，可是他也沒有多問，胡小天的性情他也瞭解，若是不想讓別人知道的事情，問了也沒用，夏長明道：「主公給我安排什麼任務？」

胡小天道：「咱們去抓邱慕白！」

夏長明道：「邱慕白不是劍宮少主嗎？」

胡小天點了點頭道：「就是他。」

邱慕白護送項青雲返回太師府，項青雲乃是大雍太師項立忍的四女兒，同時也是劍宮主人邱閑光的弟子，邱慕白的師妹，她和邱慕白也已經正式定下婚約，此時返回太師府乃是聽說父親抱病在床，所以特地回家探望。

邱慕白探望項立忍之後，確信他並無大礙方才離開。

馬車行到快活林附近，卻看到一人站在前方道路中央，攔住了他們的前行道路，劍宮在大雍地位非普通門派可比，其門下弟子素來囂張跋扈，看到有人居然敢在劍宮附近公然攔住他們的去路，不由得勃然大怒道：「不開眼的鼠輩，還不讓開，你難道看不出這是劍宮的車馬？」

胡小天頭戴斗笠，周圈垂下的黑紗將面龐遮住，其實這黑紗無非是增添了神秘感，他現在經過易筋錯骨改頭換面，就算沒有黑紗蒙面別人也認不出自己。緩緩從背後抽出一柄鏽跡斑斑的大劍，沉聲道：「久聞劍宮劍法獨步天下，上官雲冲特來討教！」

車簾無風自動，一身黑色勁裝的邱慕白從車內倏然衝出，整個人猶如一把出鞘的利劍，邱慕白自從在快活林敗給胡小天之後，就潛心修劍，過去他最為得意的追風三十六劍先是簡化為十八劍，然後又簡化為九劍，雖然招式上減少了數倍，可是變化卻增加了不少，尤其是在出劍的速度方面比起當年和胡小天交鋒之時又快了不少，天下武功唯快不破，邱慕白身形一動，手中長劍猶如流星趕月徑直刺向胡小天的咽喉。

出劍之時人劍合一，手中利劍因貫注內力而迸射出雪亮的光芒，輕薄的劍身遠遠望去猶如透明一般，已然達到了上乘劍法中劍心通明的境界。邱慕白也的確是年輕一代劍手中不可多得的人物，年紀輕輕就能夠達到如此境界，再往前一步就可以達到劍氣外放，成為劍宮自藺百濤之外的另一個天才人物。

可天才也分三六九等，天才遇到天才的時候，高低立見。

胡小天手中大劍一抖，這只是一把普普通通的鐵劍，比起尋常的鐵劍無非是厚重寬大一些，劍刃直指對方，內息灌注於劍身之上，即將落下的雪花迫近劍身之上的時候，卻似乎被一股無形的力量排斥開來，充盈的內力讓厚重的劍身鼓蕩震動，發出嗡的一聲悶響，然後兩隻劍鋒，奪的一聲撞擊在了一起。

時間彷彿瞬間凝滯，邱慕白的身軀猶如筆直的劍，突然定格在虛空之中。

胡小天單手握劍右足前跨，面上的黑紗被衝撞時引發的氣浪吹開，露出一張醜怪的面容。這張面容對邱慕白而言完全陌生，胡小天改頭換面的功夫已經足可瞞過他的眼睛。

劍鋒相交的部分發出吱吱嘎嘎的刺響，邱慕白手中的長劍竟然切開了鐵劍的劍鋒，將之撕開半寸有餘，然而他的內力也已經在此刻達到了極致，終究無法完成以劍破劍的致命一擊。之所以能夠損傷胡小天的鐵劍，完全仰仗寶劍之利。

胡小天的內力卻宛如長江大河般滔滔不絕，以一浪高過一浪的陣勢向對方攻去。

邱慕白凝滯在半空中的身軀陡然飛升而起，宛如天外驚鴻，躍飛到空中三丈左右的地方，雙腿蜷曲在後方蒼松樹幹之上用力一蹬，樹冠上的厚重的積雪簌簌而落，邱慕白隨同這紛紛墜落的積雪，飄然而下，手中長劍急速抖動，在空中綻放出九朵寒光凜冽的劍花，追魂奪命般向胡小天的身軀問候而去。

胡小天右足在地面上重重一頓，地上的積雪蓬的一聲倒飛而起，宛如排浪般將他的身軀籠罩其中。

九朵劍光將雪牆破出九個大洞，然胡小天卻於其中憑空消失，不知所蹤。

邱慕白還未看清怎麼回事，雪地之上，一道寒光飛起，卻是胡小天躺在地上躲過了他的最強殺招。

邱慕白揚起長劍擋住對方的來劍，雙劍交錯，發出噹的一聲巨響，震得邱慕白雙臂發麻，此時方才意識到對方剛才根本沒有使出全力，胡小天已經決定速戰速決，一劍揮出之後，緊接著又是一劍揮落，不給邱慕白任何喘息的機會。

邱慕白倉促之中無法選擇躲避，只能再度揚起手中劍硬撼對方的攻擊，這次胡小天的力量比起剛才更加強大，大力劈砍之下，邱慕白手中的寶劍竟然彎成了弧形，雖然封住了劍刃，卻無法阻擋從對方劍身傳來的巨大潛力，猶如一隻鐵錘重重撞擊在他的胸口，邱慕白胸口劇痛，喉頭一熱，噗地噴出一口鮮血。

胡小天趁著他防守露出破綻的時機，揚起左拳狠狠擊中邱慕白的小腹，打得邱慕白悶哼一聲身軀倒飛出去，後背重重撞擊在樹幹之上，然後又貼著樹幹滑落下去，軟癱在雪地之上。

兩名隨行的劍宮弟子看到勢頭不妙，慌忙上前營救，胡小天又豈會將這兩人看在眼裡，手中鐵劍來回揮舞，以劍身將兩人拍飛，抓起癱倒在地上的邱慕白，將他扛在身上，冷冷道：「讓邱閑光拿誅天七劍的劍法換他兒子的性命！」

劍宮門主邱閑光聽聞這個噩耗驚得站起身來：「什麼？慕白被人劫走了？你們知不知道是什麼人做的？」他心中之震駭難以形容，兒子的劍法已經在劍宮年輕一代中首屈一指，能夠劫走他的人必然是超一流高手。

兩名弟子驚魂未定，其實胡小天是故意留他們回來報信，否則奪取他們的性命還不是輕而易舉。其中一名弟子上氣不接下氣道：「他自稱是上官雲冲，還說什麼要讓我們劍宮交出誅天七劍換少門主的性命。」

上官雲冲的名字天下皆知，在龍曦月成為丐幫幫主之前，上官雲冲曾經被視為丐幫最有希望繼承幫主的那個，而且此人被公認丐幫百年來難得一見的武學奇才。

劍宮和丐幫的確有恩怨，夔州太守楊道遠本是劍宮中人，說起來他還是邱閑光的師兄，楊道遠出動馮閑林為首的七殺，想要滅掉張子謙和燕虎成，這一計畫卻被丐幫破壞，雖然楊道遠和馮閑林先後死在胡小天之手，可外界普遍認為兩人的死和丐幫有關，江北丐幫的骨幹多人被刺，也是劍宮的報復行動之一。可是自從江北丐幫分裂，劍宮和江北丐幫之間就已經化干戈為玉帛，停戰休兵，上官雲冲因何要針對自己的兒子？

邱閑光認為這件事並不尋常，這個劫走兒子的上官雲冲，十有八九是冒名，想要故意挑起劍宮和丐幫之間的矛盾。

雍都城內一夜之間多了不少的傳單，這些傳單之上寫著此次宮變的內情，尤其是對李沉舟和長公主薛靈君之間的關係進行了重點關照。在事發之後，雖然李沉舟下令全城進行清繳，可流言仍然在不斷傳出去，影響也在不斷擴大。

李沉舟望著那份剛剛得到的傳單，上面對宮變的描述非常詳細，甚至對當晚發生在慈恩園的一些細節都非常清楚，寫這份傳單的人十有八九是親眼所見。雖然他已經成功掌控了大雍的權柄，可是手中的權力並不穩固，別說整個大雍，即便是眼下的雍都也是暗潮湧動。

金鱗衛統領石寬小心觀察李沉舟的臉色，從李沉舟眉宇間的陰鬱就能夠推測出他此時的心情，他和長公主薛靈君的隱私被人暴露於天光之下，這可是一件天大的醜聞，尤其是其中還有關於李沉舟趕走妻子謀害岳父的段落，已經將李沉舟描述成為一個徹徹底底的小人。石寬道：「大都督放心，我已經嚴令手下徹查此事，務必會在最短的時間內查明真相。」

李沉舟不屑道：「真相？原本就是謠言，何來真相？」他緩緩踱了幾步道：「清者自清，謠言止於智者，此事沒有徹查的必要。」

石寬恭敬道：「大都督，此事顯然是衝著您來的，若是放任不管，只怕謠言會越演越烈。」

李沉舟道：「依你之見，這件事乃何人所為？」

石寬道：「應該是薛勝景。」

李沉舟道：「這上面寫的很多事情都是薛勝景逃離之後方才發生，他又怎能知道得如此清楚？」

石寬似有所悟，低聲道：「難道當晚在場的人中有薛勝景的同黨在？」

李沉舟點點頭道：「石統領說得很有道理。」他歎了口氣道：「慶父不死，魯難未已，這薛勝景一天不死，就不會停止作亂，須得想法子將此人挖出來為好。」

石寬聽到這個挖字心中不由得一動，他壓低聲音道：「慈恩園的那條密道已經挖通了一部分，太皇太后的遺體也已經找到，這件事要不要……」

李沉舟搖了搖頭道：「都說過只當這件事沒有發生過。」

石寬道：「看來薛勝景已經走了，他連太皇太后的遺體都顧不上，看來逃得匆忙。」

李沉舟道：「皇家的親情本就輕薄如紙，薛勝景當時之所以帶著太皇太后的屍體逃走，並不是因為他孝順，或許是太皇太后的身上可能藏有不為人知的秘密。」他停頓了一下又道：「就算薛勝景逃了，他身邊的那些親信總還有一些，只要嚴加拷問，不愁他們不說實話。」

石寬離去不久，劍宮門主邱閑光前來求見，他此次前來是為了兒子被人擄走之事。

李沉舟聽說這件事也是吃了一驚，對方竟然挑選劍宮下手，而且居然宣稱是上官雲冲所為，如此明目張膽而又蹩腳的栽贓行為真是可笑，但是李沉舟卻不得不承認，對方的做法給自己帶來了麻煩，確切地說是給劍宮帶來了麻煩。

邱閑光只有一個寶貝兒子，邱慕白也被視為劍宮的未來希望，他的失蹤對劍宮的影響是巨大的。

李沉舟產生的第一個念頭就是，對方有意擾亂己方的陣營，他安慰邱閑光道：「邱門主不必驚慌，我敢斷定此事絕非是上官雲冲所為，而是有人故意製造混亂，想要挑起劍宮和丐幫之間的矛盾。」

李沉舟說得如此斷定，是因為上官天火父子如今都在大雍，和劍宮一樣都在為自己辦事，相比劍宮，上官天火父子對自己的依賴更大，他們需要依靠自己方才能夠在大雍站穩腳跟，在目前的狀況下，他們父子沒有任何對付劍宮的理由。

邱閑光道：「大都督，老夫也知道此事必有蹊蹺，可是那擄走我兒的怪人武功其高，他口口聲聲要我交出誅天七劍。」此刻邱閑光是心亂如麻，真正最關心兒子死活的始終都是他這個做父親的，若是兒子有個三長兩短，其他人又怎會在乎？邱閑光幾乎能夠斷定，那怪人自稱上官雲冲，又索要什麼誅天七劍只不過是一個幌子罷了，這件事應該不是衝著劍宮，真正的目標所指十有八九就是李沉舟，他前來找李沉舟的原因正是如此。

李沉舟道：「我看慕白暫時不會有危險，劫匪將他劫走必有所圖，否則當時就會不留活口。」

邱閑光道：「還請都督多多費心！如有可能安排我和上官雲冲相見，從他那裡或許能夠找到一些線索。」他的意思很明顯，就算事情不是上官雲冲做的，可那劫匪既然冒了上官雲冲的名字，定然和上官雲冲有仇，上官雲冲或許能夠想到究竟是誰想栽贓於他。

邱閑光的要求並沒有得到李沉舟的配合，他只說合適的時機會安排上官雲冲前往劍宮解釋，可並未說定什麼時候，邱閑光看出李沉舟的敷衍，自然是失望而歸。

李沉舟的初衷絕不是敷衍，邱慕白失蹤的事情只要稍一琢磨就會發現其中有太多不對頭的地方。上官天火父子自從投奔他之後，在雍都行蹤詭秘，除了他之外，很少有人知道他們父子的下落和聯絡方式，今次邱慕白被擄，所有矛盾都指向上官雲冲，邱閑光想要和上官雲冲見面雖然是情理之中的事情，可究其原因，卻不能排除有人想要利用這種方法逼迫上官雲冲現身的意思。越是如此，越是要提高警惕，以免中了他人的圈套。不過這也給了他們一個機會，他們大可將計就計，在佈置妥當之後安排上官天火父子現身，以引誘潛在的敵人出現。

邱閑光走後，李沉舟驅車來到太廟，今天乃是新君薛道銘祭祖之日，李沉舟在約定時間抵達，卻發現太廟已經是人去樓空，問過之後方才知道，薛道銘一早就過來了，輕車簡行，只是簡單參拜了一下列祖列宗，在太廟逗留的全部時間不超過半個時辰。

薛道銘的行為在李沉舟眼中絕非是低調，而是一種逃避，其中還包含著對自己的反感和抗爭。薛道銘雖然走了，可後續沒有完成的祭祀禮節卻要由禮部尚書孫維轅來善後，孫維轅正在指揮太廟的侍奉完成祭祀儀式。

孫維轅看到李沉舟親臨，慌忙放下其他的事情過來相見。

李沉舟道：「皇上走得那麼急？」

孫維轅苦笑道：「皇上日理萬機，諸事繁忙，更何況還要準備太后下葬之事，所以前來祭祖之後就匆匆離去，這接下來的事情已經交給微臣代勞。」

李沉舟看了看周圍來回忙碌的侍奉，淡然笑道：「非常之時需行非常之事，諸位先皇想必也能夠體諒皇上的苦衷。」

雪這會兒細小了許多，又如有人從空中撒著鹽粒子，卻又異常的輕柔，落在臉上麻酥酥的，孫維轅道：「大都督這外面冷得很，不如進去暖和暖和。」

李沉舟搖了搖頭道：「本來有些事情想跟皇上說，卻沒想到皇上已經走了。」

孫維轅道：「皇上剛走不久，大都督若是趕過去應該還來得及。」

李沉舟淡然笑道：「皇上的步子又豈是我們這些做臣子的能夠趕得上的？」薛道銘在他眼中根本就是一個傀儡罷了，一旦失去利用價值，他就會毫不猶豫地將之除去。

孫維轅聽出他話裡有話，生怕揣摩錯李沉舟的意思，不敢輕易搭話。

李沉舟道：「太皇太后和太后她們的葬禮準備得怎麼樣了？」

孫維轅道：「老夫正想跟大都督商量這件事呢，太皇太后的遺體至今還未找到，所以要麼等遺體找到再說，要麼為太皇太后立衣冠塚，至於太后，皇上堅持要將太后和先皇合葬，可昔日先皇去世之時定下的，是要和賢德皇后合葬，所以……」他面露難色，這番話也說得是支支吾吾。

李沉舟卻已經聽明白了，過去薛勝康死的時候是要和賢德皇后合葬，沒提其他妃子的意思，董淑妃也就是在死後方母憑子貴，得薛道銘追諡為皇太后，現在要跟薛勝康合葬已經是違背了當年先皇的遺願，所以孫維轅也不敢擅自做主。

李沉舟暗罵孫維轅愚蠢，輕聲道：「一朝天子一朝臣，你是誰的臣子，你侍奉的是哪位皇帝，應該清楚吧？」

孫維轅恍若如夢初醒一般，面露喜色道：「多謝大都督指點。」

李沉舟心中暗罵，孫維轅為官多年，又豈能愚魯如斯，這老東西根本就是跟自己裝傻充愣，他不敢承擔這樣的責任，所以才徵求自己的意見，以後若是出事也可有個推卸的地方，不過這從另一方面也表明，在孫維轅的心中，自己的地位已經超過了薛道銘。李沉舟道：「慈恩園方面仍在挖掘之中，相信太皇太后的遺體應該可以找到，你做好兩手準備就是。」其實蔣老太后的屍體已經找到，只不過李沉舟並未急於宣佈這個消息。

孫維轅連連點頭。

李沉舟最後說起連孫維轅都未敢提起的薛道洪，這位短命皇帝如今背負了不少的罪孽，禍國殃民，謀朝篡位再加上不忠不孝，謀害親人，任何一條罪名都足可將他打入萬劫不復的深淵。其實薛道洪的陵墓也早已準備，現在出了這種事誰也不敢決定將他如何安葬，李沉舟讓孫維轅一併準備薛道洪的葬禮，只是不必風光大葬，另外在薛道洪的陵前立一座雕像，面對薛勝康皇陵的方向而跪，薛道洪雖然死了，可是他所犯下的罪孽不能輕易作罷，讓他死後跪拜千年，也算是對他所有惡行的一種補償。

慈恩園內，太皇太后的屍體終於被人從坍塌的地道中挖了出來，發現太皇太后屍體的時候，她身上未著寸縷，背後的大片皮膚被整個揭去，血肉直接暴露出來，讓人觸目驚心。

石寬掀開覆蓋蔣老太后屍體的白布，老太后的屍體背部朝上，可以清楚看到她如今的慘狀。縱然見慣暴戾場面的李沉舟，也不禁為之動容，要知道這親手扒掉蔣老太后衣服並將她背後整塊皮膚割下的人乃是她的親生兒子，薛勝景之殘忍冷血實在是超乎常人之所料。

石寬道：「老太后背後的整塊皮膚全都被揭去，大都督以為是什麼原因？」

李沉舟正在仔細檢查蔣老太后身體其他部分，確信她其他地方的肌膚都完好無損，聽石寬這麼問，他皺了皺眉頭，反問道：「你以為呢？」

石寬道：「依我之見，有兩種可能，一是薛勝景憎恨太皇太后，所以以此做法來發洩心中仇恨，還有一個原因就是蔣太后背後可能留有很重要的東西。」

李沉舟道：「應該是紋身！你調查一下，蔣太后生前有沒有紋身的經歷，如果有，到底是哪個紋身師為她所製？」

石寬道：「已經問過董公公，他對此事一無所知。」

李沉舟瞇起雙目，心中也不禁變得有些迷惘，董公公伺候蔣太后已經接近四十年，也就是說這四十年他從未伺奉蔣太后沐浴，自然也就沒有見過她背後的紋身，這種事情說不定只有當年的太上皇才知道，薛勝景究竟因何而得知？李沉舟現在不禁有些懷疑，薛勝景或許早就對所面臨的危險有所覺察，他之所以冒險前往慈恩園，就是為了要取下蔣太后身上的這塊人皮，這塊人皮上究竟又藏有怎樣的秘密？

李沉舟沉吟了一下道：「皇宮的任何事情往往都有記錄可查，你去仔細查看一下昔日的宮廷記錄，重點要在太上皇駕崩之前，看看那些年裡有沒有傳召紋身師入宮的經歷。」

石寬點了點頭又道：「太皇太后的屍體如何處理？」

李沉舟在蔣太后灰暗的面龐上看了一眼道：「既然她的身上已經沒有任何的秘密，留著也是沒用，對外公開宣佈這件事，對了，關於她身上發生的事不可讓任何人知道，長公主也不例外。」

石寬恭敬道：「大都督放心，卑職一定將這件事做好。」

薛勝景在密室中雙手展開了那張人皮，小眼睛中流露出激動的光芒，人皮已經經過防腐處理，從表面上看並無異樣，上面甚至連一個字一個花紋都沒有。薛勝景將冰魄定神珠取出，靠在人皮之上，卻見一個個淡藍色的字跡於人皮之上顯露出來，薛勝景難以抑制心中的激動，喃喃道：「你心中原來一直藏有這麼大的秘密，難怪你對我如此，在你心中從未將我當過你的兒子！」

人皮不可能說話，在定神珠光芒的映照下顯得越發蒼白，薛勝景輕輕撫摸著那張人皮，低聲道：「你好偏心，到死都不肯成全我！」

上官天火父子開始露面，安翟得到了不少關於他的消息，第一時間回饋給胡小天，對丐幫來說，此次前來雍都的最主要任務就是除掉上官天火父子，促使江北分舵回歸丐幫。

安翟充滿激動道：「胡公子，目前我們已經初步掌握了上官天火父子的動向，隨時都可以動手剷除他們。」

胡小天卻搖了搖頭道：「現在還不是時候，我們剛剛抓了邱慕白，邱閑光必然會求助於李沉舟，上官天火父子現在現身，很可能是個圈套，李沉舟想要將計就計，利用他們引我們出手，我們若是現在出手，反倒上當了。」

安翟有些不解道：「好不容易才迫使他們父子現身，難道咱們就白白放過這個機會？」

胡小天道：「小不忍則亂大謀，這裡是大雍，沒有足夠的把握我們決不可輕舉妄動，他們想要利用上官天火父子引誘我們出手，我們卻偏偏要反其道而行之。」

安翟道：「您的意思是？」

胡小天微笑道：「逐個擊破，重點打擊！」

雍都的這場雪雖然停歇，可是雍州北方三百里外的鐵梁山仍然是大雪紛飛，山河染白，銀裝素裹。在這樣惡劣的天氣之中，仍然有一支大約百人的隊伍縱馬馳騁，不少馬兒已經精疲力竭，任憑馬上騎士揮鞭策打，仍然不願前行，更有甚者，一匹馬因為耗盡體力，哀鳴一聲癱倒在雪地之中。

馬上將領猝不及防被摔了個灰頭土臉，不由得勃然大怒，抽出腰間佩刀，怒喝道：「你這畜生膽敢偷懶，我殺了你！」揮刀照著馬頭剁下，佩刀方才揚起就聽到身後傳來一聲威嚴的怒喝：「明威，住手！」

那將領手中的佩刀懸在半空，一位身穿黑色外氅的老帥從後方趕了上來，正是大雍兵馬大元帥尉遲冲，他接到雍都生變的消息匆忙從北疆趕回，想要趕回去參加葬禮，可是從出發開始，天氣就開始變得惡劣，接連不斷的暴風雪讓他們的行程受阻，雖然日夜兼程地趕路，可終究還是被影響了行程，來到鐵梁山風雪卻陡然變大了許多，來到這裡，人睏馬乏，幾乎都已經達到了忍耐的極限。

那名將領也是尉遲冲的愛將揚明威，被大帥呵斥之後，憤怒的頭腦方才回歸冷靜，望著那匹躺在雪地上引頸哀鳴的坐騎，心中不由得泛起一陣內疚，這匹馬畢竟馱著他一路從北疆南歸，不眠不休來到這裡，就算沒有功勞也有苦勞，自己這樣對待牠實在是大大的不應該。

那匹馬明顯已經耗盡了所有氣力，雖然幾經努力，仍然無法從雪地上爬起。

尉遲冲來到近前，翻身從馬背上跳了下去，來到那癱倒在地的馬兒身前，伸出大手輕輕撫摸著那馬兒頸部的鬃毛，馬兒甚至連哀鳴的力氣都沒有了，只是竭力喘氣，鼻孔中噴出一縷縷的白汽，間隔的時間卻越來越久，終於牠的呼吸完全停止，尉遲冲扯下鞍座上的毛毯，輕輕蓋在那馬兒的頭上。

楊明威站在一旁看著尉遲冲的一舉一動，心中越發內疚了，他有些不安地攥緊了雙拳，低聲道：「大帥！」

尉遲冲揚起右手示意他不必解釋，直起身軀，向前走了幾步，低聲道：「前方龍王廟休息！等明日風雪停歇之後再走。」

所有隨行將士都沒有說話，這些天來，儘管所有人都已經精疲力竭，可是尉遲冲仍然堅持繼續趕路。在軍隊之中最重要的就是服從，這些隨行將士全都跟隨尉遲冲南征北戰，出生入死，縱然心中叫苦不迭，但是仍然咬牙堅持了下來。想不到最終讓尉遲冲改變念頭決定紮營休息的，卻是一匹馬兒的死亡。

這條路尉遲冲已經往返多次，對途中的環境非常熟悉，鐵梁山下的這座龍王廟，他也經過了數十次，只是在此露營還是第一次。這周圍方圓五十里內並無城鎮村落，龍王廟也是唯一的選擇。

龍王廟本來就不大，尉遲冲的隊伍全都進入龍王廟之後頓時顯得擁擠不堪，將馬匹驅趕到前殿和兩側長廊，除了負責看管馬匹的士兵之外，其餘人全都集中在大殿的三間房屋內。

楊明威讓人將相對乾淨的右側配殿收拾整齊，把火燒起來，留給尉遲沖休息，尉遲沖卻堅持沒有那個必要，他在軍中就和普通士兵同吃同住，從不搞特殊，現在就更無必要。

尉遲沖來到大殿，有近五十名將士全擠在大殿的龍王神像周圍，火也已生起，這些將士隨同尉遲沖從北疆一路奔波而來，今天才總算得到休息，對他們而言這已是難得的放鬆和享受，一個個正談笑風生，看到尉遲沖到來，頓時又靜了下來。

尉遲沖笑道：「怎麼？剛才還說得那麼高興，老夫一來你們就全都不說話了？是不是在背後說著我的壞話？」

眾將士全都因他的這句話而笑了起來，其中一名年輕將領是此次對抗黑胡入侵湧現出最優秀的猛將梁文勝，因為戰功卓著被尉遲沖破例提拔，本來他並不在尉遲沖的隨行護衛之中，可是梁文勝卻堅持前來，藉口是要回雍都探望未婚妻。

尉遲沖卻知道梁文勝根本就沒什麼未婚妻，甚至家中已經沒有什麼親人，之所以堅決要求和自己同行，無非是出於對自己的關心。尉遲沖這次返回雍都，遭到了不少的反對，然而他斟酌之後，最終還是決定前來，隨著北疆進入一年中最冷的季節，黑胡和大雍也進入了短暫的冬歇期，這場戰爭應該要到開春才會重燃。

和北疆的戰事相比，讓尉遲沖更加牽腸掛肚的卻是雍都發生的這場變故，皇位的更迭讓大雍的未來前景變得撲朔迷離，傳召尉遲冲回去的是剛剛繼任的明王薛道銘，尉遲冲仔細權衡過利弊，他不能不回。

梁文勝將一個酒囊遞了過來：「大帥，喝口酒暖暖身子吧？」

尉遲冲笑了笑，接過酒囊，仰首喝了一大口，感受著烈酒從喉頭刀子般劃過，然後在腹部猶如火焰般燃燒的快意，這酒是從黑胡人那裡得到的戰利品，雖然不如中原美酒之甘醇，可是剛烈夠勁，更加適合在這樣寒冷的天氣中飲用。

尉遲冲舒了口氣，感覺唇齒留香，將酒囊還給梁文勝，笑道：「你們繼續喝著，今晚什麼都不想，一醉方休，睡醒了明兒咱們再趕路。」他無意打擾這些部下的酒興，雖然他一直都很平易近人，但是許多部下在他面前仍然表現得有些拘謹。

尉遲冲來到大殿外，夜幕已經降臨，雪非但沒見減小反而越來越大了，風暫時停歇，可以看到悠悠蕩蕩落地無聲的雪花，鵝毛一樣大小。

楊明威悄悄來到尉遲冲的身後歉然道：「大帥，對不起！」

尉遲冲看了楊明威一眼道：「什麼？」

楊明威道：「剛才我不該那樣對待那匹馬。」

尉遲冲目光投向前方，低聲道：「從北疆來到這裡，我們一路都未曾停歇過，知不知道為什麼我會選擇在這裡歇息？」

楊明威搖了搖頭。

尉遲冲道：「我剛剛才意識到自己忽略了你們的感受，這些日子以來大家實在太辛苦，都處於崩潰的邊緣，你追隨在我身邊多年，經歷無數戰役都沒有表現過如此失態，這次情緒卻突然失控，不怪你，是我把你們逼得太緊了。」

楊明威道：「全都是我自己的緣故，和大帥無關，我過去的那匹坐騎死於戰場，這一匹乃是剛剛更換，所以並沒有將牠的性命放在心上，是我的錯。」

尉遲冲笑了起來，伸出手去輕輕拍了拍楊明威的肩膀：「每個人都會有情緒失控的時候，我也是一樣。」

楊明威抿了抿嘴唇道：「大帥為何一定要返回雍都？」

尉遲冲抬起頭來，長舒了一口氣，過了一會兒方才道：「我有選擇嗎？」

楊明威道：「大帥難道不怕朝廷會對你不利？」

尉遲冲呵呵笑了起來：「到了我這個年紀早已沒有什麼好怕的了。」此時大殿內傳來的歡笑聲又引起了他的注意，尉遲冲向楊明威道：「去吧，幫我好好敬他們幾杯，這些日子，大家都辛苦了。」

楊明威點了點頭，轉身去了，尉遲冲緊了緊外氅緩步走入雪中，院子裡的雪已經到了膝彎，尉遲冲搖了搖頭，從現在的雪勢來判斷，他應該是趕不及回去參加太皇太后和皇上的出殯大典了，走在這樣的雪地之中，舉步維艱，正像是他目前在朝中的處境。

第五章

刀魔

刀魔風行雲冰冷無情的臉上凝重，手中秀眉刀緩緩向下，
傾斜四十五度角指向雪地，目光盯住尉遲冲的面龐，
低聲道：「他是我的徒弟！」
直到楊明威死後，他方才肯承認是自己的弟子，
目睹親傳弟子被尉遲冲一掌擊殺，風行雲心中殺機凜然。

越是臨近暮年，尉遲冲的內心就變得越是迷惘，他當年背叛大康投奔大雍，在大康自己早已成為千夫所指，在康人的心中已經成為背信棄義數典忘祖的罪人，而在大雍他同樣得不到認同，大雍方面始終將自己當成一個外人，天下之大竟然沒有自己的容身之地，連他也不知道自己究竟是康人還是雍人？

身後想起梁文勝的聲音：「大帥，您怎麼一個人站在雪地裡？」

尉遲冲道：「這些日子只顧著趕路，卻未曾留意欣賞雪景，現在總算有了機會。」他轉身走回長廊，抖了抖身上的落雪，輕聲喟歎道：「本以為走入雪中能夠看得清楚，真正走進去卻是一片模糊，還是站在這裡看得清楚些。」

梁文勝道：「當局者迷旁觀者清。」他從尉遲冲的話中敏銳捕捉到了老帥內心的迷惘。

尉遲冲聽出他話中有話，微微一笑道：「等回到了雍都，你把未婚妻帶過來讓老夫見見。」

梁文勝面露尷尬之色，抿了抿嘴唇，抱拳躬身道：「請大帥降罪！」

尉遲冲呵呵笑了一聲道：「何罪之有？你在這件事上故意欺瞞我嗎？」他意味深長地看了梁文勝一眼道：「你做事向來都有分寸有主見，老夫相信你一定有充分的理由。」

梁文勝道：「屬下根本沒有未婚妻，只是不放心大帥，所以才找了個藉口跟大帥一起回去。」

尉遲沖道：「有什麼不放心的？雍都又不是龍潭虎穴，我連黑胡人都不怕，難道會怕自己人？」說到自己人這三個字，內心中不由得泛起一陣苦澀的滋味，只怕別人不把他當成自己人。

梁文勝道：「朝廷最近發生了太多的事情，若非事態緊急，他們也不會強召大帥回去。」如果不是事關重大，又怎會輕易召回邊關大帥。

尉遲沖道：「老夫對朝中發生的事情並不感興趣，當年之所以選擇離開雍都前往邊關駐守，並不僅僅因為是勝男的緣故……」他停頓了一下方才道：「大皇子和七皇子為了皇位鬥得激烈，若是留在大雍難免會受到他們兩人奪位的影響，我對皇家的事情向來敬而遠之，先皇於我有恩，我只想報效大雍，為百姓守住北疆，除此以外別無他念。」

梁文勝鼓足勇氣道：「大帥以為在而今的狀況下，能夠獨善其身嗎？」

尉遲沖皺了皺眉頭，他沒有回答，他也不好回答這個問題。

梁文勝道：「新君召大帥回去，應該是要大帥表明態度。」

尉遲沖道：「沒什麼需要表白的，老夫對大雍之心，日月可鑒！」其實他心中明白此番召他回去還是因為新君薛道銘對他不放心，確切地說應該是李沉舟對自己不放心。他掌控北疆大軍，若是有異心，大雍必將陷入混亂的內戰之中。表白態度，又有什麼好表白的？薛道洪當皇帝也罷，薛道銘當皇帝也罷，總之這皇位仍然是薛家的，自己保得是大雍的江山，尉遲冲雖然知道此番前往雍都有可能會面對很多的麻煩，但是他並不認為朝廷膽敢對自己不利，畢竟他是北疆主將，對大雍來說還有些用處，朝廷不會愚蠢到自毀長城的地步。

「大帥還是早些睡吧！事已至此，只能順其自然了。」梁文勝恭敬道。

尉遲冲微笑點了點頭道：「好！」既然決定返回雍都，再考慮那麼多的事情也是無用，最多也只是徒增煩惱罷了，梁文勝說得不錯，順其自然最好。

他們正準備返回大殿的時候，前殿突然傳來了駿馬的嘶鳴聲，此起彼伏，仿若遭遇了什麼驚恐的事情。

馬匹的嘶鳴聲馬上驚動了在大殿內飲酒的眾將士，所有人全都衝了出來，此番跟隨尉遲冲前往雍都的將士，全都是訓練有素身經百戰的猛士，反應速度一流。

楊明威讓梁文勝等人留下保護尉遲冲，他則帶領一支二十人的隊伍去前殿一探究竟。

馬匹的慘叫聲仍然在繼續，楊明威那些人去了之後不久就已經退了出來，他們還架著三名受傷的士兵出來，卻是他們的馬匹被湧出的毒蠍攻擊，如今有大半都已經中了毒，原本負責看護馬匹的八名士兵也有傷亡，他們不敢貿然進入，只是推開大門，大門方才被打開，就有一匹駿馬當先衝了出來，方才衝出大門來到院落之中，就發出一聲哀嚎，癱倒在了地上。

卻見那馬兒的身上爬滿了毒蠍，士兵們慌忙用點燃的木材封住前殿的大門，避免毒蠍繼續向外湧來。

楊明威手中的匕首戳中一隻爬向自己的毒蠍，通體墨色，首尾足有兩寸大小，這樣的毒蠍著實少見，而且現在還是在數九寒天，蟲豸本應該處在蟄伏的時候，怎會突然出現這樣的狀況？

尉遲沖迎上前去，緊張道：「怎樣？」

楊明威搖了搖頭道：「前殿到處都是這麼大的毒蠍子，我們的坐騎大都已經中毒，五名負責看護馬匹的兄弟也犧牲了，還有三名兄弟中毒。」楊明威的話還沒有說完，三名中毒的士兵就已經先後毒發身亡，黑蠍的毒性極其劇烈，他們隨隊雖然有醫官隨行，可是對這種蠍毒束手無策。

尉遲沖臉上露出悲憤之色，這些手下跟隨他從北疆戰場上歸來，沒有死在戰場上，卻不明不白地死在了龍王廟。

梁文勝也推開一扇窗向前殿內望去，舉起火光向其中望去，但見裡面密密麻麻爬滿了毒蠍，馬匹已經倒了一片，還未斷氣的馬匹在不停哀嚎著。

尉遲沖示意手下儘快將倖存的馬匹轉移，儘量遠離前殿，現在轉移為時已晚，他們的一百多匹馬竟有半數死在了龍王廟，與此同時他們還折損了八名士兵。

發生了這種事情尉遲沖下令將龍王廟的前殿焚毀，以免毒蠍爬出龍王廟危害相鄰，其實這龍王廟周圍一帶並沒有城鎮村莊，放火焚燒的主要目的還是要將毒蠍燒死在前殿之中。

他們本以為總算可以在龍王廟好好歇息一晚，可剛剛停歇就損失了半數的馬匹，沒有人會將這次毒蠍攻擊馬匹的行為當成一次偶然，距離龍王廟最近的村莊還有五十多里，是繼續向前，還是留在原地等到天亮繼續出發？

楊明威來到尉遲沖身邊，低聲道：「大帥，咱們還是儘早離開為妙，這些毒蠍出現在這裡絕非偶然，應該是有人操縱，此地不宜久留。」

尉遲沖轉向梁文勝，顯然在徵求他的意見。

梁文勝皺了皺眉，斟酌了一下方道：「大帥，我認為若是現在逃走，頂著風雪趕路必然會損耗我方的戰鬥力，也許這正是敵人期望看到的，更何況我們已經損失了半數馬匹，冒著風雪前進，行進的速度肯定不會太快，與其疲於奔命不如留在這裡養精蓄銳，以逸待勞，以我們目前的實力，面對任何敵人都有能力與之一戰。」

尉遲沖緩緩點了點頭，梁文勝的建議更合他的心思，深更半夜，天寒地凍，風雪又突然變大了，在這樣的狀況下匆忙離開繼續趕路，必然損耗己方的戰鬥力，如果註定要有一戰，還是留在這裡準備的好。

楊明威看到尉遲沖的神情已經猜到了他的想法，於是轉身去指揮將前殿點燃，不多時前殿已經被點燃，熊熊火光衝天而起。尉遲冲下令所有士兵退回大殿，封住各個可能的出入口，就連大殿屋頂也佈置了崗哨，嚴防死守，提防一切可能發生的襲擊。

火光照亮了眾人的面孔，每個人的表情都顯得非常嚴肅。空氣中彌散著一股焦臭的味道，那是毒蠍和死去馬匹和士兵屍體燃燒混合的味道。

楊明威確信毒蠍並未衝出火焰的包圍圈，這才過來向尉遲冲稟報。

就在此時，屋頂負責警戒的士兵忽然指向遠方，大聲道：「大帥，遠處風雪中有三個人朝這邊走來了！」

尉遲冲心中一怔，梁文勝聽到消息，拔地而起，身軀宛如一隻大鳥般升騰而上，在虛空中一個倒翻穩穩落在大殿的屋頂之上，舉目望去，卻見遠方有三個模糊的身影正頂著風雪朝這邊走來，龍王廟的這把火將夜空染紅，極其醒目，梁文勝揮了揮手，又有十名士兵爬上屋頂，他們彎弓搭箭瞄準了前來的三人，只等尉遲冲一聲令下就會將對方射殺當場。

尉遲冲做了個手勢，示意手下人一定要慎重，不可濫殺無辜。

隨著對方越來越近，梁文勝已經看出對方乃是三名鵪衣百結的乞丐，三人手中全都拄著打狗棒，在風雪中走得頗為辛苦。他們的興趣全都在燃燒的前殿之上，為首一人率先看到了大殿屋頂高高低低的身影，他揚聲道：「我們三個乃是吃百家飯的叫花子，途經此地，又餓又冷，借個地方烤烤火，沒有惡意！」他中氣渾厚，聲音迎風，居然能夠清晰送到每個人的耳朵裡。

楊明威向尉遲冲低聲道：「此人乃是高手！」

尉遲冲緩緩點了點頭，他身經百戰，任何凶險的場面都經歷過，這三名叫花子雖然出現得非常詭異，可是在對方沒有暴露出真正的敵意之前，己方也不需要急於發動攻擊。至少在目前，他們無論是人數上還是實力上都佔有很大的優勢，尉遲冲向楊明威使了個眼色。楊明威馬上會意，朗聲道：「我們也是途經這裡躲避風雪的，三位只管烤火就是。」他的聲音震得不少士兵耳膜嗡嗡作響，顯然是醞釀內力而發，此舉意在向對方展示實力，威懾對方不可輕舉妄動。

三名乞丐大步來到那燃燒的前殿，靠近那熊熊燃燒的大火自然感覺到溫暖了許多，其中一人吸了吸鼻子道：「咦？裡面還有烤肉的味道呢！」其實他聞到烤肉的味道再正常不過，這前殿有不少的死馬，還有五具士兵的屍體。

另外一名乞丐道：「這味道好像有些特別。」

為首那名老年乞丐將身上披著的麻袋在裸露的石台上鋪平，盤膝坐在上面，又從身後取下一個大大的酒葫蘆，擰開瓶塞灌了幾口酒道：「你們兩個總是喜歡多說話，看不到這些都是官軍，官大爺好心讓咱們烤火避寒，你們少胡說八道，省得激怒了人家。」

尉遲冲看到那老年乞丐身上的麻袋數目，已經知道此人在丐幫之中輩分必然極高，乃是九袋長老。於是緩緩走上前去，微笑道：「敢問這位老兄，你們可是丐幫中人？」

那老年乞丐抬起頭來，咧開嘴笑了笑，露出滿口焦黃的牙齒，點了點頭道：「這位軍爺，我們都是丐幫中人。」其實這老年乞丐正是丐幫執法長老薛振海，他和安翟一起統領群丐前來大雍，目的就是要剷除幫中叛逆上官天火父子，可是他卻和安翟的理念不同，薛振海更想丐幫的事情丐幫自己來處理，不想過多的倚重胡小天的力量，其實真正的用意是不想丐幫淪為胡小天爭奪天下的工具。安翟卻認為眼前的形勢下必須要和胡小天緊密團結，理念的不同讓他們的內部也產生了分裂，是以在抵達大雍之後不久，薛振海就決定獨自展開行動，他之所以來到鐵梁山附近是因為得到消息，上官天火有可能在這一帶出現。

薛振海帶手下人來到之後卻撲了個空，發現消息有誤，準備返回雍都的時候偏偏遭遇大雪，正在雪中艱難行進時，剛好看到這裡有火光，於是被吸引了過來。

尉遲冲忽然道：「小心！」卻見火中一隻黑蠍子張牙舞爪地從裡面逃了出來。

薛振海眼睛一瞇，右手伸了出去，閃電般抓住那黑蠍子，擰斷蠍尾，直接就扔到了嘴裡，嘎嘎嚼了兩下，和著烈酒下了肚子，口中不停讚道：「美味！真是美味！」

另外那兩名乞丐也來了精神，他們圍著前殿尋找僥倖從火場逃生的蠍子，抓住就用來下酒。

尉遲沖這邊的將士看到三名乞丐生吃活蠍，一個個驚得目瞪口呆，不過這樣一來倒也省卻了不少的麻煩。尉遲沖看到薛振海對自己的態度冷淡，也覺得沒趣，轉身回到楊明威的身邊，楊明威低聲道：「大帥先去休息吧，這外面有我看著呢。」

薛振海將他的話聽得清清楚楚，呵呵笑了起來：「幾位將軍不必擔心，我們三個要飯的能翻起什麼風浪？如果不是被這場風雨阻了去路，我等見到你們這些官爺躲都來不及呢。」

尉遲沖微微一笑，讓楊明威拿些食物給這些叫花子送去。

薛振海三人見楊明威送食物過來，只是瞥了一眼並沒有伸手去接，薛振海道：「將軍的好意我等心領了，只是這些蠍子已讓我等享用不盡，無需其他的食物。」

楊明威知道這三名乞丐多疑，冷哼一聲道：「擔心我們在食物中動手腳嗎？不怕告訴你們，我們大帥乃是響噹噹的英雄，豈會做這等屑小的手段。」

薛振海道：「敢問剛才那位老將軍是不是尉遲大元帥？」

楊明威因他的話而警惕了起來，冷冷道：「你怎麼知道？」

薛振海哈哈大笑道：「放眼大雍能夠當得起大元帥的稱號，更何況從各位手中的酒囊看來，應該是黑胡人之物，若是我沒猜錯，定然是從黑胡人那裡繳獲來的戰利品吧。」

楊明威點了點頭，心中暗忖，這乞丐果然非同一般，眼力非常犀利。

薛振海道：「若是將軍願意，送我們一囊酒可否？老叫花子這裡的存貨不多了。」

楊明威也不多言，揮了揮手，示意手下人送了滿滿一酒囊的烈酒過來，薛振海謝過他之後，三名叫花子繼續圍著燃燒的前殿尋找漏網的毒蠍用來下酒，倒也不亦樂乎。

尉遲沖已經回去休息，楊明威向梁文勝交代了一句，除了留下必要的警戒之外，讓其餘人先去歇息。

梁文勝從大殿的屋頂輕輕一躍，宛如一片枯葉般落在地上。薛振海向他看了一眼，心中暗自詫異，此人雖然年輕可是武功相當厲害，他本以為像尉遲沖這樣的武將，其手下的將領大都擅長戰場作戰，在單打獨鬥方面不如江湖人物，可是從梁文勝展露出的這一手輕功來看，武功完全足以登入一流高手的境界，剛才發聲的楊明威也是內力渾厚之人，看來尉遲沖的手下還真是高手眾多。

薛振海觀察梁文勝的同時，梁文勝也在看著他，薛振海咧開嘴巴笑了起來，將手中的酒囊向梁文勝揚起道：「這位軍爺，長夜漫漫，要不要過來一起烤烤火，喝喝酒？」

梁文勝微微一笑道：「前輩的好意在下心領了，只是職責在身，不敢擅動，等到明日，我請前輩喝酒如何？」

薛振海點了點頭道：「如此甚好，老叫花子當真了。」

此時他身邊的另外兩名叫花子突然捂著肚子，面露痛苦之色，其中一人叫道：「不好……這酒中有毒……」

薛振海內心一驚，他將手中酒囊扔在了地上，再看兩名部下，已經捂著肚子躺倒在雪地之中，薛振海怒道：「匹夫！竟敢用如此卑鄙的手段對待我們？」他認定了酒中有毒，憤怒之中也顧不上敵眾我寡，揚起手中打狗棒，如同流星般直取梁文勝的咽喉，大呼道：「拿解藥來！」打狗棒破空發出尖銳的呼嘯，周圍的雪花為薛振海強大的內力所迫，宛如被勁風吹拂，四散逸去。

梁文勝沒想到薛振海說出手就出手，伸手去拿打狗棒的末端，大聲道：「前輩冷靜！」

薛振海之所以果斷出手，是因為己方只有三人，而對方的陣營接近百人，自己的兩名部下都已經中毒，以寡敵眾，必須要出奇制勝，他看出梁文勝也是對方陣營的重要人物之一，只要控制住他，以他為要脅或許可以從對方手中換來解藥。

看到梁文勝居然敢空手來奪自己的打狗棒，薛振海冷哼一聲，打狗棒一抖，幻化出千百道棍影，向梁文勝的身軀籠罩而來，梁文勝反應迅速，身軀倏然一動，連薛振海都未看清他如何動作，他的身影已經逃出一丈開外，幻影移形。

薛振海充滿錯愕地望著梁文勝，心中不由得暗自驚奇，幻影移形乃是無蹤門的獨門功夫，無蹤門卻是一個極其神秘的門派，以刺客而聞名，薛振海的江湖閱歷何其豐富，只一眼就看出梁文勝出自何門，雖然無蹤門和丐幫無法相提並論，可是誰也不願意招惹這樣一個專門訓練刺客殺手的門派，無蹤門有個特點，那就是他們從不用毒。

梁文勝的手落在刀柄之上，面對薛振海這樣級數的高手他也不敢托大，正準備出刀之時，楊明威一聲令下，十多名軍中高手同時向薛振海圍攏過去。

薛振海不屑道：「想要倚多為勝嗎？」他揚起手中的打狗棒，雖然表面毫無畏懼，內心卻有些暗自打鼓，敵眾我寡只是其中一個原因，兩名部下已經中毒，自己剛才也喝了他們的酒，就算內力比他們深厚，可毒性一旦發作也未必能夠壓制得住，此時他感覺到心跳在不斷加速。心下一橫，這幫雍軍既然敢採用如此卑鄙的手段，今日自己殺得一個就是一個。

雙方大戰一觸即發之時，卻聽大殿方向傳來一聲威嚴的大喝：「全都給我住手！」卻是尉遲冲聽到動靜從裡面走了出來。

尉遲冲虎步龍行來到庭院之中，前殿的大火仍在熊熊燃燒，將現場映照得亮如白晝，薛振海手持打狗棒怒視環圍他的十多名雍軍將領，呵呵冷笑道：「什麼頂天立地的大英雄，只不過是一個不擇手段的小人罷了！」

楊明威怒道：「匹夫，住口！」

尉遲冲皺了皺眉頭，看到倒在雪地上的那兩名乞丐，頓時明白發生了什麼，他向薛振海抱了抱拳道：「這位老爺子，想來你對我等一定有所誤會，我軍中有隨軍郎中，不如我叫他過來幫忙看看。」

薛振海白鬍子被寒風吹得凌亂，內心卻感到一陣陣的慌張，他絕非膽小怕事之人，這只是中毒後的反應，在眼前的狀況下，自己根本沒有半分的勝算，他點了點頭，手中打狗棒落在地上，低聲道：「我這兩位兄弟剛才還好端端地，喝了你們送來的酒就變成了這個樣子。」

楊明威充滿不忿道：「焉知你們是不是吃了那毒蠍子中了毒，我們的酒若是有問題，何以我們喝了都會沒事……」話音未落，身後發出咚的一聲，卻是一名武士仰首倒了下去，眾人還未搞清楚狀況，又有十多名士兵癱倒在雪地上。

那名隨軍郎中方才走出大殿，就雙腿發軟，一屁股坐倒在雪地上，慘叫道：「我……我肚子好痛……」一時間現場哀嚎聲不斷，楊明威愕然道：「怎麼回事？怎麼回事……」他也捂著肚子蹲了下去。

現場竟然有多半人都或多或少出現了中毒症狀，尉遲冲看到周圍情景，心中暗叫不妙，他身經百戰，再凶險的場面也曾經面對過，悄然運行內息，感覺並無異樣，這才放下心來。再看周圍已經倒下了七八十人，仍然站在雪中並未發生中毒症狀的只有梁文勝和他的幾名親衛。

梁文勝也是一臉的錯愕。

薛振海已經顧不上自己已經中毒的事實，盤膝坐在雪地之中，運行內息想要將體內毒素逼迫出去，心中暗自驚惶，尉遲沖那邊竟然有這麼多的人中毒，看來尉遲沖對下毒之事應該並不知情，十有八九是他的內部出了問題。

梁文勝大聲道：「保護大帥！」他大步向尉遲沖走去。

尉遲沖此時額頭冷汗簌簌而落，看樣子也開始毒發。

楊明威看到梁文勝想要走近尉遲沖，掙扎著站起身來，抽刀攔在梁文勝身前，充滿質疑道：「你停下！」

梁文勝不解道：「明威兄這是為何？」

楊明威握刀的手都開始顫抖了，他顫聲道：「何以你……會沒事？」

這正是多數人都在考慮的問題，連同尉遲沖在內的百餘名將士多半都已經出現了中毒症狀，可是梁文勝卻安然無恙，連同他的六名親衛也都好端端的。梁文勝自己也不清楚要如何解釋，他歎了口氣道：「明威兄，難道你懷疑我？你我在戰場之上同生共死，我梁文勝是什麼人難道你不清楚？」

楊明威此時終於再也支持不住，竟然連握刀的力量沒有，刀落在雪地之上，毫無聲息，雙腿一軟跪倒在地上。

尉遲冲平靜望著梁文勝。

梁文勝一臉悲憤道：「大帥，你信不信我？」

尉遲冲緩緩搖了搖頭，目光卻並非是望著梁文勝，輕聲道：「正主兒來了！」

前殿熊熊火光之中，一名男子緩步從中走了出來，手中一把長刀彎如秀眉，明鏡般的刀身之上倒映出火焰的紋路，正是刀魔風行雲。

梁文勝咬了咬嘴唇，他也並沒有多做解釋，此時行動才是最強的辯白，猛然揚起長刀，身軀猶如一縷青煙般倏然於原地消失，再次出現已經來到了刀魔風行雲的面前，無蹤門的幻影移形乃是輕功中最為高妙的一種，昔日姬飛花手下的殺手辛易就是無蹤門的高手之一。

梁文勝手中刀猛然向刀魔刺去，風行雲雙目中閃過一絲寒光，手中秀眉刀陡然彈跳而起，光芒乍現，竟然以刃破鋒，秀眉刀輕薄如紙的刀刃準確無誤地劈斬在梁文勝手中刀尖之上，噹的一聲金鳴之聲，刀鋒對刀尖火星四濺，風行雲出刀之快，辨位之準已臻化境，霸道的一刀將梁文勝半邊手臂震得發麻，風行雲卻不給梁文勝任何的喘息之機，又是一刀直奔梁文勝的咽喉切去，電光石火的剎那，刀鋒已經來到梁文勝的咽喉處。刀光掠過之前，梁文勝身形變幻，再度施展幻影移形躲開對方的刀鋒。

刀魔這一刀劈中的只是幻影，風行雲也看出梁文勝的身法乃是出自無蹤門的幻影移形，單憑身法居然可以躲過自己的追命一刀，梁文勝顯然已經得到了幻影移形的精髓。

風行雲並沒有繼續追擊，雙目覷定尉遲冲，緩慢但堅定地向前跨出一步。

楊明威掙扎著站起身來，此時梁文勝的那六名親衛已經率先迎上，風行雲冷哼一聲，手中秀眉刀一抖，刀光戰慄，扭曲的刀光瞬間脫離刀身飛出，接連斬斷了六名武士的身軀，鮮血宛如一朵朵淒豔的鮮花怒放在雪地之上。

梁文勝的身軀出現在刀魔身後，一刀向刀魔後心刺去，無蹤門不僅僅只有幻影移形，步法是為了更好地隱匿行蹤，一切都是為了刺殺而服務。

風行雲卻在梁文勝發動攻勢的同時啟動，他看都不看身後，身軀猶如一支離弦的利箭向尉遲冲衝了過去。他的身法絲毫不次於梁文勝，梁文勝雖然竭盡全力，卻始終無法拉近彼此間只有一尺的距離。

楊明威怒吼一聲，猛然站了起來，擋在尉遲冲的身前，揮刀劈向風行雲。

風行雲在接近楊明威的剎那，身軀陡然一個轉折，不可思議地橫向移動三尺，梁文勝和楊明威之間突然失去了目標，變成了兩人相對的情景，乍看上去楊明威一刀劈向梁文勝，而梁文勝卻是一刀刺向楊明威。

兩人同時警覺，梁文勝慌忙收刀，他不想錯殺楊明威，楊明威卻收刀不急，手中刀繼續向梁文勝的肩頭劈落，梁文勝超人一等的身法再度起到了作用，身軀一晃，楊明威劈中的乃是一道殘影。

刀魔和尉遲冲之間再無阻擋，他緩緩揚起秀眉刀，卻皺了皺眉頭，因為梁文勝已經在最短的時間內再度來到身後，刀魔手中刀挽起一抹寒光，向後方猛然刺去。

梁文勝揮刀去格，雙刀相撞，刀魔內勁吐露，刀身之上一道無形刀氣脫離刀身激發而出，梁文勝萬萬沒有想到刀魔已到了可將刀氣收發自如的地步，而且刀魔並非一開始就激發刀氣，而是凝而不發，直到雙刀交錯之時方才將刀氣外放。

梁文勝在生死關頭做出了本能的反應，身體竭力向後方倒去，雙足用力蹬踏在雪地之上，身軀猶如一支筆直的箭在雪地上倒滑出去，饒是如此，仍然未能完全避開對方的刀氣，凜冽而霸道的刀氣將他前胸的護甲盡數劈開，割開了大片血肉，梁文勝如果反應再慢上一刻，只怕要面臨開膛破肚的下場。

楊明威雙手擎刀，趁著刀魔對付梁文勝的時機一刀劈向他的頭頂。

刀魔卻瞬間將秀眉刀抽出，後發先至，輕薄的秀眉刀劈斬在楊明威的長刀之上，一刀就將楊明威的長刀劈成兩段，然後抬起右腳狠狠踢中楊明威的小腹，楊明威噴出一口鮮血，身軀宛如斷了線的紙鳶一樣向尉遲冲倒飛而去。

尉遲冲望著奔襲而來的楊明威，伸出手去，輕輕托起他的身軀，竟然輕描淡寫就將楊明威接住，旋即一把將楊明威的左腕捏住，只聽到喀嚓一聲，楊明威的左腕骨骼盡碎，手中暗藏的一把匕首掉落在雪地之上。

楊明威滿臉都是震駭的表情，他萬萬沒有想到尉遲沖竟然識破了自己的偽裝。尉遲沖輕聲道：「我也喝了文勝的酒，所以我知道他不會害我，你裝得雖然很像，可終究還是露出了不少的馬腳，剛才如果不是文勝躲得及時，你已經殺了他。」

楊明威顫聲道：「大帥……」

尉遲沖平靜望著刀魔道：「秀眉刀，風行雲！能夠出動刀魔來對付老夫的想必是非同凡響的人物，你也勉強算得上是名滿天下的人物，想不到手段居然如此卑鄙，他是你什麼人？」

刀魔風行雲冷冷望著尉遲沖，此時他方才意識到這位大雍的兵馬大元帥其實是一位深藏不露的高手。

梁文勝滿身是血地從雪地上站起身來，發現自己的身邊不遠處就是丐幫執法長老薛振海，薛振海睜開雙目，扔給他一顆丹藥道：「歸元丹，對你的傷有些好處。」這會兒功夫薛振海已經將體內的餘毒盡數逼迫出來。

梁文勝毫不猶豫地將歸元丹吞了下去，伸手點中自己身上的幾處穴道，止住汩汩不斷流出的鮮血。

尉遲沖道：「如果我沒看錯，他的刀法應該跟你是一脈相承，跟你必然有著極深的淵源，交出解藥，我饒他一命。」

刀魔風行雲緩緩搖了搖頭：「沒有！」

尉遲冲點了點頭，忽然揚起手來照著楊明威的天靈蓋就是一掌擊落，楊明威的頭顱骨骼盡碎，尉遲冲鬆開他的身軀，七竅流血的楊明威直挺挺趴倒在雪地之上，尉遲冲的臉上不見任何表情望著刀魔風行雲道：「就讓老夫領教你的高招！」

刀魔風行雲冰冷無情的臉上呈現出前所未有的凝重，他靜靜站在那裡，手中的秀眉刀緩緩向下，傾斜四十五度角指向雪地，目光專注地盯住尉遲冲的面龐，低聲道：「他是我的徒弟！」直到楊明威死後，他方才肯承認是自己的弟子，目睹親傳弟子被尉遲冲一掌擊殺，風行雲內心之中殺機凜然。

尉遲冲微笑道：「很好，我心裡舒服多了！」

風行雲手中的秀眉刀一點點揚起，輕薄的秀眉刀在他手中似乎重若千鈞。

尉遲冲花白的眉峰輕動，他知道風行雲雖然沒有急於發動攻擊，可是已經開始蓄力，刀氣外放，殺人於無形。尉遲冲雙拳握起，手指關節發出清脆的劈啪聲，宛如爆竹炸響。

梁文勝關切地注視著前方，薛振海輕聲歎了口氣道：「高手之爭，我們還是離開遠一些。」他攙扶起一名部下，準備遠離戰場以免受到波及，卻看到遠處一個白色的身影靜靜站在東北角，卻是他到處尋找而沒有發現其蹤跡的上官雲冲，上官雲冲的手中握著一把通體碧綠的打狗棒。

薛振海放下了那名部下，沉聲向梁文勝道：「幫我照看他們。」抓起打狗棒向上官雲沖走去。

尉遲沖猛然向前跨出一步，花白的鬍鬚一根根支楞起來，整個人如同一頭憤怒的雄獅，氣勢逼人，睥睨六合，右腿在地上一蹬，身軀猶如炮彈般彈射到半空之中，揚起的右拳向後屈到盡頭，然後猛然一拳向下方擊去，拳力有質無形，轟擊在虛空之中，原本紛紛落下的雪花卻在瞬間被擊飛，尉遲沖和風行雲之間出現了一個直徑約三尺的空洞空間，尉遲沖的拳勁以驚人的速度打通了彼此的空間，洶湧澎湃以無可匹敵之勢攻向風行雲。

風行雲手中秀眉刀終於啟動，刀身閃過一抹寒光，狹窄鋒利的刀氣脫離刀身劈向前方的空洞，雪花圍繞空洞瘋狂旋轉，在虛空中形成了一個白色的圓柱，這圓柱的內部卻蘊含著追魂奪命的強大拳勁。

刀氣激發之時，兩旁雪花向外側瘋狂翻飛，虛空之中出現了一個肉眼可見的狹窄縫隙，迅速擴展，瞬間就已經和前方白色的圓柱撞擊在一起，劍氣撕裂拳勁，白色的圓柱從中被撕裂開一道縫隙，然後破裂成為一塊一塊。刀氣破拳勁，拳勁剛猛無鑄，刀氣銳不可當。

刀氣劈開白色圓柱直至中途，刀氣的能量卻在迅速衰弱下去。

白色圓柱只剩下了半截，前部已經支離破碎，兩股力量的撞擊終於達到了極致，伴隨著一聲沉悶的爆響，雪花組成的圓柱整個炸裂開來，雪花向四周迸射而去，雪花在兩股內力衝撞引起的炸裂下竟然在空中線性飛行。

風行雲的瞳孔驟然收縮，尉遲冲的實力遠超他的想像，此人在大雍向來低調，只知道他用兵如神，在軍中頗具威信，卻從不知道他竟然還擁有一身出神入化的武功，單從眼前尉遲冲的表現來看，他的武功絕不遜色於自己。

風行雲怒吼一聲，手中秀眉刀追風逐電般向尉遲冲激斬而去，刀光在虛空中縱橫交錯織成一張無形大網，向尉遲冲鋪天蓋地籠罩而去。

尉遲冲身軀仍在空中，雙拳輪番揮舞，一道道無形拳勁宛如連珠炮般撞擊在刀網之上，蓬蓬之聲不絕於耳，每次撞擊，風行雲的雙臂都感到劇烈震動，他很快就意識到尉遲冲是以強勁的內力引起自己內息的波動，進而擾亂他經脈的運行，迫使他的內息無法自如貫注刀身，干擾他的刀氣外放。

尉遲冲連出數拳之後，身軀一個倒翻，拉開了和風行雲之間的距離，看似放棄進擊，實則是穩紮穩打，雙足立於雪地之上，身軀躬了下去，雙拳猛然擊落在雪地之上，頭部昂起，猶如雄獅蓄勢待發。

雙拳落地之時，地面為之一震，前方積雪形成兩道急速雪流，向風行雲的腳下飛速靠近，風行雲沒有掉以輕心，秀眉刀橫削而下，一刀斷流，前方積雪被刀氣劃出一道長達三丈深達地面的壕溝，兩道雪流遭遇刀氣之後，猶如爆炸一般原地激起丈許高度的雪牆。

尉遲沖和風行雲激戰正酣之時，薛振海已經揮動打狗棒施展打狗棒法向上官雲沖纏繞而去，纏字訣！打狗棒有若靈蛇攻打上官雲沖的下三路。

上官雲沖唇角露出不屑的笑意，手中綠玉杖輕輕一抖，劈劈啪啪，雙棍短時間內已經經歷了無數次碰撞，上官雲沖對薛振海的攻擊了然於胸，總能在他出手之前準確無誤地阻擋住他的攻擊。

薛振海道：「逆賊，你背叛師門，分裂丐幫，實乃丐幫的千古罪人！」

上官雲沖哈哈大笑道：「你勾結外敵，賣主求榮，昔日雄霸江湖的丐幫竟然被你們弄得要搖尾乞憐，依靠別人的庇護而活，誰才是罪人？」綠影閃動，出手速度比起剛才竟然快了一倍有餘。

薛振海只見漫天都是杖影，從四面八方向他包圍逼近，他雖然是丐幫九袋長老，可是畢竟年事已高，在此前曾經被劍宮暗算，武功大打折扣，更何況他所面對的乃是丐幫百年來難得一見的天才上官雲沖。

上官雲沖對打狗棒法的掌握可以說僅次於龍曦月，但若論到對棒法的理解和實戰，他應當稱得上如今丐幫的第一人。上官雲沖冷笑道：「讓你見識一下什麼才是纏字訣！」

綠影閃爍之間，綠玉杖已經如同常春藤般纏住了薛振海手中的打狗棒，薛振海頓時感覺到手中打狗棒有若陷入泥潭，用力一扯想要脫離對方的束縛，卻被一股強勁的吸力越拖越緊。

薛振海抬起右腳向上官雲沖的要害踢去，以他的身分本不該使用這樣的陰招，可是生死相搏之時也顧不上太多，上官雲沖雖然是晚輩，但是武功卻在他之上。

上官雲沖冷哼一聲，手中綠竹杖倏然撤了回去，薛振海感到手臂一鬆，手中打狗棒總算解除了束縛，免去了被對方奪走之憂，可是上官雲沖的綠玉杖卻轉換目標纏住了他的右腿，綠影攪動，喀嚓一聲，薛振海的小腿竟然被綠玉杖驟然內縮的壓榨力擠斷，痛得他悶哼一聲，依靠左腳單足立於雪地之上。

上官雲沖輕聲道：「絆字訣！」他要將薛振海絆倒在地。

薛振海吸了口氣，張開嘴巴，噗地噴出一片酒霧，面對武功高過他的上官雲沖，他根本沒有任何取勝的把握，唯有出奇制勝方能換來一線生機，亡命相搏又何須在乎手段？

上官雲沖左手虛劈，凌厲的掌風將這團酒霧盡數逼迫回去，薛振海噴出酒霧的同時，忍痛單足後躍，意圖逃出上官雲沖的攻擊範圍，綠玉杖如影隨形，絆在薛振海的足踝之上，薛振海的身體失去平衡，重重跌倒在地上。

上官雲沖向前跨出一步，鏘的一聲，抽出綠玉杖內暗藏的三刃劍，星芒閃動，直取薛振海的心口。

薛振海心中暗歎，吾命休矣！想不到自己縱橫半生，竟然窩裡窩囊地死在了這逆賊的手中。就在生死懸於一線的時刻，一人挺刀向上官雲沖的後心刺去。卻是梁文勝終於忍不住出手，雖然丐幫的內鬥跟他無關，可是他還是不忍心看到薛振海死在上官雲沖的手裡，剛才薛振海畢竟送給了他一顆歸元丹，無論他承認與否，都是欠了薛振海一個人情，在心理上更傾向於薛振海一方。

上官雲沖聽到身後風聲颯然，只能暫時停下對上官雲沖的刺殺，反手用三刃劍挑開梁文勝的這一刀，冷冷望著梁文勝道：「偷襲嗎？」

梁文勝被上官雲沖這一劍震得半邊手臂發麻，心中暗自驚奇，對方看樣子跟自己差不多年紀，怎會內力如此強大？他並不知道上官雲沖曾經得到過丐幫三位傳功長老的內力，放眼天下同輩人內力之渾厚超過他的屈指可數。

上官雲沖雙目之中殺機大熾，手中三刃劍向梁文勝胸口刺去，梁文勝剛才從刀魔刀下險死還生，現在已經學乖了不少，掂量出自己不是上官雲沖的對手，看到對方想要出手，馬上向遠方逃去，口中叫道：「有種過來跟我大戰三百回合。」仰仗幻影移形的身法，以驚人的速度已經逃到三丈之外。

上官雲沖識破他想要引開自己的用意，唇角泛起一絲冷笑，轉過身去。薛振海雙腿的骨骼已斷，根本無力逃走，望著上官雲沖慘然笑道：「你才是賣主求榮的狗賊，分裂我丐幫，投奔李沉舟，你有何面對丐幫的先輩？」

上官雲沖輕聲道：「丐幫就壞在你們這幫腐朽不堪的老東西手上。」他再度揚起三刃劍。

可薛振海的身軀卻突然向後移動，卻是梁文勝看到上官雲沖沒有追趕上來，於是兜了個圈子再次過來相救。硬碰硬的實力雖然不如上官雲沖，可是在身法方面仍然占優。

上官雲沖惱他多事，手中三刃劍猛然向前方刺去，無形劍氣激發而出，有若追風逐電般洞穿了薛振海的胸膛，梁文勝不得不放開薛振海，以驚人的速度向左側移動，方才躲過被劍氣貫通胸膛之危。

薛振海可沒那麼好運，心口被破出一個寸許直徑的大洞，鮮血從前胸後背噴射而出，他慘叫一聲，揚起手中打狗棒用盡全身的力量照著上官雲沖投擲過去，臨死之前，凝聚畢生功力於一發，即便是上官雲沖也不敢小覷，側向滑出一步，躲開這根宛如勁弩般飛射而至的打狗棒，打狗棒錯失目標，直奔後方而去，不巧正撞擊在一名乞丐的頭上，此人乃是薛振海今日隨行的部下之一，那乞丐本來就中了毒，即便是看到打狗棒朝自己飛了過來也無力躲閃，被打狗棒撞了個正著，腦漿迸裂當場斃命，另外那名乞丐被血液和腦漿濺了一頭一臉，驚魂未定之時，上官雲沖已經鬼魅般飄到他的面前，一劍刺入他的咽喉。

梁文勝眼看薛振海三人全都死在上官雲沖的手裡，雖然心中不忍，可惜有心無力，唯有扼腕歎息，徒有同情罷了。

秀眉刀橫削之後迅速向下劈斬，橫亙於刀魔風行雲面前的雪牆從中分裂開來，向兩旁排浪般倒伏，倒三角的空間內，尉遲沖傲然而立，他猶如一個巨大磁場，漫天飛雪都被他迅速吸引到了身邊，魁梧的身軀被風雪包圍，迎著無形刀氣劈來的方向，虎軀魚躍騰空，雙拳向下猛然砸落，漫天飛雪也隨著他出拳的方向一瀉千里。

兩股無形拳勁將風行雲外放的刀氣擊打的支離破碎，方圓十丈以內全都是雪霧瀰漫，兩人的身影全都被雪霧所遮擋，真正的高手在對決之時決不可緊緊依靠視覺，他們的五官六識全都處於極其敏銳的狀態下，在視聽受到極大影響的前提下，他們一樣能夠感知到危險的所在。

尉遲沖擊碎對方刀氣之後，根本不給風行雲任何的喘息之機，揚起右拳，以迅雷不及掩耳之勢重擊在風行雲的秀眉刀上，秀眉刀雖然鋒利，可是僅僅限於刀刃的部分，刀身在尉遲沖的重拳之下彎曲了一個極大的弧度，頂點撞擊在風行雲的胸膛，風行雲反應神速，在對方的拳頭撞擊在自己胸膛之前，硬生生向後內陷了一寸，這一寸就讓他躲開了一次死劫，風行雲的雙腳在地面上倒滑出一丈有餘，這樣的距離卻不足以讓他躲開對方的進擊。

尉遲沖向前跨出一步，此時他聽到身後發出一聲細微的破空聲。

上官雲沖終於啟動，在剷除薛振海之後，他並未抽身離去，而是將目標鎖定在尉遲冲的身上，今晚本來就不是一場丐幫的內鬥。

三刃劍有若毒蛇吐信，以一個極其詭異的角度刺向尉遲冲的左肋，尉遲冲接連退了三步，拉開和上官雲冲之間距離的同時，雙手插入腰間，戴上了一雙他從未在人前展露的龍鱗手套。

青灰色的手套宛如片片龍鱗覆蓋，每一片龍鱗都泛起深沉的寒光，周圍雪霧漸漸散去，三人的身影朦朧隱現。

尉遲冲傲立於東南，上官雲冲和風行雲兩人分別守住兩角，三人呈三角形一般對立著。

刀魔風行雲皺了皺眉頭，他此番行動之前並不知道會有外人參與，剛才他和尉遲冲激戰之時，也留意到上官雲冲斬殺丐幫三人的情景，上官雲冲如此年輕竟然已經達到了劍氣外放收放自如的境界，自己浸淫刀法，苦修半生，也是直到最近方才完成了突破，本以為此番重出江湖，可以傲笑天下一雪前恥，卻想不到出山第一戰就敗得如此徹底。在尉遲冲剛猛的進擊下連連後退不說，甚至連這個年輕人自己都只怕比不過，風行雲孤傲的內心再次遭受了挫折。

上官雲冲向風行雲微微一笑，在他看來今晚兩人目標一致，理當聯手擊殺尉遲冲。風行雲對上官雲冲的示好視若無睹，面孔冷若冰霜，他甚至意識到自己的這位雇主並不相信自己的實力，不然也不會出動他人。

上官雲冲率先發動了攻擊，三刃劍直刺尉遲冲的眉心，三尺三寸的三刃劍在他手中輕盈靈動，彷彿他拿著的並非是一把劍，而是一根鋼針。

和風行雲外放的霸道刀氣不同，上官雲冲的刺殺波及的範圍並沒有如此廣闊，聲勢也不見浩大，可是卻集中於一點，針芒雖小卻可以輕易突破堅韌之物。將內力集束於一線，這樣可以最大限度地減少空氣的阻力，內力的衰減也可減至最低。

尉遲冲雙手交叉於胸前，全身貫注地盯住上官雲冲的這次攻擊，龍鱗手套可以擋住刀鋒之利卻無法確定能夠擋住三刃劍的鋒芒。尉遲冲的眸子裡閃過三刃劍森寒的反光，他終於出手，雙手起勢如同抱月，啪的一聲分從前後握住三刃劍的劍身，劍刃和龍鱗手套的掌心摩擦出一陣刺耳的鳴響。尉遲冲雙手逆向擰動，與此同時抬起右腳向上官雲冲橫掃而去，尉遲冲的腳法絕不次於他的拳術。

三刃劍在尉遲冲的擰動之下如麻花一般變形，面對橫掃而來的一腳，上官雲冲不見任何驚慌，同樣一腳迎上，雙腿撞擊在一起，強大的撞擊力讓周圍的空間都鼓蕩開來，沉悶的撞擊聲中，落雪紛紛向四周飄逸而去。

風行雲終於克服了心中的驕傲，揮動秀眉刀向尉遲冲後心斬去，和上官雲冲呈呼應之勢，在風行雲出刀的剎那，一道人影倏然出現在他的身後，螳螂捕蟬黃雀在後，卻是梁文勝依仗神出鬼沒的身法前來救援。

風行雲的這一招卻是虛招，他對梁文勝的攻擊早已有了心理準備，在梁文勝利用幻影移形來到他身後之時，秀眉刀反向弧旋削去，左足為軸，身體呈逆時針轉動，刀聲呼嘯，刀光卻早已將刀聲遠遠甩在身後，直奔梁文勝的腰腹，風行雲甚至根本不去看梁文勝刺向自己的那一刀，因為他出刀的速度遠遠超過對方。

梁文勝的臉被刀光映得一片雪白，不得已用手中刀封住風行雲來刀的方向，鏘的一聲，秀眉刀將梁文勝手中刀一分為二，刀光掠過，內勁激發，刀氣此時方才外放而出，雖然梁文勝及時後退，刀氣仍然擊中了他的身體，梁文勝短時間內已經是第二次傷在了風行雲的刀下，胸前被刀氣砍出約有三寸的血口，入肉甚深，鮮血汩汩不斷地流出。

風行雲一刀得手之後也不追趕，梁文勝的身法鬼魅多變，他才不想將精力耗費在追殺的上面，更何況他今日主要的目標並非是梁文勝，身軀騰空躍起，一道灰影升騰到夜空中三丈的高度。

尉遲冲已經折斷了上官雲冲的三刃劍，上官雲冲顯然也沒有想到尉遲冲剛猛如斯，兩人雙腿相撞，彼此都是痛徹骨髓，尉遲冲暗自心驚，上官雲冲的內力竟似乎要強過自己，他並不知道對方曾經得到丐幫三名傳功長老的內力。

上官雲冲棄去斷劍，揚起右拳狂吼一聲，向尉遲冲當胸打去。

尉遲冲也被這強悍的年輕人激起了滿腔豪氣，雙腿穩紮在雪地之上，也是同樣的一拳迎向上官雲冲，上官雲冲出拳內旋，雪花圍繞他的手臂瘋狂旋轉，遠遠望去猶如一條冰雪長龍縈繞在他的右臂之上，而尉遲冲卻是簡單質樸的平拳相對，出拳沒有任何的花俏技巧，卻是大巧若拙，他出拳的時候周圍雪花驟然向四周翻飛而去，拳力波及的範圍內壓榨出一個無雪的空間。一條雪龍奔騰而入強行衝入這無雪的空間，上官雲冲包裹在雪龍中的拳頭和尉遲冲撞擊在一起。

蓬！一聲巨響，兩人身軀劇震，腳下的積雪又如爆炸一般向空中激揚而起，他們所站立的地方，方圓三丈範圍的地面上竟然形成了一個無雪的空間。

上官雲冲的身軀紋絲不動，尉遲冲卻是身軀微晃，胸口有若重錘擊中，硬碰硬的比拚，尉遲冲的內力竟然在上官雲冲之下。

在尉遲冲身軀晃動的剎那，刀魔風行雲以驚人的速度俯衝而下，身在空中手中秀眉刀已經隔空劈出了一記，無形刀氣行進到中途已經擴展到兩丈範圍，他要一刀將尉遲冲斬為兩段。

第六章

百姓的天下

胡小天能夠得到這位大師的肯定，臉上也是頗有榮光，
他向尉遲冲道：「勝男托我轉告岳父，凡事要多為自己著想，
這天下不是龍家的天下，不是薛家的天下，
也不是任何人的天下，乃是百姓的天下。」

「大帥！」梁文勝發出一聲悲憤的怒吼，在兩大高手的夾擊之下，尉遲沖只怕是凶多吉少了。

生死攸關之時，尉遲沖的身軀陡然陀螺般旋轉起來，以這樣的方式避開對方鋒芒，護住要害，無形刀氣擊中了他的右肩，血肉橫飛，但是並未傷及要害，尉遲沖揚起右拳指向俯衝而下，隨時準備發出第二刀的風行雲，一片青芒閃爍，手套之上的龍鱗為內力激發，數百片龍鱗呼嘯向風行雲射去。

風行雲不得不放棄第二次攻擊，以秀眉刀護住全身，一陣叮噹不絕的響聲過後，他安然無恙地落在雪地之上，然後他看到渾身是血的梁文勝又神奇地出現在了他的面前，擋住了他的攻擊路線。

風行雲原本嘲諷的目光中多出了幾分敬重，輕聲道：「你走吧！我不殺你！」面對這樣一個意志如鐵的年輕人，風行雲也不由得動了惜才之念。

梁文勝慘然笑道：「想害大帥，踩著我的屍體走過去！」

風行雲雙目中僅有的那絲憐憫瞬間消失不見，他慢慢舉起了秀眉刀。

一聲宛如爆炸般的巨響讓風行雲的目光為之蕩漾，卻是上官雲沖步步緊逼，又和尉遲沖重重對了一拳，尉遲沖身軀連連後退，他經驗老道，剛才上官雲沖硬碰硬比拚吃了不小的虧，全都因為對上官雲沖的真正實力估計不足。

即便是身處逆境，尉遲沖卻沒有呈現出任何慌亂，沉聲道：「文勝！走！」

梁文勝大聲道：「我不走！」

尉遲沖怒道：「你敢違抗軍令！走！」他看出眼前的局勢下，梁文勝堅持留下也不過是多一個人犧牲罷了，若是所有人都死了，那麼今晚的真相恐怕永遠不會大白於天下，如果梁文勝能夠活著離開，或許還有一線希望。

風行雲的內力貫注於秀眉刀內，刀身蔓延出一道三尺的刀芒，他陰惻惻道：「太晚了！」梁文勝已經受傷，在這樣的距離下他有足夠的把握可以將之一刀斬殺，剛才他的確產生了惻隱之心，可那只是稍閃即逝，尉遲沖勒令梁文勝逃走的時候，風行雲也突然意識到了一個事實，如果任憑梁文勝逃走，那麼後果不堪設想，今晚的行動會全盤暴露，如果自己刺殺尉遲沖的消息洩露出去，那麼自己或許就會成為大雍公敵。

梁文勝的面龐已經完全失去了血色，他感到對方凜冽的殺機有若寒潮般向自己逼迫而來，縱然他擁有幻影移形的絕技，可是在被風行雲接連擊中兩刀的狀況下，他的身法已經緩慢了許多，更何況他錯過了最好的逃走機會，梁文勝不怕死，可是他不甘心這樣不明不白的死，他突然明白了大帥讓自己離開的真正用意，現在後悔已經來不及了。

風行雲凝聚全力準備發招的時候，卻忽然抬起頭來，漫天飛雪之中，一顆有若磨盤般的晶瑩冰塊從空中直墜而下，瞄準的正是他的頭頂。風行雲不得不放棄暫時擊殺梁文勝的想法，向後退了一步，卻發現冰塊之上站立著一名黑衣男子，那男子雞胸駝背，相貌醜陋，有若神兵天降一般出現在虛空之中，風行雲發現他的時候，他右腳重重踏在冰塊之上，那冰塊改變方向朝著上官雲沖砸落過去，男子卻借著這一蹬之力，俯衝而下，猶如蒼鷹搏兔攻向刀魔風行雲。

男子揚起手中一把鏽跡斑斑的大劍一劍砍下，風行雲的內力已經凝聚至巔峰狀態，並沒有因為這名駝背男子的現身而受到太多的干擾，擴展到五尺的刀芒伴隨他一劍劈出，脫離刀身斬向對方，刀芒在虛空中形成一個長達丈許的新月形狀，而且在行進的途中不斷擴展。風行雲的雙目中流露出欣喜的光芒，武功只有在實戰之中才能夠獲得突破，他自從進入刀氣外放的境界之後，刀法已經許久原地踏步徘徊不前，沒想到今日居然在戰鬥中得到了突破，這的確算得上是意外之喜，風行雲心中暗自得意，望著那不斷迫近的駝背男子，心中暗忖，算你倒楣，趕上來當我的試刀石。

刀芒在駝背男子精光閃爍的雙眸中倒映出兩彎新月，面對風行雲發出的前所未有的霸道刀氣，駝背男子不見任何慌亂，內息貫注於那柄鏽跡斑斑的大劍之上，大劍在一瞬間似乎有了靈性，漫天飛舞的雪花以驚人的速度被大劍所吸引，大劍為冰雪覆蓋，鏽跡斑斑的劍身在頃刻間變得晶瑩剔透，駝背男子猛然一揮，包裹在劍身周圍的冰雪為劍氣激蕩震裂成為纖細的冰塵，一道開天裂地的無形劍氣脫離劍身飛出，迎向那新月般的刀氣。

轟！刀氣劍氣有質無形，於虛空中相撞，引爆一股恢弘氣浪，兩股巨力相撞那一點為中心，狂湧的氣浪向四周壓榨而去，風雪呼嘯拍打向四周，雪浪滾滾，迷濛了視線。

風行雲感到呼吸為之一窒，心中剛才的那絲喜悅頃刻間被這股氣浪衝刷得無影無蹤，自己突破之後外放的刀氣仍然無法奈何對方，足見對方的實力應該和自己相若，可是風行雲卻感覺到一股強大的壓迫感繼續向自己逼迫而來，他慌忙凝神聚氣，準備發動第二波攻擊，眼前的景象卻讓他震駭到了極點，前方翻飛的雪浪從中破出一道巨大的裂隙，對方竟然在剛剛外放劍氣之後緊接著又外放出第二道劍氣，風行雲的臉上寫滿了不可思議的表情，在這麼短的時間內可以接連放出兩道劍氣，而且一次比一次強大，此人的內力渾厚到了何等的地步。

以刀魔風行雲之強也不敢硬撼其鋒，他自問沒有這樣的本領，秀眉刀收起，雙足在雪地之上滑行，倏然之間已經逃到十丈開外。

駝背男子的身軀尚在空中，他在虛空中一個盤旋，有若蒼鷹一般靈動，並未追趕風行雲，而是將目標鎖定了上官雲冲。

駝背男子剛剛踢出的那顆冰塊已經來到了上官雲冲的面前，上官雲冲冷哼一聲，一記崩拳，蓬！將磨盤大小的冰塊砸了個粉碎，此時他看到駝背男子已經居高臨下地衝向自己，馭翔術！上官雲沖頓時猜到了對方的身分，雙目之中流露出些許的慌張，天下間能夠讓他感到驚慌的人並不多，可胡小天算得上其中一個。

駝背男子正是胡小天所偽裝，他從安翟那裡得到情報，得悉大帥尉遲沖已經從北疆返回雍都奔喪，幾人商量之後，預料到尉遲沖這次的行程之中未必順利，於是胡小天當即決定和夏長明一起前來接應，果不其然來到鐵梁山龍王廟，正趕上了這場惡鬥，說來也是尉遲沖命大，如果不是前殿的這場大火，胡小天也未必能夠及時發現這裡。

胡小天看到下方形勢危急，毫不猶豫即刻現身，以劍氣擊退刀魔，然後轉身前去接應尉遲沖。

上官雲沖認出胡小天之後，他竟然放棄了繼續進攻的打算，轉身就走。刀魔風行雲看到上官雲沖居然掉頭就走，他自然也沒有了留下來的必要，剛才他已經領教過胡小天的厲害，別說是上官雲沖走了，就算上官雲沖留下，雙方的實力已經發生了逆轉，他們兩人聯合也未必是胡小天和尉遲沖的對手，更何況對方身邊還有一位擅長幻影移形的梁文勝。

胡小天看到上官雲沖逃走也不追趕，揚聲喝道：「上官雲沖，你可真是孬種啊！有種別逃！」

尉遲沖本以為今晚必死無疑，卻想不到生死關頭竟然有高手前來相救，他畢竟是身經百戰的老將，雖然剛剛經歷了一場凶險的生死之戰，可臉上的表情依然平靜無波，淡定如昔，他向遠處渾身浴血的梁文勝看了一眼，梁文勝向他笑了笑，縱然先後被刀魔風行雲兩記刀氣擊中，梁文勝仍然屹立不倒，當然這也仰仗了他精妙的身法，換成別人決計沒有這樣的幸運。

尉遲冲確信梁文勝沒有性命之憂，這才向胡小天走了過去，抱拳道：「多謝大俠相救！」

胡小天禁不住笑了起來，自己好像還是第一次被人稱為大俠，他向尉遲冲還禮道：「大帥不必客氣，其實咱們也不是外人。」

尉遲冲聽他這麼說不由得奇怪起來，仔細觀察胡小天的樣子，實在想不起自己究竟在哪裡見過他，胡小天也沒有急著向他解釋，先給了梁文勝一顆傷藥，讓他服下，然後又取出十顆洗血丹，讓梁文勝用水化開，分給那些中毒的將士服用，這些洗血丹全都是過去神農社柳長生父子所贈，對尋常的中毒有奇效。

忙完這些事情，胡小天又來到尉遲冲的身邊，遞給他一顆歸元丹。

尉遲冲道：「老夫沒什麼事情，多謝恩公了。」

胡小天指了指他肩頭的傷口道：「您老還是小心為妙。」

尉遲冲微微一笑，他緩步向仍在燃燒的前殿走去，胡小天緊隨他的腳步，兩人在火前站定，尉遲冲道：「恩公可否見告尊姓大名？」

胡小天笑了笑，尉遲冲卻會錯意，輕聲道：「若是恩公不方便也可不說。」

胡小天向四周看了看，確信周圍無人，這才恭恭敬敬向尉遲冲作了一揖，作揖之時周身骨節發出劈啪作響，再度抬起頭來已經恢復了本來的容貌，他恭敬道：「岳父大人在上，請受小婿一拜！」

尉遲冲先是吃驚不小，自己根本沒有女兒，哪裡又來得女婿？可當胡小天恢復了廬山面目，尉遲冲方才醒悟過來，眼前人竟然是胡小天，霍勝男乃是自己的義女，當初勝男含冤逃離大雍，後來聽說她跟胡小天在一起，如今就在東梁郡，難怪胡小天會稱呼自己岳父，說起來自己這個岳父當得也算名副其實。

尉遲冲啞然失笑，本想說不敢當，可轉念一想還是沒有拒絕，歎了口氣道：「想不到救老夫的居然是公子！」

胡小天道：「小天此次前來大雍前，勝男曾千叮嚀萬囑咐，如有機會見到岳父大人一定要代她行下跪之禮，不如咱們找個僻靜的地方，讓我為勝男完成心願。」

尉遲冲苦笑道：「如何使得，公子如今已經是一方霸主，又怎能給我下跪，更何況你還是我的恩公，剛剛救了我的性命，這不是要折殺老夫嗎？」

胡小天原本也沒有給他磕頭的意思，畢竟男兒膝下有黃金，磕頭這種事兒能免則免，反正自己的話已經說到了。看到尉遲冲對自己並沒有表現出太多的戒心和敵意，胡小天也放下心來，他將自己此次前來大雍最初的動機和目的說給尉遲冲聽，當尉遲沖聽到柳長生已經被殺，禁不住老淚縱橫，尉遲沖和柳長生乃是多年老友，兩人相交莫逆，柳長生更是曾經救過尉遲沖的性命，聽到老友的噩耗，尉遲沖如何能不傷心，他本來還打算回去為老友求情，現在看來一切都已經為時已晚。

胡小天輕聲勸慰道：「岳父大人也不必太過傷心了，柳先生乃是宮廷鬥爭的犧牲品。」

尉遲沖點了點頭，轉過身去抬起衣袖擦去眼角的淚痕，剛才面對強敵他可以做到不動聲色，可聽到柳長生的死訊終究還是控制不住自己內心的感情，無情未必真豪傑，縱然英雄一世也有傷心之時。

胡小天道：「岳父大人還需慎重考慮返回雍都的事情。」

尉遲沖道：「老夫一把年紀了，還有什麼好怕？」

胡小天道：「我知道您心中坦蕩可昭日月，但是雍都等著您的卻是一幫小人，今晚的刺殺難道還不足以讓您老警醒嗎？」

尉遲沖默然無語，他昂起頭來，充滿悲涼的雙目仰望著飄飄灑灑落下的雪花，越往南走本該越暖才對，可是他的內心卻為何變得越來越冷？

胡小天道：「刀魔風行雲，丐幫上官雲沖他們兩人和您過去可有私仇？」

尉遲沖搖了搖頭，他和其中任何一個都沒有私怨，如果說有仇人，那麼他最大的仇人應該是黑胡，他在北疆阻擋黑胡人，讓黑胡人死傷無數，無法南下，為了保住大雍的北方防線嘔心瀝血，其實保住大雍就是保住了整個中原，可他沒有想到前來刺殺他的竟然是自己人。刀魔風行雲受何人委派他並不知道，但是丐幫上官雲沖已經投奔了李沉舟乃是天下皆知的事實，他因何會刺殺自己？難道是李沉舟所派？

李沉舟此前在尉遲冲的心中始終是年輕一代中的佼佼者，尉遲冲從未想到過他會如此不擇手段。

胡小天道：「上官雲沖是李沉舟的人！」他並沒有將話說明白，可其中的意思已經不言自明。胡小天也有些想不通，刀魔風行雲乃是燕王薛勝景的人，按理說風行雲和上官雲沖本不是一路，可兩人為何選擇同一目標下手？究竟是風行雲已經改投到了李沉舟的手下？還是上官雲沖另有其他的目的？胡小天不認為李沉舟有殺死尉遲冲的必要，至少尉遲冲現在仍未表明態度，李沉舟在無法確定尉遲冲是否反對他之前就下手行刺是不合乎道理的。

尉遲冲若是死了，北疆必亂，從中得到利益的將會是黑胡人，李沉舟要的是權力，而且他目前已經聯手長公主薛靈君基本控制了大雍的局勢，以他的頭腦又豈會做出自毀長城的事情？

反倒是燕王薛勝景有可能做出這樣的事情，無論薛勝景承認與否，他在這場宮廷鬥爭中落入下風已經成為事實，僅靠大雍的力量他很難在短時間內扳回這一局，他必須借用外部的力量，否則他也不會找到自己合作，他既然能夠找到自己，同樣可以找到別人，不排除薛勝景背著自己和黑胡人勾結的可能。

想到這裡胡小天心中豁然開朗，他的這些想法卻不能一一向尉遲沖道明，畢竟尉遲沖是大雍將領，所效忠的仍然是大雍皇室，他所代表的依然是大雍的利益。

尉遲沖輕聲道：「勝男還好嗎？」他並不想在今晚刺殺的事上繼續探討下去。

胡小天笑道：「好得很，我手下的兵馬都要依靠她幫我統領，為我分擔了不少的事情呢。」

尉遲沖露出會心一笑，聽到義女過得開心，他心中自然安慰，他忽然意識到自己對大雍的感情並沒有那麼深，自己活了大半輩子始終還是一個無根的浮萍，風吹到哪裡就是哪裡。一個曾經被他反反覆覆自問過無數次的問題再次出現在他的腦海深處，我究竟是雍人還是康人？他日我若死後，哪裡才是我的埋骨之處？

胡小天道：「唯一不好的就是她時常想您，這次本來她是要跟我一起過來的，可是我擔心她若現身會遇到麻煩，於是讓她留下了。」他笑了笑道：「我還答應了勝男，如有可能，會帶您一起回去跟她見面呢。」

尉遲沖也笑了，他輕聲道：「沒可能的！」

胡小天意味深長道：「東梁郡並非大康之地，只要大帥想去隨時都可以過去，東梁郡永遠會向大帥敞開大門。」他對尉遲沖的稱呼也從岳父變成了大帥，絕非無心，而是有意為之。

尉遲冲當然能夠體會到胡小天話中的含義，微笑道：「你是在勸降嗎？」

胡小天笑道：「我們是一家人，又不是敵人，哪有什麼勸降的說法？」

尉遲冲聽到一家人這三個字心中不由得一暖，他緩緩點了點頭道：「勝男選你，沒錯！」一言簡意賅，已經是對胡小天最大的褒獎。

胡小天能夠得到這位大帥的肯定，臉上也是頗有榮光，他向尉遲冲道：「勝男托我轉告岳父，凡事要多為自己著想，這天下不是龍家的天下，不是薛家的天下，也不是任何人的天下，乃是百姓的天下，大帥既是在保大雍的江山，也是在保整個中原不被黑胡人入侵，更是在保護天下百姓能夠安居樂業，所以大帥更要保重自己，大帥在北疆才能固若金湯。」

尉遲冲歎了口氣道：「只可惜這麼簡單的道理他們卻不懂的。」

胡小天道：「大帥心中是不是時常感到矛盾？」

尉遲冲內心一震，不禁向胡小天多看了一眼，這小子難道看穿了我的心思？

胡小天道：「您是不是困惑自己究竟是雍人還是康人？」

尉遲冲道：「不重要了，到了老夫這樣的年紀，任何事情都不重要了。」

胡小天搖了搖頭道：「天下合久必分，分久必合，大康當年版圖何其遼闊，縱橫東西，貫通南北，實力一時無兩，然發展數百年後，不可避免地陷入衰落，這世上沒有長生不死，也沒有長盛不衰，否則就不會有後來大雍的崛起，而今天下分裂已經成為事實，大雍在薛勝康的手上一度曾經欣欣向榮蓬勃發展，然崛起雖快，衰落也快，大雍終究和大康一樣不可避免地陷入宮廷權力之爭，皇室內部勾心鬥角爾虞我詐，多少臣子因為朝堂之爭而無辜落難，大雍非但沒有從大康的衰落中得到教訓，反而變本加厲，在我看來，如今的大雍已然走上了昔日大康的老路。」

尉遲沖靜靜望著胡小天，旁觀者清，當局者迷，胡小天所說的這些話絕非片面之詞，而是從一個非常公正的角度上來看待問題。

胡小天道：「北疆雖然暫時進入冬歇停戰，可是戰爭的危險並未遠去，朝廷在這種時候徵召大帥回去，其目的就是要讓大帥表態。」

尉遲沖道：「他們當然不會放心將一個不忠的將領放在北方防線上。」

胡小天道：「他們或許並沒有意識到北疆離不開大帥。」

尉遲沖輕聲道：「這個世界上沒有任何人是不可或缺的。」如果他當真重要，那麼今晚的刺殺也就不會發生。

此時空中一道白影向他們所在的方向俯衝而下，卻是夏長明來了，其實剛才在胡小天現身救援時，夏長明就已同時抵達，不過他並沒有現身，在上官雲沖和刀魔風行雲兩人逃離之後，他選擇追蹤上官雲沖，這也是胡小天並沒有追趕的原因。

看到一隻雪雕衝天而降，尉遲沖的那些手下將士擔心他會遇到危險，一個個向這邊衝了過來，尉遲沖出聲喝止他們，望著那隻出現在前方的俊偉雪雕，尉遲沖心中暗讚，胡小天能夠在短期內如同彗星一般崛起絕非偶然，他的手下竟然擁有這樣的奇人異士，再聯想起自己的義女霍勝男，勝男的眼界向來很高，昔日在大雍軍中之時，傾慕者無數，卻無一能夠進入她的視線，她如今甘心追隨胡小天，足見胡小天的個人魅力。

夏長明來到尉遲冲面前抱拳道：「在下夏長明參見尉遲大帥！」除卻胡小天、霍勝男和尉遲冲的關係，尉遲冲也是威名遠播，夏長明私下裡對尉遲冲駐守北疆抗擊黑胡入侵的英雄偉業頗為欽佩，所以對他表現出相當的尊重。

看到胡小天的部下對自己如此敬重，尉遲冲心中也是一陣欣慰，因此對胡小天又生出不少的好感，他微笑道：「夏公子不必多禮。」

夏長明悄悄向胡小天使了個眼色，顯然有要事向他稟報，胡小天道：「大帥是自己人，有什麼事情只管說。」

尉遲冲聽到這裡不禁暗自苦笑，這番話若是傳到了有心人的耳朵裡，必然要給自己安上一個勾結外敵的罪名。

夏長明道：「主公，我一路跟蹤上官雲冲，發現了他的落腳地。」

胡小天點了點頭道：「好！」他轉向尉遲冲，抱拳道：「岳父保重，從這裡到雍都還有幾日路途，您老務必多加小心。」

尉遲冲推測到他很可能要前往剷除上官雲冲，這件事畢竟是因自己而起，他又豈能坐視不理，於是道：「不如我跟你們一起過去，合力對付那賊子，也好查出背後真凶究竟是誰？」

胡小天道：「岳父，您還是留在這裡，畢竟您的這些手下還沒有完全恢復，若是有敵人趁機回來，恐怕他們之中無人可以抵擋。」

尉遲沖向來愛兵如子，聽到胡小天的這句話自然認同。於是點了點頭道：「你也要多多保重。」

胡小天微笑道：「過兩天咱們會在雍都相見！」他深深一揖，轉身和夏長明向前方走去，很快他們的身影就消失在風雪之中。

尉遲沖的目光重新投向那熊熊燃燒的前殿，他手下已經恢復行動自如的士兵在前殿和後方大殿之間設置隔離地帶，以免大火波及到整座龍王廟。

梁文勝處理好傷口，來到尉遲沖的身邊，恭敬道：「大帥，您感覺怎麼樣？」

尉遲沖長歎了一聲，卻沒有說話，此時手下兩名士兵抬著楊明威的屍體經過他面前，死屍自然無法帶走，又不準備就地掩埋，還是投入火場讓他們化為灰燼。

尉遲沖讓他們停下，望著楊明威血肉模糊的面孔心中不由得一陣感慨，楊明威也跟隨他身邊多年，立下戰功無數，連他都想不通為何楊明威會出賣自己？他並不願意相信楊明威一直都是潛伏在自己身邊的臥底，寧願去相信形勢才讓人改變。親手奪去一位曾經追隨自己並被他所看好的部下的性命，危機過後，尉遲沖方才感到心痛。他並不恨楊明威，也無意去質疑他的選擇，只是覺得這年輕的生命離開得有些可惜。

看了好一會兒，尉遲冲方才擺了擺手，示意他們將楊明威的屍體帶走。

梁文勝道：「大帥，咱們什麼時候離開？」中毒的同伴如今大都已經恢復，這裡絕非久留之地，龍王廟的這場大火或許會招來更厲害的對手。

尉遲冲輕聲道：「文勝，等到了雍都，你帶著大家在城外等我。」

梁文勝心中一沉，大帥這樣說，證明連他自己對此次雍都之行都不樂觀了，梁文勝道：「大帥並非沒有其他的選擇。」

尉遲冲的笑容明顯有些苦澀，他反問道：「有得選嗎？」

胡小天和夏長明分別乘坐飛梟和雪雕翱翔於漫天風雪的夜空中，如果不是夏長明在，胡小天是不可能在這樣惡劣的天氣中分辨出方向的，在前方引路的雪雕突然放慢了速度，舒展開潔白的雙翼靜靜漂浮在雪夜之中。

飛梟犀利的眼睛穿透夜色，牠已經看清了下方的情景。

胡小天的目力雖強，在這樣的高度卻也只能看到一個模糊的輪廓，應該是一座山峰，夏長明指揮雪雕向他靠近，大聲道：「就在下方山峰的東北方向有一個山洞。」他指給胡小天看，那山洞前方生有不少的松柏，不過因為大雪的緣故也已經變得粉雕玉琢，乍看上去根本無從分辨。

兩人指揮飛梟和雪雕向下降落，下方的景物漸漸變得清晰，為了不被對方發覺，他們選擇在峰頂降落。胡小天讓夏長明就在外面負責接應，他獨自一人前往那個上官雲沖藏身的山洞。

來到山洞前方，雖然雪下得很大，可仍然能夠看到地上沒有被落雪完全覆蓋的腳印，從凌亂的腳印來看，此前應該不僅僅是一個人進入其中，胡小天心中暗自斟酌，看來上官雲沖來這裡應該是和同夥會合？卻不知他老爹上官天火，他大哥上官雲峰會不會都在這裡？

洞口並沒有人防守，胡小天來到洞口前傾耳聽去，聽到裡面並無動靜，這才悄悄走入山洞之中，山洞將風雪阻隔在外，裡面溫暖了許多，這條山洞狹長幽深，胡小天沿著山洞一路向內，走了大約半里的距離聽到前方隱隱傳來人聲，他儘量放輕腳步，避免被對方察覺。

胡小天雖然聽力敏銳，可仔細傾聽卻始終無法聽清對方在說什麼，就在此時忽然聽到有腳步聲朝著自己的方向而來，胡小天慌忙沿著洞壁向上爬去，在頂部附近尋找到一條岩縫剛好可以藏身，他剛剛隱藏好身形，就有兩人來到了他的下方。

其中一人正是上官雲沖，另外一人手中舉著火炬照明道路，來到胡小天身下的時候停了下來，那人嘰哩咕嚕說了句什麼，上官雲沖也回應了一句。

胡小天還以為自己的聽覺出了毛病，可馬上就意識到這兩人說的根本就不是漢話，好像是黑胡人的語言。

上官雲冲向同行之人抱了抱拳，應該是讓對方不必相送，送他的那人身材魁梧，頭頂紮了無數條小辮，正是黑胡人最常見的髮飾。胡小天已經能夠斷定對方必然是黑胡人，想不到上官雲冲居然和黑胡人還有勾結，那麼他今晚刺殺尉遲冲就有了一個合理的解釋，最想尉遲冲死的始終都是黑胡人。可是上官雲冲做這種事究竟是李沉舟授意，還是李沉舟對此根本就不知情？

上官雲冲辭別那人之後大步離去，那黑胡人等到上官雲冲走遠，舉著火炬重新折返回洞內。

胡小天心中暗自好奇，他並沒有選擇跟隨上官雲冲離去，而是尾隨那黑胡人進入山洞深處。

山洞內燈火通明，空氣中飄蕩著烤肉的香氣，有四人正圍坐在篝火旁烤著一隻黃羊，那黑胡人回到幾人身邊，手中火炬插在岩壁之上，嘰哩咕嚕地說了句什麼，然後幾人同時搖了搖頭。

胡小天不想多惹麻煩，準備悄悄離去，那圍坐在篝火前的一人卻猛然抬起頭向胡小天藏身的位置望去，那人一張面孔慘白如紙，不見一絲一毫的血色，頭髮眉毛也是如霜雪一般的白色，胡小天看得真切心中不由得一愣，此人竟然是他在雍都夜闖紅山會館鴻雁樓之時所遇的白屍。記得當時他和霍勝男、宗唐三人潛入鴻雁樓內，卻遭遇黑屍、白屍夫婦兩人，這兩人武功高絕，如果不是胡小天當時利用虛空大法吸走了黑屍的內力，還險些被他們所害。不過時過境遷，如今胡小天的武功在歷練中突飛猛進，就算再跟他們夫婦遭遇也沒什麼好怕。

只是胡小天心中有些納悶，自己明明屏住呼吸，儘量隱匿行蹤，這白屍因何會覺察到自己的到來？難道她只是湊巧望向這邊，並沒有發現自己的影蹤？

可事實卻並非胡小天料想中那樣，白屍猛然從地上彈射而起，身軀猶如一道白色閃電徑直投向胡小天藏身的位置，同時發出一聲淒厲的尖嘯。

胡小天此時方才確信自己的行藏已經暴露，他隱約判斷出，白屍或許並非是通過呼吸心跳來判斷他所在的位置，十有八九和北澤老怪類似，她擁有著一個極其敏銳的嗅覺，可以通過對氣味的分辨來判斷出敵手的到來，擁有這樣能力的人少之又少，但是這種能力卻是極其強大，即便是頂尖高手可以長時間屏住呼吸，但是他必須要通過周身的毛孔來達到換氣的功效，任何生物的身上都會有不同的氣息，雖然自己感覺不到，可是遇到嗅覺敏銳的物種，如狗、豬之類，牠們就可以輕易從氣味中區分不同的對象。

胡小天暗叫不妙，既然行藏已經暴露，也就沒必要繼續趴在暗處繼續隱藏，他飛身掠下，朝著洞口的方向一路狂奔，這倒不是胡小天害怕白屍，而是因為他不想戀戰，尤其是在對手情況不明的狀況下。

胡小天的身法雖然很快，可是還未逃出洞口就看到一道黑影阻擋住了自己的去路，雙手一震，一對黑色的螺旋刺發出鬼哭神嚎的嗚嗚，直奔胡小天的胸口而來。

螺旋刺未到近前，兩道瘋狂旋轉的螺旋勁先行破空襲來。

胡小天心中一怔，他目力超強，可在黑暗之中視物，已經看清攔住他去路的對手竟然是黑屍，胡小天明明記得自己將黑屍的內力吸了個乾乾淨淨，以為他那次之後縱然僥倖活命，也必然成為一個廢人，卻想不到黑屍不但重新現身中原，而且武功似乎更勝往昔。

胡小天的身體陡然飛升而起，後背貼在山洞上方岩壁，躲過對方螺旋刺的同時，趁機抽出後背那柄鏽跡斑斑的大劍，片刻不停地俯衝而下，揚起手中大劍，居高臨下，一招普普通通的力劈華山向黑屍的頭頂問候而去。

黑屍雙手螺旋刺交叉迎向對方大劍，奪！的一聲巨響，兵器相撞的聲音透過山洞放大了數倍，更顯刺耳。

黑屍顯然對胡小天的力量沒有充分的估計，在對方的全力劈砍之下，身軀向下一矮，足下岩層因為承受不住這巨大的力量而崩裂開來。白屍在淒厲的呼號聲中，揚起泛著幽蘭色光芒的雙爪，唰！轉向胡小天的後心，她在雙手上下了數十個寒暑的苦功，其爪之利足以撕裂虎狼。

胡小天並沒有做出閃避，任憑白屍雙爪抓中自己的後心，白屍雖然竭盡全力，這雙鋒利的手爪將胡小天外面穿著皮襖撕裂，卻無法傷及到他的皮肉，因為胡小天裡面還穿著七星海蛇皮製作的外甲，這外甲極其堅韌，可以擋住刀槍的進擊。

白屍雙爪的力量傳到胡小天身體的剎那，被胡小天利用借力打力傳遞了出去，這樣一來等於他和白屍合力來攻擊黑屍，手中大劍的力量又陡然增加不少。

黑屍在這樣的壓力之下，雙足深深陷入岩層之中，身軀陡然擰轉，不可思議地反折了過去，一道從大劍之上激發出的劍氣貼著他的身體右側斬到了地面之上，蓬！一聲堅硬的岩層裂開一道半丈長度的壕溝，一時間碎石紛飛，粉屑瀰漫。

胡小天並非一定要將他置於死地，看到黑屍閃開空隙，大劍在螺旋刺上一搭，借著黑屍上舉的力量，身軀越過黑屍向前方騰飛而起，猶如一隻大鳥，飛掠過十多丈的距離，徑直出了山洞，落腳的地方已經來到漫天飛雪的山野之中。

胡小天轉身望去，卻見黑白雙屍鍥而不捨，一黑一白兩道身影已經從山洞中追了出來。

通過剛才的交手胡小天對這兩怪物的武功大體有所瞭解，比起當年在鴻雁樓交手之時，兩人的進境並不大，雖然黑屍已經恢復了武功，甚至武功比起當年還要強上那麼一些，可是兩人的進步比起自己來說還是相差太遠，縱然自己無法擊敗他們兩人聯手，可是也不至於敗在他們的手下，至於逃走更是輕鬆。

胡小天呵呵一聲大笑，足尖在雪地上輕輕一點，身軀陡然騰起四丈左右的高度，然後俯衝而下，他並未前往山頂和夏長明直接會合，而是轉而奔向山下，相信自己的聲音已經傳到了夏長明的耳朵裡。

胡小天施展馭翔術在雪地之上飛騰跳躍，黑屍白屍在身後窮追不捨，兩人的輕功和胡小天相差不少，內力更是無法和胡小天相提並論，等到半山腰的時候，胡小天已經將兩人遠遠甩開。

高空之中夏長明騎著雪雕帶著飛梟前來和胡小天會合，雖然風雪瀰漫，夏長明仍然可以看到下方模糊的景象，看到胡小天將對手越甩越遠，他也漸漸放下心來。就在夏長明準備指揮飛梟降落帶走胡小天的時候。

卻發現胡小天前方的雪地猶如拍浪翻滾，沿著傾斜的山坡逆向蔓延而去。胡小天幾乎在同時留意到了前方的情景，在他的視野中卻是一道足有兩丈高度的雪牆以驚人的速度向自己席捲而來。

胡小天抬起頭來，看到空中雪雕和飛梟模糊的身影，他大吼一聲道：「等我！」這是要提醒夏長明不必急著下降，畢竟下方情況未明。他揚起手中大劍向著前方滾滾雪浪一劍揮出，劍氣縱橫，一道霸道的無形劍氣脫離大劍飛了出去，將前方雪牆從中劈成兩半，劍氣觸及雪浪的地方遭遇到一股無形潛力，兩股力量衝撞在一起，發出蓬的一聲巨響，一道足有十丈高的雪柱激揚而起。

那滾滾雪浪也漸漸停止了翻滾的勢頭，在胡小天前方三丈左右的地方緩緩平息，雪霧瀰漫，朦朧之中出現了一個魁梧的灰色身影，卻是一個灰衣僧人，灰白色的頭髮蜷曲貼附在他的頭頂，灰白色的鬍鬚也是蜷曲著，高鼻深目，一雙深綠色的眼睛冷漠無光，靜靜望著胡小天，整個人一動不動，猶如風雪中出現的一尊塑像。

胡小天望著這番僧，心中凜然，此人的出現非常突然，可是卻給了他一種前所未有的壓迫感，胡小天很少會有這樣的感覺。以他現在的武功境界，即便是不出手，也能夠從對方的氣勢上察覺到對方的實力。武功的至高境界應該是返璞歸真，大巧若拙，可這樣的境界對內家高手大都適用，卻未必適用於所有的外家高手，有一種外家高手練武就像是磨刀，修為越是精深鋒芒越是外露。

番僧給胡小天的感覺就是不像活人，胡小天舉目望去，前方除了這番僧再無其他人在，想必剛才的那滾滾雪浪就是這番僧一手所為，他向番僧笑了笑道：「這位大師，天寒地凍的你不在廟裡念經，來山上做什麼？」

番僧的目光直勾勾盯著胡小天，以生澀的漢話道：「誅天七劍！」

胡小天心中一怔，這番僧居然識貨，剛才自己用來劈開雪牆的一劍正是誅天七劍中的一式。

此時黑白雙屍以及山洞裡面的幾個黑胡人全都追到了附近，可是看到那番僧出現，他們全都停下了腳步不再向前，可見這番僧在這幫人心目中的地位極高，沒有他的允許，別人不敢輕易上前。

胡小天忽然想起自己在雍都城外桃花潭的遭遇，他斬殺紫電巨蟒，吃了風雲果，得到了玄鐵劍和玄鐵權杖，還找到了一件袈裟。記得當時蕭天穆曾經說過，那位袈裟應該出自北冥密宗，是黑胡國師梵音寺提摩多之物，眼前的番僧既然一眼就能夠認出誅天七劍，難道他和提摩多有關係？

胡小天猜得不錯，眼前的番僧正是黑胡國師崗巴拉，他出身梵音寺，不僅佛法精深，而且是北冥密宗第一高手。

崗巴拉沉聲道：「交出《北冥真經》，饒你不死！」

胡小天聽到他這半生不熟的漢話，心中不禁一陣好笑，他充滿不屑道：「好狗不擋路，身為出家人這點覺悟都沒有嗎？」

崗巴拉雖然漢話說得不好，可交流起來並無太大的障礙，胡小天罵他他當然聽得懂。崗巴拉森然道：「自尋死路！」他緩緩揚起拳頭，他的動作雖然緩慢，可是空中的飛雪卻似乎被他的動作所引動。

胡小天也感覺周圍的空氣似乎驟然被抽空，風雪瘋狂向崗巴拉聚攏而去，將他魁梧的身軀掩飾其中。

胡小天冷哼一聲：「裝神弄鬼！」揚起手中大劍，一劍劈了過去，誅天七劍他已經練得純熟，最近在劍氣外放方面也取得了不小進展，成功率已可以達到八成。

一道凌厲的劍氣向風雪中的崗巴拉飛掠而去，環繞崗巴拉身軀旋轉聚集的雪花被撕開一條裂縫，胡小天似乎已經看到了崗巴拉被自己一劍劈成兩半的淒慘場面，可事情的結果卻大大出乎他的意料，劍氣劈斬到崗巴拉的身上，竟然泛起一道金光，崗巴拉完好無恙地站在那裡，身軀紋絲不動。飛雪在瞬間已經在他的身體外包裹上一層厚厚的冰甲。

崗巴拉的身軀看起來龐大了不少，遠遠望去猶如一個雪球，而且這雪球還在以驚人的速度膨脹增大，雪球在地面上彈射而起，向胡小天撞擊而去。

胡小天看到那大雪球來勢洶洶也不敢怠慢，反手又是一劍，自下而上反削向那雪球。

劍氣縱橫直奔雪球而去，這會兒功夫雪球增大了不少，彈射的過程中滴溜溜不停旋轉，劍氣砍在雪球之上，已經被旋轉雪球的離心力卸去了大半，儘管如此，仍然將雪球斬掉了一小半。剩下的大半個雪球來勢不歇，全速向胡小天撞擊而來。

胡小天再想發出劍氣已經來不及了，他左手握拳，神魔滅世拳威勢驚人，內力也在瞬間提升到他的巔峰狀態，重擊在那雪球之上，蓬的一聲，雪球卻不像胡小天想像中鬆軟，質感更像是凍實的堅冰，冰甲在胡小天的重拳之下龜裂開來，胡小天抬起右腳狠狠向雪球踢去，想要將這雪球踢皮球一樣踢向遠方。崗巴拉的身體就隱藏在雪球之中，踢飛了雪球就等於將他一併踢走。

胡小天的腳還未踢到雪球，那雪球就崩裂開來，崗巴拉的身形再度出現，他一把將胡小天的右腳抓住。胡小天處變不驚，右手大劍近距離向崗巴拉的面門戳去。崗巴拉左手抓住胡小天的右腳，空出的右手抓住了劍鋒，胡小天看到他胸前露出大片破綻，揚起左拳照著他的胸膛擊去。

拳頭擊打在崗巴拉的身上卻如同擊中了一塊鐵板，崗巴拉毫無表情的臉上不見任何改變，抓住胡小天攻擊他的剎那，整個人的身體都撲入了胡小天的懷中，沒錯，這番僧竟然採用摔跤一樣的貼身肉搏。

胡小天從未見識過任何高手會採用這樣貼身肉搏的打法，兩人手足交纏，在空中疊合在一起，重重摔落在雪地之上，胡小天手中的大劍在這樣的狀況下根本毫無用場，丟掉了大劍，空出的左拳照著崗巴拉的面門蓬蓬猛擊了兩拳，可崗巴拉根本毫無反應，胡小天現在的拳力足可開碑裂石，但是崗巴拉似乎鋼筋鐵骨，而且他的身體全無痛覺，縱然被胡小天接連擊中，戰鬥力也沒有受到半分的影響，他的雙腿纏住胡小天的身體，雙臂抱住了胡小天的身軀，典型的老樹盤根。

胡小天有生之年還從未和任何一個男人如此親密接觸過，兩人摔落在雪地之上，然後沿著山坡嘰哩咕嚕地向下方滾去，胡小天為了避免受到太大的傷害，也學著崗巴拉的樣子，儘量蜷曲自己的身體。這樣一來兩人抱得如同一個圓球，隨著他們沿著山坡一路向下滾動，積雪在他們的身上越積越多，以他們為核心包裹成了一個巨大的雪球。

以黑白雙屍為首的那些黑胡高手看到情況突然變成了這個樣子，慌忙跟在後方追逐而來。

一直在空中觀察戰況的夏長明也慌了神，指揮雪雕和飛梟緊隨那只大雪球。

雪球越滾越大，胡小天和崗巴拉輪番上下，胡小天只要一有機會就照著崗巴拉的身上一通痛捶。崗巴拉卻是以不變應萬變，只管牢牢抱住胡小天，他的身體越束越緊，胡小天感覺自己肺裡的空氣都快要被這廝給壓榨出來，四周一片黑暗，連聽覺都喪失了，倒不是因為他的眼睛耳朵出了毛病，而是他們兩人已經完全被雪球包裹在其中。胡小天連攻擊都不能夠了，他有生以來作戰今天是最為狼狽的一次，好比一個拳擊手被摔跤手給抱住，雖然擁有一身的本事，可惜有勁兒使不出來。

他們兩人在雪球之中糾纏，外面的人卻不知道裡面的狀況，只看到那只大雪球蹦蹦跳跳，黑胡的那幫高手發出一聲驚呼，他們對此地的地形更為熟悉，前方不遠處就是碎骨崖，高逾百丈，這雪球滾得如此之疾，眼看就要滾到碎骨崖邊，如果從懸崖上掉下去，任憑崗巴拉武功高強，只怕也要被摔個粉身碎骨。

胡小天情急之中潛運玄功，為了擺脫目前的困境縱然再用一次虛空大法也無妨，不將這番僧的內力吸乾淨恐怕他會糾纏到底，兩人貼得如此之近本是使用虛空大法的絕好機會，胡小天右手扣住對方的脈門，丹田氣海已然形成了一個巨大的空虛漩渦，嘗試著從崗巴拉的身體中吸入內力，可是任憑他如何努力，對方的經脈竟似乎完全封閉，根本無法吸入半點內力，胡小天暗叫不妙，這番僧看來修煉的武功和中原全然不同，虛空大法竟然對他毫無作用。

這顆巨大的雪球已經滾到了懸崖邊，那幫黑胡高手發出一聲聲哇哇怪叫，可無論他們叫得如何惶恐，阻止雪球墜落懸崖已經來不及了。

雪球在懸崖邊緣彈跳了一下，向上飛行了一小段距離，然後直墜而下，隨著漫天飛雪向懸崖下墜落。

胡小天雖然身處雪球內也能夠感覺到那種突然失重的感覺，內心一沉，暗叫不妙，難不成他們墜下了懸崖？

大雪球剛剛墜落，懸崖下一片烏沉沉的雲層升騰而上，不是雲層，卻是及時趕到的飛梟展開雙翅用背脊托起了了那巨大的雪球，飛梟雖然神勇，可是牠的力量卻仍然無法承載這巨大的雪球，但是畢竟牠緩衝了這顆雪球的下墜之力。

蓬的一聲雪球從中炸裂開來，飛梟發出一聲驚恐的鳴叫，一股來自上方的衝力，讓飛梟向下疾墜，也讓牠和上方的兩人分開了距離，飛梟背脊的大片羽毛被震得亂飛。

雪球爆裂之後，包裹在其中的胡小天和崗巴拉重新獻身於飛雪之中，胡小天這才看清了自身的處境，嚇得差點沒把娘叫出來，沒叫出來是因為崗巴拉那堅硬的腦袋狠狠撞擊在他的鼻樑上，胡小天被崗巴拉這記撞擊撞得眼前金星亂冒，他的右手剛好從崗巴拉的糾纏中抽離出來，揚起右手的兩根手指狠狠插向崗巴拉的雙目，崗巴拉及時閉上眼皮，胡小天本以為可以插入他的眼眶之中，可是手指戳中的地方如同戳在了橡膠上一樣，韌性十足，根本無法插入他的眼眶，這崗巴拉的一身硬功實在是驚世駭俗。

崗巴拉再度將腦袋後仰，試圖發動第二次對胡小天的撞擊，胡小天感覺有熱乎乎的兩筒東西沿著自己的鼻孔往下流，不是鼻涕是鼻血，他不能讓崗巴拉再度得逞，再被這番僧撞中只怕離毀容也不遠了。胡小天向前一壓，用臉壓住了崗巴拉的臉，乍看起來兩人像親在了一起，可實際上卻是性命相搏。

飛梟再度飛掠而至，剛才雪球爆炸的衝擊讓飛梟受了一些輕傷，不過牠極具靈性，知道如果任憑主人這樣墜落，只怕他要摔得粉身碎骨。這次牠沒有用身體去承載兩人，而是從上方靠近他們兩個，巨大的腳爪伸出去，扣住了崗巴拉的腦袋，反正兩人抱在一起，只要抓住其中的一個，就等於抓住了另外一個。

換成尋常人腦袋被飛梟的腳爪扣住，恐怕連頭骨都要被擠碎了，可崗巴拉依然無恙，胡小天看到崗巴拉的腦袋被飛梟扣住，認為自己的機會到來，仰起頭來，學著崗巴拉的樣子用額頭去撞擊崗巴拉的鼻子，用力撞擊之下，卻感覺如同撞在了一塊石頭上一樣，撞得自己頭暈眼花，胡小天暗叫倒楣，番僧練的是硬功，自己跟他玩鐵頭功無異於自找難看。

飛梟雖然無法對崗巴拉造成真正的傷害，腳爪卻干擾了崗巴拉的視線，崗巴拉不得不騰出一隻手來想要抓住飛梟的腳爪，胡小天生怕他傷害飛梟，趕緊將他的手腕握住，兩人距離谷底只剩下十餘丈的距離，飛梟拖慢了他們墜落的速度，胡小天大吼一聲，示意飛梟撤離。

飛梟極有靈性，明白胡小天的意思，鬆開崗巴拉的腦袋，胡小天生怕崗巴拉用腦袋撞擊自己，第一時間又把面孔貼了上去，壓著崗巴拉，兩人從十餘丈的空中糾纏墜落到谷底的雪地之上。

這次崗巴拉在下方，胡小天壓在他的身上，十多丈的高度摔下衝擊力也是不小，將谷底砸出一個巨大的雪坑，積雪下方卻是一個小湖，兩人墜落的衝擊力將湖面的冰層撞裂。

胡小天聽到劈劈啪啪的冰裂之聲，崗巴拉的後背直接貼在冰面之上，自然比胡小天感受得更加清楚，兩人面貼面，嘴貼嘴，胡小天的鼻血留了崗巴拉一臉，被崗巴拉連續撞擊之後，胡小天什麼改頭換面也都顧不上了，此刻面孔已經恢復了原來的容貌。如此近距離的情況下，兩人都將對方看了個清清楚楚，崗巴拉的目光中有詫異還有些許的驚恐。

胡小天敏銳地捕捉到他眼中的驚恐，心中暗忖他怕什麼？這番僧的武功不在自己之下，自己又沒本事吸取他的內力，貼身肉搏正是他的強項？本該害怕的應該是自己才對？他為何要害怕？此時冰裂之聲變得越來越清晰，兩人身下的冰層明顯震動起來。

胡小天腦海之中卻突然現出一絲光明，難道這番僧不通水性？他怕水？胡小天留意到崗巴拉目光中的恐懼越來越濃，越發認定自己的想法正確。崗巴拉意圖將胡小天從身上掀翻，脫離他的壓制，正所謂十年河東十年河西，還沒到十年，一會兒功夫兩人的心態已經完全不同，剛才是崗巴拉糾纏胡小天不放，胡小天拚命掙脫，現在是胡小天抓著崗巴拉不放。

崗巴拉越是掙扎，身下的冰層受力越大，喀嚓一聲冰層終因承受不住上方的壓力而徹底裂開，兩人的身體從裂開的冰洞之中落入冰冷徹骨的小湖內。

夏長明也已經飛臨到小湖上方，本來看到胡小天安全落地方才鬆了一口氣，正準備上去幫忙，卻想不到沒來到近前，兩人又從湖面上掉進了冰窟窿裡面，一時間也不知如何是好。

崗巴拉果然不通水性，他修煉了一身的橫練功夫，鋼筋鐵骨，刀槍不入，但是唯獨對水性是一竅不通，落入冰冷徹骨的湖水之中，他能夠做的也只是屏住呼吸罷了，胡小天卻是如魚得水，雖然也是凍得不輕，可進入湖底之後，崗巴拉已經不敢再和胡小天糾纏在一起。

第七章

生死相搏

胡小天想起和那番僧驚險搏殺的情景，仍然心有餘悸。
崗巴拉抱著他墜下碎骨崖，
崗巴拉應該不是抱著和他同歸於盡的目的，
所以原因只有一個，崗巴拉就算從碎骨崖跳下或許也不會摔死，
胡小天還是第一次遇到外功如此強悍的對手。
剛才如果不是飛梟捨命來救，自己恐怕是凶多吉少了。

胡小天將真氣在經脈之中迅速運行驅散體內的徹骨寒意，看到崗巴拉雙手亂揮亂舞，衝上去照著這廝的面門就是一拳，因為水流的阻力，這一拳的力道自然要比平時大打折扣，可儘管如此，崗巴拉被他這一拳打得向水下沉去，胡小天跟上去又是一腳，痛打落水狗絕不容情，不痛揍這番僧一頓難消心頭之恨。

崗巴拉的身軀繼續向水下沉去，胡小天本想繼續跟上，卻感覺頭頂震動了一下，抬起頭來，卻聽到嘴喙啄擊冰面的聲音，應該是飛梟看到自己墜入冰湖，所以不顧一切前來相救，胡小天心中一陣感動，他低頭再去尋找崗巴拉的身影，這會兒功夫這廝竟然已離開了自己的視線，胡小天也打消了去尋找這番僧繼續追殺的想法，他迅速向上方游去，找到剛才那個冰洞，因為天氣嚴寒，這會兒功夫冰洞又已經結上了薄冰，胡小天一拳將薄冰打破，濕淋淋地爬上了冰面。

飛梟和雪雕都已降落在湖面之上，飛梟正在用力啄擊冰面，想要尋找主人的蹤跡。夏長明第一個發現了胡小天的身影，他歡呼一聲，舉步趕了過來。

胡小天咳嗽了一聲道：「我沒事！儘快離開這裡。」

胡小天爬上飛梟的背脊，飛梟看到主人安然返回也是欣喜非常。

那群黑胡高手繞行來到崖底小湖之時，飛梟和雪雕已經載著各自的主人飛向高空，一眾黑胡高手望著已經被冰雪覆蓋的小湖，一個個面面相覷，誰也不知道崗巴拉到底是死是活。

就在眾人擔心不已時，只聽到蓬的一聲巨響，遠方一塊巨大的冰塊橫飛而起，隨之一個濕淋淋的身影狼狽不堪地從小湖中爬上了冰面，正是黑胡國師崗巴拉。

他在水中被胡小天連捶帶踢，卻不敢有任何反擊，生怕激起了胡小天的凶性將他置於死地，在水中他的戰鬥力連平時的三成也沒有，真正和胡小天水下相搏唯有死路一條。還好胡小天並未對他進行追殺到底，崗巴拉水性不行，只能閉氣沉入水底，又從湖底找到了一塊石頭，抱著石頭一步步摸索著走了上來，還好這小湖並不大，很快就已經走到了小湖邊緣，崗巴拉一拳震開冰面，從湖底爬出，等於在鬼門關前繞了一圈。

眾人圍攏上去噓寒問暖，崗巴拉一言不發，他抬起頭來，望著漫天飛雪的夜空，臉上的表情又如被凍住了一般冰冷而堅硬。

崗巴拉脫困之時，胡小天已經騎在飛梟身上翱翔於雪夜之中，他利用內力蒸乾了身上的衣服，這才感覺稍稍好了一些，想起剛才和那番僧驚險搏殺的情景，仍然心有餘悸。崗巴拉抱著他墜下碎骨崖，崗巴拉應該不是抱著和他同歸於盡的目的，所以原因只有一個，崗巴拉就算從碎骨崖摔下或許也不會摔死，胡小天還是第一次遇到外功如此強悍的對手。剛才如果不是飛梟捨命來救，自己恐怕是凶多吉少了。

他伸出手去撫摸飛梟的背脊，充滿感觸道：「梟兄，多虧你了！」

飛梟發出一聲低鳴，聲音平和了許多，牠也受了輕傷，不過因為自身強健的素質應該沒有什麼大礙。

夏長明騎乘雪雕和胡小天並駕齊驅，他大聲道：「主公，你感覺怎樣？」

胡小天道：「好得很！」說話的時候感覺鼻子一陣酸痛，伸手摸了摸自己的鼻子，感覺腫大了許多，想必是被那番僧的腦袋撞得鼻青臉腫，鼻血也流了不少。

夏長明道：「咱們作何打算？」

胡小天道：「既然來了，那就護送大帥安然返回雍都再說！」本來他解救尉遲沖之後準備直接離去，可是今晚遇到崗巴拉後又改變了念頭，這番僧的武功不但古怪而且厲害，連自己跟他搏殺都沒有占到半點便宜，換成其他人豈不是更加麻煩，而且這些黑胡人對尉遲沖恨之入骨，他們這次潛入大雍很可能就是衝著尉遲沖而來。保不齊還會在中途阻殺尉遲沖，送佛送到西，為了穩妥起見，還是暗中保護尉遲沖為好，更何況這裡距離雍都已經不遠，也不差這兩天的時間。

大雪初霽，一輪紅日升起在雍都的上空，這場皇族的葬禮雖然名為國葬，可儀式卻並不隆重，看得出朝廷在這次的葬禮上刻意選擇低調，甚至規定百姓不許沿街送葬，據說是為了安全考慮，從這件事也能看出雍都表面的平靜之下暗潮湧動。

李沉舟在葬禮之後前往長公主薛靈君的府邸拜會，現在關於他和薛靈君之間的傳言塵囂而上，不過李沉舟顯然沒有將這些放在心裡，依然故我，沒有任何避嫌。

李沉舟對外極其的坦然，口口聲聲清者自清，其實他和薛靈君之間的關係究竟怎樣，他們心中最為明白。

薛靈君一身黑色長袍，頭戴白色小花，除此以外再無多餘的飾品，卻表現出一種前所未有的清水出芙蓉的素雅潔淨。李沉舟進入她的茶室內，薛靈君跪坐在茶座前，水已經燒好，她靜靜清洗著茶具，素手纖纖將晶瑩如玉的茶具錯落有致地擺放在茶席之上。

李沉舟也除去了靴，雪白的棉襪走上溫暖的地席，來到薛靈君對面跪坐下來。

薛靈君從他走入房內，目光自始至終沒有向他看上一眼，漫不經心道：「事情都處理完了？」

李沉舟點了點頭，靜靜望著薛靈君的那雙手，輕聲道：「確切地說應該是告一段落，太皇太后、先帝、淑妃娘娘都已經入土為安了。」他拿起留香杯嗅了嗅茶香，閉上雙目，臉上的表情顯得有些陶醉，這段時間殫精竭慮，每日都在為朝政費盡思量，的確太累了，也只有此刻才有種身心放鬆的感覺。

薛靈君斟滿茶水，將一杯茶雙手奉送到他面前，柔聲道：「你清減了不少。」

李沉舟緩緩睜開雙目，唇角帶著淡淡的笑意：「諸事纏身，心思太重！」在薛靈君的面前他並沒有刻意隱瞞什麼。

薛靈君端起茶盞湊近誘人的櫻唇前，輕抿了一口，小聲道：「你擔心什麼？」

李沉舟沒有說話，只是慢慢端起了那杯茶，盯著茶盞中的那泓翠色，目光深邃讓人難以捉摸。

薛靈君道：「擔心皇上還是尉遲冲？」

李沉舟一口將那杯茶飲盡，宛如喝酒一般豪爽，卻仍然沒有在薛靈君給出的兩個人選中做出選擇。

薛靈君又給他將茶盞滿上，然後小聲道：「我皇兄？」其實她從一開始就知道李沉舟真正擔心的是薛勝景，自從薛勝景逃離慈恩園，宛如石沉大海杳無音訊，並沒有確切的跡象表明他已經逃出了雍都，如果薛勝景在大雍的某處自立作亂，李沉舟反倒會放心不少，至少目標明確，不用擔心薛勝景在暗中搗鬼。

李沉舟低聲道：「越是平靜越是可怕，我敢斷定他正躲在雍都的某個地方，醞釀著一次驚天動地的反擊。」

薛靈君道：「他做事向來低調，這些年來一直都在默默經營，我大皇兄對此一直是睜一隻眼閉一隻眼。」

李沉舟道：「先皇終究還是小看了他，以為燕王的一舉一動全都在他的掌握之中，卻沒有料到燕王在他的監視之下仍然可以經營起這麼大的勢力。」

薛靈君微微一笑：「聚寶齋不是已經在你的掌控之中了嗎？燕王府如今都已經被你查抄，你還有什麼好怕？」

李沉舟搖了搖頭，歎了口氣道：「越是平靜越是不同尋常，怎麼會突然就沒了消息？」

薛靈君道：「你又何必為他而憂心忡忡？而今大雍大局已定，當務之急乃是穩定人心。」

李沉舟道：「穩定人心最好的辦法就是減稅輕賦，我已將方案呈給了皇上。」

薛靈君道：「他怎麼說？」

李沉舟淡然笑道：「至今沒有表態，皇上現在最喜歡做的事情就是拖延。」李沉舟對薛道銘的心態還算是有些瞭解的，薛道銘不甘心成為一個受他人擺佈的傀儡皇帝，卻又不敢正面和自己衝突，所以在事情的處理上大都採取消極對待，拖得了一時卻拖不了一世，李沉舟並不認為薛道銘有覆雨翻雲的本領，縱然薛道銘乃是諸多皇子之中最有能力的一個，可是他欠缺薛勝康的霸氣和眼界，終究沒有成為一代霸主的本事。

薛靈君馬上就懂得了李沉舟的意思，他不會平白無故說這些給自己聽，皇室的事情還是自己出手解決最為恰當，李沉舟雖然重權在握，可是鑒於他的身分所限，還是不方便太多的介入皇室的事情，自己才是最佳的人選，薛靈君小聲道：「皇上那裡我會去勸勸他。」

李沉舟目光一亮，薛靈君當真是聰慧過人，自己還未說出來，她就已經明白了自己的意思。他低聲道：「皇上的年紀也不小了，孰輕孰重他應該懂得。」

薛靈君微微一笑，又為李沉舟倒上一杯茶：「人一旦坐在那個位置上，就會認不清自己，更何況道銘剛剛成為大雍之主，他還需一個適應的過程。」

李沉舟點了點頭，最近朝廷發生的事情實在太多，皇室內已經接連死了幾個，就算薛道銘並不是一個最為合適的傀儡人選，可暫時也不適合對他下手，否則必然會激起眾怒，這幫朝臣或許會人人自危。

薛靈君話鋒一轉，小聲道：「尊夫人是否有了消息？」

李沉舟原本端起茶盞剛剛湊到了唇邊，卻因為薛靈君的這句話右手一抖，潑出了不少的茶水，看得出薛靈君提起簡融心仍然引起他內心的一陣激蕩。

薛靈君看在眼裡，卻裝出並未察覺的樣子，依然故我道：「我和融心一直情同姐妹，她至今下落不明，我心中很是牽掛。」

李沉舟慢慢將那杯茶重新放下，向前欠了欠身，伸出手去一把捏住薛靈君的俏臉，然後用力吻在她的櫻唇上。

此時門外卻傳來侍女的通報聲：「長公主殿下，尉遲大帥來了！」

薛靈君慌忙推開了李沉舟，俏臉已經蒙上了一層紅暈，她不無嗔怪地瞪了李沉舟一眼，剛才的一吻應該充滿了報復的意味，李沉舟明顯不願自己提起簡融心，薛靈君的內心隱隱感到有些不快，她本以為簡融心在李沉舟的內心中毫無位置，可現在看來事情卻並非如此。

人只有在失去之後方才知道珍惜，李沉舟也是一樣，甚至在他趕走簡融心，設計害死簡融心的父親之前都沒有感到任何內疚，可是在簡融心被人救走失蹤之後，他倒開始不時想起她來，想起簡融心婚後這些年對自己的諸般好處，他甚至開始反思自己此前對簡融心的種種排斥，並非是出自於討厭，而是因為自卑，因為他生理上的殘缺方才會排斥簡融心。當薛靈君成功喚醒了他沉睡的本能，李沉舟看待問題的角度也開始悄然改變了。

薛靈君道：「你是準備和我一起過去見他，還是迴避？」

李沉舟笑道：「我還是迴避的好！」

尉遲冲選擇第一個來見長公主薛靈君也是經過深思熟慮的，他雖然在途中，可是無時無刻不在關注著朝中的劇變。除了先帝薛勝康，尉遲冲最熟悉的人要數蔣太后，他曾經蒙蔣太后收為義子，如今薛勝康、蔣太后先後離世，薛勝景不知所蹤，只有薛靈君仍在雍都，而且最重要的是，薛靈君在朝中的地位更勝往昔。

尉遲冲想要搞清朝內的狀況最好還是從這位乾妹妹這裡開始。

薛靈君讓李沉舟進入內室迴避，披上貂裘親自出門相迎，其實也沒走幾步，只是輕移蓮步來到茶室之外。

尉遲沖已經沿著清掃潔淨的青色雲石路面大步行來，經年不見，尉遲沖兩鬢愈見斑白，不過他的身軀依然挺直，步履依然矯健，來到薛靈君面前躬身作揖道：「尉遲沖參見長公主千歲千千歲！」

薛靈君幽然歎了口氣道：「當大哥的何時跟自己妹妹都變得如此生分？我前來迎接的可是我那為國操勞的義兄！」

尉遲沖直起身來，輕聲道：「尊卑有別，老臣誠惶誠恐。」

薛靈君知道他的性情向來如此，雖然被母后收為義子，可是他始終和皇家謹慎地保持著距離，當下也沒有勉強他，做了個邀請的手勢道：「義兄請進。」

尉遲沖跟著薛靈君進入茶室，除下鞋履來到茶案前坐下，一杯熱茶下肚方才道：「老臣回來晚了，未能趕上太皇太后的葬禮，心中內疚之極。」身為蔣太后的義子，本當靈前守孝，下葬扶靈，可因為抵達雍都遲了，所以一切都沒有來得及。

薛靈君道：「北疆戰事緊急，黑胡人無時無刻不在覬覦我大雍的土地，母后在天之靈也一定能夠體諒到義兄的難處，義兄又何必太過介懷？」

尉遲沖心中暗忖，若是當真能夠理解自己的難處，又何必匆匆將自己從北疆召回？卻不知此番召回究竟是誰的意思。

薛靈君悄悄觀察了一下尉遲沖的表情，發現他的面容猶如古井不波，至少從表面很難看出他此時的心境。一邊為尉遲沖續上熱茶一邊小聲問道：「義兄此次從北疆回來，途中還算順利嗎？」

尉遲冲搖了搖頭，毫不隱瞞道：「險些命喪中途！」

薛靈君心中一怔，即便在內室傾聽的李沉舟也是內心劇震，他首先想到的就是自己並沒有派人阻殺尉遲冲，那麼想殺尉遲冲的又是誰？

薛靈君柳眉倒豎，一雙鳳目之中充滿憤怒之色：「什麼人如此大膽？竟敢對義兄不利？」

李沉舟也在側耳傾聽，期待從尉遲冲那裡得到答案。

尉遲冲道：「還能有誰？黑胡人！」他心中當然知道意圖刺殺他的人是誰，可這件事卻不能明言。其中一人是上官雲冲，上官雲冲投靠李沉舟的事情早已不是什麼秘密，如果此次的刺殺果然是李沉舟在背後策劃，他更沒有必要當著長公主薛靈君的面說出來，外界關於薛靈君和李沉舟的關係早已傳得沸沸揚揚。

李沉舟聽到黑胡人的時候也是暗自鬆了一口氣，尉遲冲的確是黑胡人的眼中釘肉中刺，黑胡人潛入大雍想要刺殺他也不止一次。

薛靈君憤憤然道：「黑胡人當真可惡，搶佔我領土，屠殺我百姓，如今又狼子野心想要謀害義兄，以後義兄一定要多加小心了。」

尉遲冲淡然一笑：「也沒什麼需要小心的，黑胡人之所以要刺殺我，無非是因為我阻擋了他們的腳步，今次歸來，我準備暫時留在雍都一段時間。」

薛靈君聞言一怔，不知尉遲冲這麼說究竟是什麼意思？

尉遲冲道：「人不服老是不行的，近兩年來我的精力大不如前，考慮事情也有所不周，擁藍關被黑胡人奪去就是明證，太皇太后仙逝，身為義子不能在她身邊盡孝，甚至來不及送她老人家最後一程，每念及此老夫心中都是內疚無比，此番歸來，我決定辭去北疆統帥之職，還請朝廷另選賢能，我也好在義母陵前守孝，以彌補我這些年對她老人家的虧欠。」他說得情真意切，字字句句透著真誠，可是薛靈君卻已經聽出尉遲冲是在拐彎抹角地向她表明態度，說穿了就是撂挑子不幹，北疆的這副擔子，放眼整個大雍除了尉遲冲還真沒有其他人能夠擔得起來。

薛靈君秀眉微顰道：「義兄，自古忠孝難以兩全，如果不是正值隆冬歇戰，皇上也不會貿然將您從北疆召回，母后臨終之前還對義兄念念不忘，要讓我等善待義兄，她在群臣面前多次強調兄乃大雍國之棟樑，若無義兄鎮守北疆，又豈有大雍國內之安寧。」薛靈君的這番話雖然並不屬實，可卻無誇大之處，所有人都明白尉遲冲對大雍的重要。

尉遲冲道：「太皇太后的身體素來硬朗，為何會突然離世？」

薛靈君幽然歎了一口氣道：「義兄，我不瞞您，全都是因為道洪，他擔心自己的皇位不保，所以才鋌而走險，不惜謀害太皇太后……連我也差一點為他所害，他的心腸實在是太歹毒了……」

尉遲沖道：「外面傳言我多少也聽說了一些，柳長生又和這件事有何關係？」

薛靈君咬了咬櫻唇，尉遲沖果然是有備而來，她知道尉遲沖和柳長生素來交好，柳長生可以說是自己將他一手送上了絕路，這其中的玄機瞞得過別人，未必瞞得過尉遲沖，薛靈君道：「此事說來話長……」她也不隱瞞，於是將胡小天找自己幫忙救出柳長生父子的事情一一向尉遲沖講明，說到最後她做出內疚無比的樣子，輕聲歎了口氣道：「其中到底發生了什麼我也不甚清楚，直到現在我也不信柳長生會做出加害母后的事情，可是董公公親口指認，柳長生又無法自證清白……」

尉遲沖道：「董公公現在何處？」

薛靈君道：「他已經以身殉主了。」

尉遲沖聽到這裡已經完全明白了，也就是死無對證，現在沒有任何人能夠證明柳長生的清白，等於蓋棺定論，他的內心中湧現出難以言喻的悲涼，低聲道：「我和柳長生畢竟相識一場，還望長公主給我一個人情，把他的屍首交由我安葬。」

薛靈君點了點頭道：「此事倒是不難。」

尉遲沖說到這裡也不久留，起身告辭離去。

薛靈君將他送出去之後，重新折返回茶室，看到李沉舟已經出來，坐在剛才尉遲沖所在的位置上。薛靈君來到他的身邊，偎依著他坐下，伸出手臂攬住他的腰身道：「有什麼發現？」

李沉舟道：「以退為進，步步為營，你真當他對宮裡發生的事情不清楚嗎？」

薛靈君雙手攀在他的肩膀之上，昂起俏臉望著他道：「你準備怎樣對付他？」

李沉舟道：「真以為他的位置不可取代？竟然居功自傲，以此作為要脅？」

薛靈君道：「他為大雍的確立下了許多汗馬功勞，若是將他除去，豈不是親者痛仇者快？」

李沉舟呵呵笑了起來，他轉向薛靈君道：「誰說我要除掉他？你的這位義兄也不是簡單人物，他所說的話又有幾分是真？如果這場中途刺殺屬實，他又怎能斷定對方的身分？黑胡人難道不做任何掩飾直接行刺？如果他根本就沒有搞明白對方的真正身分，說不定也會懷疑到我們身上，否則又何必在你面前透露隱退的意思？」

薛靈君美眸一亮：「他是想通過我來向你傳達他的意思？」停頓了一下又道：「他怎會知道我們的關係？」

李沉舟微笑道：「我們什麼關係？」

薛靈君伸出一根手指戳在李沉舟的胸口，抵著他的胸口將他推倒在了地席之上，嬌滴滴道：「你敢做不敢認嗎？」

胡小天也和尉遲冲在同時返回了雍都，這廝臉上的傷痕仍然沒有痊癒，鼻子紅腫未褪，看起來頗為狼狽，秦雨瞳看到他的樣子不由得吃了一驚，第一反應是他易容，可仔細一看馬上就判定出現在這副樣子根本就是他的本來面目，心中又是擔心又是好笑。

胡小天看到秦雨瞳的目光就猜到她心中作何感想，苦著臉道：「你若是想笑就只管笑出聲來，若是能博得美人一笑，我這頓揍多少挨得還算值得。」

秦雨瞳心中暗自好奇，以胡小天現在的武功，天下間能讓他吃虧的恐怕不多，更何況把他揍成這副模樣。輕聲道：「結仇太多也不好，早晚都會摔跟頭，所以還是儘量與人為善。」

胡小天眨了眨眼睛：「我還不夠與人為善？」

秦雨瞳道：「我只是隨口說說，你不必放在心上。」

胡小天笑道：「你的每句話我都放在心上。」

秦雨瞳冷冷望著他。

胡小天嬉皮笑臉道：「你不必這樣苦大仇深地看著我，雖然不知道你心中怎麼想，可我卻始終將你當成朋友。」

秦雨瞳道：「受寵若驚！」

胡小天道：「簡融心這兩天怎樣？」

秦雨瞳道：「情緒平復了，再也沒提離開的事，平時就在房內看書寫字。」

胡小天皺了皺眉頭，他並不相信簡融心會這麼快平復，他向秦雨瞳道：「你多留意一些，我總覺得沒那麼簡單。」

此時安翟神情低落地走了過來，他已經從夏長明處得知薛振海遇害的消息，對丐幫而言最近可謂是雪上加霜，此番薛振海率眾而來，本想剷除叛逆，重新收回江北分舵，可出師未捷身先死。

秦雨瞳飄然離去，胡小天安慰安翟道：「安兄還需節哀順變，打起精神為薛長老他們討還這筆血債。」

安翟歎了口氣道：「到現在都沒找到上官天火父子的影蹤，想要復仇談何容易？」

胡小天道：「我讓你打聽的事情怎樣了？」

安翟道：「寶豐堂分號早已轉讓，可那店主又因經營不善而關門大吉。」

胡小天點了點頭道：「你找人將寶豐堂買下，我自有用處。」雍都這邊的寶豐堂的分號還是當初他的結拜兄弟蕭天穆所設立，如今寶豐堂仍在，他們三個當初的結義兄弟，如今卻已經分道揚鑣，想起往事心中一陣悵然。

安翟又道：「蔣太后下葬之後，這兩天城內的警戒似乎鬆弛了一些，雍都城的達官顯貴陸續開始出來活動了。」

胡小天道：「總會有風雪停歇的一天。」

薛道銘的心情卻沒有因為天氣轉晴而有絲毫的輕鬆，雖然登上了夢寐以求的皇位，他卻越發感覺到孤獨了，母親的死讓他更加清醒地認識到皇族的冷血和殘酷。這幫文武百官表面上雖然敬著自己，可實際上卻在疏遠自己，就連他的舅父董炳泰也不例外，這些人應該是迫於李沉舟的壓力，生怕靠近自己會帶來無妄之災。

薛道銘感覺自己已經成為真正意義上的孤家寡人了，聽說尉遲沖返回雍都，他第一時間召他入宮。

在薛道銘的內心深處，尉遲沖也是他奪回權力的希望之一，畢竟尉遲沖手握北疆兵權，是唯一可能和李沉舟抗衡的人物。

然而尉遲沖此次入宮的一番表態卻讓薛道銘失望之極，尉遲沖非但沒有明確要幫助他的意思，反而主動提出要交出兵權，藉口是要給蔣太后守陵。

薛道銘聽到之後頓時雷霆震怒，他霍然從龍椅上站了起來，怒視尉遲沖道：「你再說一遍？黑胡人的大軍聚集於擁藍關，只要天氣轉暖必然會捲土重來，這種危急時刻，你不思報國，卻要向朕提出辭呈，這和臨陣脫逃有什麼分別？」

聽到臨陣脫逃這四個字，尉遲沖唇角的肌肉猛然抽動了一下，他這一生身經百戰，血染沙場，還從未有一個人用這個詞形容過他！對戎馬一生的老帥而言，這四個字簡直是奇恥大辱。

尉遲沖絕不是臨陣脫逃之人，也不是要推卸責任，他要利用這件事來試探各方的態度，從中尋找到那個刺殺自己的真凶。

薛道銘恨恨點了點頭道：「你為太皇太后守陵情有可原，畢竟你是她的義子，可是自古忠孝難以兩全，若是為了給太皇太后守陵而放棄駐守北疆，置整個大雍的安危於不顧，你就是不負責任！」

尉遲冲躬身沉聲道：「非是微臣不敢承擔這個責任，而是微臣年事已高，已經力不從心了。」

薛道銘道：「當初是誰在朕的父皇面前說過要為大雍戎馬一生，當初又是誰在父皇面前說過就算死也要戰死沙場？這些話難道你都忘了？」

「臣不敢忘！」

薛道銘道：「朕知道你在害怕什麼？大雍是薛家的，你保的是薛家的江山社稷，國家生死存亡之際，你豈可退避三舍？你這樣做對得起父皇對你的知遇之恩嗎？對得起太皇太后對你的寵幸嗎？」他越說越是激動。

尉遲冲卻有些擔心，經歷了這場宮變之後，現在的薛道銘理當選擇韜光隱晦才對，可是他仍然表現得鋒芒太露，隔牆有耳，他今日所說的這些話難保不會傳到李沉舟的耳朵裡。

尉遲冲道：「皇上既然不准微臣辭官，微臣就唯有遵命，拚著這條老命也要為大雍守住北疆。」

薛道銘聽他這樣說，內心的激動情緒才稍稍平復了一些，他緩步來到尉遲沖的面前，歎了口氣道：「尉遲將軍，你乃是太皇太后的義子，按理說朕都要稱你一聲伯父。」

尉遲沖慌忙道：「皇上折殺微臣了。」

薛道銘道：「這段時間，雍都發生的事情你應當有所耳聞吧？」

尉遲沖道：「微臣今日剛到，並未來得及瞭解究竟發生了什麼？」他畢竟閱歷豐富，不會輕易表明自己的態度。薛道銘雖然已經坐在了龍椅之上，可他卻沒有君臨天下的實力，他表現得越是急切，就證明他越是沒有底氣，薛道銘想要找到一個強有力的支撐，從而擁有和李沉舟對抗的實力？他顯然選中了自己。

薛道銘因尉遲沖的回答而感到不悅，這次的宮變可謂是天下皆知，尉遲沖竟然說不甚清楚，難道他不肯站在自己的一方？想到這裡薛道銘心中產生了一種莫名的恐懼，如果尉遲沖選擇站在李沉舟的一邊，那麼自己就再也沒有翻盤的機會了。他想起了此前收到的消息，尉遲沖在返回雍都之後的第一件事就去見了長公主。雖然理由非常充分，可他們究竟談了什麼自己並不清楚，看到尉遲沖的態度如此謹慎，薛道銘淡然道：「難道皇姑沒有告訴你嗎？」

尉遲沖內心一怔，他去見長公主薛靈君非常的隱秘，此事自己並未張揚，而且是昨天才發生的事情，居然這麼快就傳到了薛道銘的耳朵裡，最大的可能就是薛靈君那邊故意透露了消息，利用這種方法讓薛道銘產生誤會。尉遲冲感到一陣無奈，雖然剛剛才回到雍都，卻已經感受到一層濃重的陰雲，權力！無非是因為權力，一切的紛爭都源於此。為了爭奪對大雍的控制權，這些人甚至忘記了北疆的危機。

尉遲冲輕聲道：「百善孝為先，老臣此番從北疆返回，主要是為了太皇太后的喪事，老臣辭官的本意也是要為太皇太后守陵，可皇上既然說北疆戰事緊急，老臣也只能放棄在太皇太后陵前盡孝，儘快返回北疆。」尉遲冲的主意已經拿定，薛靈君也好薛道銘也好，他儘量不會輕易去得罪，也不會輕易相幫。

薛道銘臉上不見絲毫的笑容，冷冷道：「大帥此番前來雍都只是為了盡孝？」

尉遲冲道：「太皇太后於我恩重如山，微臣雖然日夜兼程可終究還是晚了一步，未能見到太皇太后最後一面，真是愧對她老人家。」

薛道銘道：「念在你一片孝心，朕特許你去太皇太后陵前守護。」

尉遲冲心中不由得一驚，薛道銘難道準備批准自己辭官的要求？薛道銘究竟是被自己的態度所觸怒，還是故意順著自己的話來說，以此來刺激薛靈君一方？不過薛道銘並沒有把話說得太明白，即沒說答應尉遲冲辭官的請求，也沒有說讓他去太皇太后陵前守陵多久。

他不說，尉遲冲當然也不好多問，恭敬跪拜道：「謝主隆恩！」

薛道銘也不多說，拂袖道：「你且退下吧！」

尉遲沖獲准前往蔣太后陵前守孝一事很快就傳遍朝野，讓薛道銘意外的是第一個前來詢問這件事的卻是他的舅父吏部尚書董炳泰。

自從母后喪禮之後，董炳泰就稱病在家休養，所有人都看出他是在找藉口儘量疏遠和皇上的關係，以免被李沉舟誤讀他們的關係進而受到打擊報復，事實上在李沉舟和長公主薛靈君聯手執掌大雍權柄之後，多半朝臣都這麼做。可是薛道銘對舅父的做法卻是最為心寒的一個，董家之所以能擁有今日之地位，全都是因為母后的緣故，董家享盡了母親帶給他們家族的好處，可是在母親身故之後，董家卻不肯與自己同舟共濟，共度難關，這讓薛道銘又怎能不難過？

雖然心中對董炳泰已經產生了反感，可薛道銘仍然在內宮接見了他，選擇在自己的寢宮接見董炳泰，一是因為這裡的環境相對隱秘，二也可彰顯自己對他這位舅父的恩寵，儘管董炳泰不肯為自己盡心盡力，自己對他依然不變。

董炳泰見禮過後，開門見山道：「臣聽說皇上讓尉遲沖去太皇太后那裡守陵？不知此事是否屬實？」

薛道銘點了點頭道：「不錯，確有其事，尉遲沖千里迢迢自北疆而來，為的就是在太皇太后面前盡孝，可惜他途中耽擱，未有機會見到太皇太后最後一面，於是向朕請求要在太皇太后陵前守孝三年，以盡孝心，朕念在他一片苦心的份上，再加上他原本就是太皇太后的義子，守陵也是理所應當，於是就答應給他這個機會。」

董炳泰聽他說完不禁急了起來，他拱手進諫道：「陛下，此事萬萬不可啊！」

「因何不可？你是覺得尉遲冲的身分不適合去守陵嗎？」

董炳泰苦著臉道：「陛下，北疆離不開尉遲冲，莫說是三年，就算是三個月也不行，北疆的戰事雖然進入了冬歇，可那只是暫時，一旦冰雪消融，黑胡鐵騎必然捲土重來，更何況擁藍關如今已經落入他們的手中，他們佔據擁藍關之利，即便是在冬歇期間也不停從國內調兵遣將，就等著開春一戰。陛下在現在這種關鍵時刻卻恩准尉遲冲守陵，無異於自廢武功，此事萬萬不可啊……」

薛道銘冷冷望著董炳泰道：「舅父此言差矣，何謂自廢武功？難道我大雍除了尉遲冲以外就再也沒有其他人可用？」

董炳泰道：「陛下，臣不是這個意思，只是尉遲大帥和黑胡人交戰多年，積累下無數實戰經驗，而且他在北疆將士心中威望很高，在戰事尚未結束之前更換主帥並非明智之舉……」

薛道銘霍然望向董炳泰，目光陰森冷酷，看得董炳泰不由得心中一顫，在他的記憶之中這位侄兒還從未用過這樣的目光看過自己，董炳泰為官多年，因為董家和皇家特殊的關係，他對朝堂內外的事清楚得很，這次宮變，絕不止表面上死了幾個人那麼簡單，薛道銘的焦灼和不甘他早已看在眼裡，身為薛道銘的嫡親娘舅，他又豈能不為薛道銘的處境感到難過，可現實卻是殘酷的，李沉舟和薛靈君強勢聯手，目前大雍內無人可與他們兩人抗衡。

薛道銘從牙縫中擠出一句話道：「朕不夠明智？」

董炳泰暗歎君威難測，剛才的那句話有欠考慮，不小心觸怒了這位剛剛登基不久的皇帝，他撲通一聲跪倒在了地上顫聲道：「陛下，臣就算有天大的膽子也不敢指責陛下，臣失言無禮，請陛下治罪。」

薛道銘呵呵冷笑了一聲道：「你又何必害怕，你是朕的親舅舅，就算有什麼失言之處，朕念在母后的份上也不會當真治你的罪。」

董炳泰聽得心驚肉跳，薛道銘這明顯對自己不滿啊！一時間額上佈滿了冷汗。薛道銘俯視董炳泰，故意讓他跪了一會兒方才淡淡道：「起來吧，哪有舅舅給外甥下跪的道理。」

董炳泰道：「這裡只有君臣。」

薛道銘卻歎了口氣道：「君臣？也許整個大雍只有你將朕當成一國之君。」他擺了擺手，心中積壓多日的怨氣總算減少了幾分。

董炳泰這才敢站起身，小心翼翼陪在一旁，話是無論如何也不敢輕易亂說了。

薛道銘道：「我大雍兵多將廣，並不是只有尉遲冲一員將領，他打著弔喪的旗號而來，身為大雍兵馬大元帥，太皇太后的義子，竟然不知為朕分憂，見到朕之後首先提出的就是要辭官，這根本是在刁難朕！以為朕的手中當真無人可用？以為朕離開他就不行？」他停頓了一下轉向董炳泰道：「更可氣的是，他回來之後第一個去見的乃是長公主！」

董炳泰總算明白了薛道銘為何發這麼大的火，看來今天的火氣並不全都衝著自己，他輕聲道：「陛下息怒，經歷了這場變故，其實朝中文武大臣多半都是人心惶惶，尉遲冲也不能免俗，我看他沒有刁難陛下的膽子，之所以先去見長公主，應該是為了搞清皇城的狀況，畢竟他是太皇太后的義子，是長公主的義兄，先去見她倒也合乎情理。」

薛道銘沒有說話，靜靜望著董炳泰等他的下文。

董炳泰卻有些心虛地向周圍看了看。

薛道銘道：「你不用害怕，朕在你來此之前已經將所有宮人都打發出去了，朕對他們是一個都信不過。」

董炳泰稍稍放下心來，低聲道：「陛下，眼前的局面還需謀定而後動，千萬不可意氣用事。」

薛道銘道：「讓朕忍是不是？朕要忍到什麼時候？眼睜睜看著奸人正在一步步謀奪我大雍江山，朕卻要袖手旁觀嗎？要朕像你們一樣忍氣吞聲地苟活於人世？」

董炳泰老臉發熱，他歎了口氣道：「他們圖謀大雍王權絕非一日，此事絕非表面看上去那麼簡單，慈恩園那晚發生的事情分明是有人在背後策劃，按照他既定的計畫一步步將所有人引入局中，慈恩園內發生的事情陛下全都親眼看到，可在外面發生的事情陛下知道嗎？」

薛道銘目光一亮，自從那晚宮變發生之後，董炳泰還從未在自己的面前坦陳過心跡，現在看來自己的這位舅父應該是有苦衷的。

董炳泰道：「陛下心中想什麼微臣全都清楚，董家世代沐浴皇恩，就算是為了皇上豁出滿門的性命又有何足惜？然形勢所迫，若是在時機尚未成熟之前就有所動作，非但無法扭轉大局，反而會打草驚蛇，甚至會全盤皆輸，臣死不足惜，可是不能貽誤了皇上的宏圖大志，陛下，您爭的不是義氣，爭的乃是列位先皇留下的江山社稷，爭的乃是大雍的千秋大業，在大局面前任何的私怨和仇恨都要拋到一邊，忍辱負重絕非是逆來順受。而今的形勢下，陛下越是強硬，越是容易引起他們的警覺，甚至會生出對陛下不利之心。」

薛道銘充滿激憤道：「朕什麼都不怕，就算是死，朕也不會甘心被李沉舟那個奸賊傀儡一樣擺佈！」

董炳泰眼含熱淚再度跪倒在薛道銘面前：「陛下有沒有想過，您若有什麼不測，這大雍江山會落入何人之手？先皇辛苦開創的百年基業，又會有何人維繫？」

第八章

真正的朋友

董炳泰道：「大雍看似暫時平靜，實則暗潮湧動，
陛下現在不是急於行動的時候，
而是要看清誰是你的敵人，誰是你的朋友，
找到我們的朋友，聯繫一切可以聯繫的力量，
只有等我們實力壯大之後，方可出手！」
薛道銘歎了口氣道：「朕分不清誰是真正的朋友了。」

薛道銘陷入沉默之中，董炳泰說完這番肺腑之言也不再說話，雙目赤紅靜靜望著他。過了好久，薛道銘方才伸出手去在董炳泰的肩頭輕輕拍了拍，低聲道：「這些道理朕都已經想過，可縱然朕心中擁有怎樣的宏圖大志，可畢竟獨木難支，若然百官都已屈從於這對奸人的淫威之下，朕又拿什麼去和他們抗衡？」

董炳泰道：「陛下，強權和威脅只能讓人暫時屈從，可是永遠也無法得到人心，此次宮變，事發倉促，雖然是李沉舟和長公主聯手所為，可真正的癥結所在卻是薛道洪！」薛道洪謀害太皇太后，利用一封偽造遺詔登上大雍帝位的事情已經被廣為傳播，此次雖然沒有追究他身後的責任，可是葬禮的風光和陣仗甚至比不上蔣太后和董淑妃。若非落實罪名，董炳泰對這位上任帝君也不敢直呼其名。

薛道銘歎了口氣道：「現在看來我皇兄也是被人蒙蔽了。」

董炳泰冷笑道：「若非他權勢熏心，又豈會輕易被人蠱惑，此前在渤海國製造風浪妄圖將燕王除去，卻被燕王化解，黑胡人大軍尚在北疆，他不思安定國內，捐棄前嫌一致對外，反而借著這次的刺殺事件興風作浪，聽信什麼攘外必先安內的混帳話，到最後甚至連太皇太后都想一併除掉。」

薛道銘點了點頭道：「他只是沒想到螳螂捕蟬黃雀在後，自己也成了李沉舟的一個獵物。」

董炳泰道：「陛下，臣不是不敢說，只是不想說，而今的朝堂人心惶惶，李沉舟精心策劃，打了所有人一個措手不及，此人心機深沉，隱藏極深，若非此次宮變成功，幾乎所有人都認為他一心效忠薛道洪。」

薛道銘黯然道：「只怪我缺乏警惕，對慈恩園那場變故毫無戒備，否則也不會讓他這麼容易得手。」

董炳泰道：「此事怪不得陛下，其實當晚在慈恩園的每個人都有自己的心思，薛道洪之所以想要除掉太皇太后，是因為太皇太后雖然表面上退隱慈恩園，可事實上在先皇駕崩之後，始終不願放權，通過種種途徑試圖影響朝政。簡洗河、李明輔甚至包括太師項立忍這些人全都是太皇太后的人，在先皇駕崩之後，他們經常去慈恩園見太皇太后，朝中的風吹草動往往瞞不過他們。我聽聞，薛道洪即位之後最想除掉的人卻是燕王，渤海國的那場風波險些將燕王和長公主一網打盡，若非太皇太后出面，他是不會輕易放棄那個想法的。」

薛道銘點了點頭道：「我也瞭解過這件事，渤海國針對燕王的計畫乃是李沉舟一手策劃，只是當時他甚至連長公主都想要一併除去，不知為何他們又突然走到了一起？」

董炳泰道：「沒有永遠的敵人，只有永恆不變的利益。燕王薛勝景又何嘗沒有自己的盤算？聚寶齋的事情鬧得天下皆知，先皇對他的所為不是不清楚，只是睜一隻眼閉一隻眼，需要用錢的時候只管從他那裡支取。燕王的玩世不恭，嬉笑人間只不過是做給人看樣子的，他又怎能沒有野心？他能夠在眾目睽睽之下從慈恩園逃走，即便是李沉舟也沒有料到他會有這樣的後招，僅僅是這件事就足以證明他的狡詐。他打著搜集奇珍異寶的旗號在天下列國到處開設聚寶齋，此前渤海國的事件之後，他雖然逼於無奈將聚寶齋交出來以示清白，可我聽說聚寶齋只不過是他龐大產業中的一部分，此外他還有秘密產業，先皇在世那麼多年，他始終沒有停止過經營，先皇對這個人始終是充滿警惕的。」

薛道銘道：「我父皇既然早已將他看穿，為何還要縱容他？」

董炳泰歎了口氣道：「先皇在位之時，燕王始終畢恭畢敬，雖然私下有小動作，可是始終不敢逾越規矩，但凡大雍遇到危機，需要用錢之時，他必然第一個挺身而出，因為他明白先皇可以給他一切，也可以輕易奪走他的一切。只是先皇走得實在太過突然，根本沒有來得及安排好身後事。」董炳泰的言外之意是，如果薛勝康並非突然離世，他在死前必然要將燕王薛勝景除掉的，不可能留下一個這麼大的隱患給兒女們處置。

薛道銘抿了抿嘴唇道：「父皇的死實在太過突然，他身體素來康健，我們都沒有料到。」

董炳泰道：「先皇臨終之前身邊只有長公主，他的遺詔也是交給了長公主。」

薛道銘點了點頭道：「當初他們說過去那份遺詔是假的，我父皇臨終彌留之時，太皇太后並未在他的身邊。」

董炳泰道：「這其中必有玄機，太皇太后已經身故，他們自然是想說什麼就說什麼。」他當時就在慈恩園，也是親眼見證過那份遺詔的，對遺詔的真假他心知肚明，當時在場的幾個人其實都明白，可是誰也不敢輕易道破真相。

薛道銘壓低聲音道：「長公主手中的那份遺詔才是假的！」

董炳泰道：「是真是假對陛下來說都不重要，最重要的是，這件事對陛下沒有任何的壞處，正是因為他們的做法，陛下坐在這個位子上才變得名正言順。」

薛道銘冷哼一聲道：「他們可不是真心想扶我上位，真正的目的乃是將我變成他們的傀儡，堵住天下悠悠之口，掩蓋他們謀朝篡位的事實。」

董炳泰道：「大勢面前不可硬抗，需順勢而為，尋找機會，積蓄力量，等待時機成熟，一舉反擊，再定乾坤！」

薛道銘因他的話而目光一亮，可旋即又黯淡下去，雖然董炳泰的話句句在理，可真要做起來又並不是那麼的容易，李沉舟和薛靈君聯手已經將朝廷內外的局勢牢牢控制住，父皇生前就對薛靈君過於倚重，而且她深得太皇太后的信任，對皇宮內務瞭若指掌。李沉舟又是大雍大都督，手中控制了雍都周圍乃至大雍水師的軍權。本來尉遲沖這位兵馬大元帥擁有和李沉舟分庭抗禮的實力，可是尉遲沖在回來之後的表現實在太讓人失望，身為當年父皇任用的重臣在大雍生死存亡之際竟然不敢匡扶正義，站在自己的一邊。

薛道銘低聲道：「只怕時間過去得越久，他們掌控的權力就越大。」

董炳泰搖了搖頭道：「我看未必，尉遲冲雖然不肯站在陛下的一邊，可是他也不會選擇李沉舟，他據守北疆，在大雍的地位無可替代，正是因為此，他方才膽敢返回雍都，不過此人並非雍人，非我族類必有異心，他向陛下辭官就能夠看出他未必將自己的性命和大雍的命運聯繫在一起。」

薛道銘道：「朕現在還真是不敢用他了。」

董炳泰道：「陛下有沒有聽說，尉遲冲在回來的途中遭遇了刺殺？」

薛道銘一臉迷惘道：「他在朕的面前卻未曾提起過。」

董炳泰道：「尉遲冲能擁有今日之地位足以證明他絕非凡人，據傳是黑胡人在途中刺殺他。」

薛道銘道：「他守衛北疆多年，黑胡人的確將他當成眼中釘肉中刺，想要除之而後快。」

董炳泰道：「尉遲冲回來的事情非常隱秘，他歸程的路線更是精心計算，刻意隱瞞行蹤，只是他這次一共帶了一百多人回來，想要將遇刺的事情全部隱瞞根本沒有可能，我聽說參與刺殺他的人之中還有丐幫的人。」董炳泰卻是從兒子那裡得到了消息，他的三個兒子都是大雍名將，在軍中關係眾多，尉遲冲獨自進入雍都之後，隨同他前來的部下自然擔心他的下落，通過種種關係打聽，剛好有人問到了董天將那裡，所以董天將得到了不少第一手的消息。

薛道銘皺了皺眉頭道：「丐幫為何要與我大雍為敵？」

董炳泰道：「江北丐幫從丐幫獨立，這背後的支持者就是李沉舟！」

薛道銘怒道：「這李沉舟好大的膽子，竟然敢謀害朝廷重臣？」

董炳泰搖了搖頭道：「李沉舟雖然膽子不小，可是他沒有刺殺尉遲冲的理由，曾經李沉舟還在尉遲冲的帳下聽令，說起來兩人還算得上有一段師生之誼，李沉舟也不是傻子，現在皇城的事情尚未平復，他不可能自毀長城，更何況尉遲冲從未在人前聲討過李沉舟，甚至沒有說過他的一句壞話。」

董炳泰停了一下又道：「雖然無法斷定想要殺死尉遲冲的人是誰，可是有一點能夠斷定，尉遲冲若是死了，我大雍必然再次陷入混亂之中，北疆的防線會因此受到影響，北疆駐防的將士會認為是朝廷害死了他。」

薛道銘倒吸了一口冷氣，真要是如此，事情可要大大不妙了。

董炳泰道：「大雍看似暫時平靜，實則暗潮湧動，陛下現在並不是急於行動的時候，而是要看清誰是你的敵人，誰是你的朋友，找到我們的朋友，聯繫一切可以聯繫的力量，只有等我們實力壯大之後，方可出手！」

薛道銘歎了口氣道：「朕分不清誰是真正的朋友了。」

董炳泰意味深長道：「他們的敵人就是陛下的朋友，但那個人絕不是燕王！」

「當真？」李沉舟霍然轉過身去，一雙虎目灼灼生光，不怒自威的表情讓身後人為之一震，慌忙將目光垂了下去，不敢和李沉舟正面相對，此人正是昔日燕王府總管鐵錚。燕王薛勝景畏罪潛逃，鐵錚非但沒有受到牽連反而在李沉舟身邊聽命，其中的奧妙一望即知。

鐵錚點了點頭道：「千真萬確，刀魔風行雲欠燕王一個天大的人情。」

李沉舟緩緩踱了幾步，臉上的表情陰晴不定，他剛剛才得到消息，尉遲冲在鐵梁山龍王廟遇刺乃是刀魔風行雲所為，這其中竟然還有丐幫上官雲冲插手其中，上官雲冲雖然有理由誅殺丐幫執法長老薛振海，可是他在做這件事之前還是以後都未曾向自己交代過半個字，顯然沒有將自己這位恩人放在眼裡，如果不是自己幫他，他們父子還不知要在何處立足，更不用說在短時間內掌控江北丐幫，將之從丐幫分裂出去。

至於刀魔風行雲，李沉舟對此人有所瞭解，歸根結底還是因為弟弟的緣故，他現在所用的長刀虎魄就是得自於亡弟文博遠，而文博遠恰是刀魔風行雲最得意的高足。李沉舟知道風行雲，但風行雲並不清楚他和文博遠的關係，此前李沉舟也只是認為風行雲就是一個普普通通的江湖人士，卻沒有料到連他也是燕王薛勝景的手下。也許稱他為手下並不合適，正如鐵錚剛剛所說，他欠薛勝景一個天大的人情。

真正困擾李沉舟的絕非是風行雲也不是上官雲沖，更不是刺殺尉遲沖事件本身，有個問題讓他格外困惑，薛勝景為何要刺殺尉遲沖，殺死尉遲沖對他又有什麼好處？他思索良久方才問道：「燕王和黑胡之間有無聯絡？」

鐵錚搖了搖頭：「我不清楚！」

李沉舟的目光變得越發森然：「你身為燕王府的總管，跟隨薛勝景多年，竟然不清楚？」

鐵錚苦笑道：「大都督，燕王這個人做事口蜜腹劍，生性多疑，我雖然跟隨在他身邊多年，在外人眼中也勉強當得起心腹二字，可真正內幕的事情，他從未讓我介入過，別的不說，就連他收藏珍寶的佛笑樓我都很少有機會進入，他最信任的人是馬青雲。小的對大都督知無不言言無不盡，可是這些小的並不清楚的事情當然不能亂說。」

李沉舟對鐵錚的回答還算滿意，又道：「你有沒有聽說過燕王和丐幫之間有過聯絡？」

鐵錚搖了搖頭：「小的唯一能夠斷定的就是刀魔是燕王的人。」

李沉舟確信從他那裡再也得不到想要的消息，輕聲歎了口氣道：「算了，薛勝景這個人的確太狡猾，你先去吧，有什麼消息儘快來向我稟報。」

「是！」鐵錚抱拳行禮，辭別了李沉舟。

鐵錚離去後不久，李府總管前來稟報，卻是落櫻宮少主唐驚羽到了，劍宮、落櫻宮、江北丐幫乃是李沉舟陣營之中的三大江湖勢力，如今這三大陣營之中已經有兩個出了問題，劍宮少主邱慕白被人擄走，劍宮門主邱閑光一心忙於尋找兒子的下落，根本無暇顧及李沉舟這邊的事情，甚至他因此還對李沉舟頗有微詞，認為李沉舟並不關注他兒子的死活，至今都未曾讓丐幫上官雲冲出來向自己當面解釋。而如今上官雲冲又鬧出了刺殺尉遲冲的事情。

李沉舟之所以將唐驚羽找來，還是為了上官雲冲的事情，上官父子能夠前來大雍得益於唐驚羽的引薦，而唐驚羽和上官雲冲父子的交情，卻是因為天香國的那場駙馬之爭，他和上官雲冲同被懷疑和福王之死有關，所以兩人聯手衝出重圍，也就是那時結下了交情，其實唐驚羽那時認識的上官雲冲乃是上官雲冲的孿生兄弟上官雲峰。

等到上官父子落難，被丐幫追殺，上官雲峰恰巧與唐驚羽重逢，是唐驚羽建議他北上投奔李沉舟。如今上官雲冲出了問題，李沉舟自然要找唐驚羽問個清楚。

唐驚羽聽聞上官雲冲刺殺尉遲冲的事情，也是頗為費解，他低聲道：「我過去從未聽說過他們和尉遲冲有什麼恩怨，此事是不是以訛傳訛？如果說上官雲冲除掉薛振海乃是為了報仇，可他對付尉遲冲卻讓人百思不得其解了。」

李沉舟低聲道：「驚羽兄，你對上官父子的背景是否瞭解？他們父子和黑胡人究竟有無關係？」

唐驚羽一臉迷惘地搖了搖頭道：「我和上官雲冲結識源於天香國遴選駙馬之事，當時我們同被天香國誣陷是殺死福王的疑凶，所以聯手從天香國王宮逃了出去，此前並未有任何的交情，我知道大都督正值用人之際，剛巧那時上官父子遭遇困境走投無路，所以我才介紹他過來投奔大都督，若是此人當真另有目的反倒是屬下失察，給大都督帶來麻煩了。」他對李沉舟頗為敬畏，言語之中透著客氣。

李沉舟淡淡一笑，他對唐驚羽的態度顯然要比對鐵錚客氣得多，輕輕拍了拍他的肩膀道：「驚羽兄又何必在意，你介紹他們父子來投奔我完全是一番好意，他父子這段時間也的確幫我做了不少的事情，至於他們父子過去做過什麼？以後還會做什麼，你都無需承擔任何的責任。」

唐驚羽歉然道：「此事我多少都要承擔一些責任，大都督放心，我一定儘快將他們找出來，一定讓他們給出一個合理的解釋。」

李沉舟搖了搖頭，他瞇起雙目望向窗外，輕聲道：「我懷疑上官父子和黑胡人有關，燕王薛勝景也是一樣。」

唐驚羽聞言不由得吃了一驚，如果說上官父子做出這樣的事情倒是可以理解，可燕王薛勝景勾結黑胡等於是賣國求榮，身為大雍皇室宗親的他因何要這樣做？

李沉舟道：「當一個人認為自己即將失去一切，他急於拿回這一切的時候，就會變得不擇手段。」

紅山會館鴻雁樓內，搖身一變已經化身為域藍國商人恩赫的燕王薛勝景在燈光下把玩著一只九龍杯，九龍圍繞杯壁盤旋升騰，杯中蕩漾著琥珀色的美酒，薛勝景嗅著酒香，酒香馥鬱，沁人肺腑，可薛勝景仍然無法感到昔日的那種陶醉，環境改變了，心情自然改變。

房門被輕輕叩響，薛勝景習慣性地瞇起了那雙小眼睛，充滿異國腔調的聲音道：「進來！」

走進來的是刀魔風行雲，風行雲的臉色很不好看，陰冷如霜，一進門目光就死死盯住了薛勝景：「你為何要讓他人插手？」

薛勝景咧開嘴笑了起來，湊在九龍杯溫潤的邊緣抿了一口，就像貼近了女人滑膩溫軟的嘴唇，然後閉上眼睛，靜靜享受著美酒滑過喉頭的曼妙感覺，直到酒香在他的腹部融化蔓延開來，方才緩緩睜開雙目，小眼睛也被美酒滋潤得越發明亮了。

他指了指一旁的九龍杯，除了他自己所用的這一只以外，他還特地為風行雲準備了一只，這足以表明他對風行雲的看重。

風行雲沒有繼續追問下去，也沒有去拿起那只價值連城的九龍杯，與之相比，他更關心的是薛勝景的解釋。

薛勝景並沒有直接回答他的問題，而是淡然問道：「尉遲冲的武功如何？」

風行雲歎了口氣，臉上蒙上了一層悲愴之色，他的弟子楊明威死於尉遲冲的手下，在他進行這次行動之前，也沒有料到尉遲冲的武功會如此高深，他低聲道：「你本該告訴我的，如果我知道尉遲冲如此厲害，就不會讓明威出手！」

薛勝景緩緩搖了搖頭：「我不知道！尉遲冲藏得太深，連我都不知道他居然擁有一身如此高深莫測的武功，比你如何？」他並沒有親眼見證那場驚心動魄的大戰，所以他需要從風行雲這裡得到現場的真實情況。

「三百招內，我無法取勝！」

薛勝景點了點頭道：「那就是伯仲之間。」

風行雲道：「你為何要讓丐幫插手？」

薛勝景道：「丐幫的事情與我無關，我一直都以為上官雲冲是李沉舟的人，可現在看來並非如此。」他非但沒有因此而感到沮喪，反而在內心深處有些得意，螳螂捕蟬黃雀在後，李沉舟自以為掌控了一切，可現在就在他身後的陣營也出現了問題。

風行雲道：「你是說李沉舟也要刺殺尉遲冲？」

燕王薛勝景搖了搖頭，小心翼翼地放下九龍杯站起身來，他身軀龐大而魁梧，如同一隻直立的熊。

即便是風行雲這樣的高手在燕王的面前都產生了一種莫名的壓抑感，他甚至感覺到隱藏太深的那個人是眼前這位，而不是尉遲冲。

薛勝景才不認為李沉舟會這樣做，如果換成自己是李沉舟，在已經操縱了大雍朝堂權力的前提下也不會做出這樣的選擇，刺殺尉遲冲對大雍沒有任何好處，可薛勝景卻已經沒有了更好的選擇，他不能眼睜睜看著大雍整個落入李沉舟的手裡，螳螂捕蟬黃雀在後，他本來已經計畫周詳，已經準備好顛覆大雍政權，可他終究還是沒有料到李沉舟會比自己下手更早，更加沒有想到自己的同胞妹子薛靈君會倒向李沉舟的陣營。

薛勝景至今都沒有搞懂這其中的玄機，薛道洪登基之後就一直想要除掉他們兄妹二人，他們本該同仇敵愾才對，事實上在渤海國的事情上，他們兄妹也曾經有過短暫的合作，只不過那時是在胡小天出面斡旋的基礎上。

他和薛勝康、薛靈君雖然是一母所生的同胞兄妹，可是三人各有各的想法，薛勝康當政之時，自己為了防止被他所害，一直活得小心翼翼，戰戰兢兢，從不敢輕易表露自己的真正實力和抱負，而薛靈君卻始終和大哥走得很近，大哥對她也是從不避嫌，任何重要的事情都會讓她參與其中。想起慈恩園的那場局，薛勝景至今仍然耿耿於懷，母親必然是死在薛道洪和李沉舟的算計之中，薛靈君如此聰明當然不可能看不出這內裡的玄機，可是她在這種情況下仍然選擇和殺母仇人李沉舟合作，可見她的心腸之狠絲毫不次於自己。也許她對母后也像自己一樣早就沒了感情，薛勝景回想起這些年來發生的一切，仍然歷歷在目，母后口口聲聲從宮中隱退，在慈恩園安享晚年，可是她對朝廷的關注從未有一刻停息過，在大哥死後，她壓抑多年的權力欲猶如火山一般爆發出來，薛道洪必然是看出了什麼，所以才會被李沉舟蠱惑急於對自己的奶奶下手。

自古皇家無親情，薛勝景年紀越大，經歷的事情越多，對這句話的理解就越深，想在皇城中生存下去，就不可能停下陰謀算計，你不殺他，就會為他所殺！

風行雲在薛勝景長久的沉默下終忍不住開口道：「你還沒有給我解釋！」

薛勝景這才從沉思中清醒過來，唇角帶著一絲無奈的笑意：「連我都不清楚到底怎麼回事，又怎能給你解釋？」

風行雲顯然對他的回答並不滿意：「本來我和上官雲冲聯手可以除掉尉遲冲，你知不知道誰改變了戰局？」

薛勝景小眼睛光芒閃爍了一下：「誰？」

「胡小天！」

薛勝景的表情呈現出些許的詫異。

風行雲道：「我和胡小天幾度交手，對他的劍法還算熟悉，雖然他易容裝扮成了一個駝子，可誅天七劍瞞不過我的眼睛。」

薛勝景道：「他怎會幫助尉遲冲？」說完之後，他又馬上給出了解釋：「霍勝男跟他在一起，一定是因為她的緣故。」

風行雲道：「我不欠你什麼了，以後你的事情我不會再管。」

薛勝景微笑道：「我從來也沒有強求過你幫我做什麼？我們是朋友，在我心中，你始終都是我最好的朋友，對了，我記得你有個徒弟叫文博遠。」

風行雲的瞳孔驟然收縮，文博遠是他最得意的門生，也是最有希望繼承他衣缽的傳人，只可惜英年早逝，到現在風行雲都未查清他的真正死因，至今引以為憾。

薛勝景道：「我聽說你送給他的那把刀始終都被李沉舟收藏在手裡，如今貼身佩戴，按理說李沉舟應該並不缺少寶刀，緣何會對虎魄情有獨鍾？」

風行雲道：「你想告訴我什麼？」

薛勝景道：「我總覺得這其中有些不對，可又查不出究竟哪裡不對，我還聽說李沉舟出使大康之時特地去拜會了文承煥，而且他在康都的一切都由文承煥親自接待，你和文家有賓主之誼，不如你去一趟大康，查查這其中的玄機？」

風行雲低聲道：「你懷疑李沉舟和大康勾結？」

薛勝景歎了口氣道：「我也搞不清楚自己在想什麼？只是感覺人心叵測，每個人都在算計別人，人和人之間甚至連起碼的信任都不能夠有，真是讓人心冷。」

風行雲啞然望著薛勝景，一時間竟不知怎樣回應他。

胡小天買下了寶豐堂，解開寶豐堂的封條，他走入了這熟悉的院落，在這座院落之中曾經記下了不少昔日的影像，他仍然記得和兩位結義兄長在房內秉燭夜談的情景，物是人非，寶豐堂院落之中殘雪滿地，室內結滿蛛網塵絲。

夏長明看到眼前的情景不由得皺了皺眉頭：「東家，回頭我找人收拾一下。」自從來到雍都之後，夏長明對胡小天的稱呼就成為了公子、東家，而不再像過去那樣稱他為主公，這也是為了避免一時疏漏被有心人聽出破綻。

胡小天搖了搖頭道：「暫時沒那個必要，咱們又不是準備在這裡紮根，處理完手上的這些事情即刻離開。」

夏長明應了一聲，禁不住又問道：「主公打算何時離開？」他們來雍都的起因是柳長生父子，現如今柳長生已經死去，剩下的柳玉城也是生死未卜，應該說胡小天這次前來雍都救人的意願已經基本落空了。

胡小天道：「救出柳玉城，我答應過秦姑娘，總不能對她食言。」

夏長明微微一笑，卻知道胡小天絕不僅僅是因為答應過秦雨瞳那麼簡單，他低聲道：「東家，我總覺得秦姑娘有些神秘。」

胡小天點了點頭道：「她是玄天館任天擎的高足，任天擎又是永陽公主面前的紅人。」

夏長明道：「您難道不怕她會對您不利？」

胡小天道：「應該不會。」

夏長明道：「如果沒有得力的人幫忙，想要救出柳玉城只怕沒那麼容易。」

胡小天道：「薛勝景雖然答應過我，不過他是有條件的，這個人奸猾無比，決不可相信，我看這次刺殺尉遲冲的事情十有八九是他在策劃。」

夏長明不解道：「薛勝景乃是大雍燕王，這大雍的江山乃是他們薛家的，即便是他如今陷入困境，也不至於引入外敵來對付自家人？」

胡小天呵呵笑道：「自古皇家無親情，成者為王敗者為寇，薛勝景現在根本不是什麼燕王，他雖然還有不少的潛在實力，可是在道義上已經被李沉舟逼上了絕境，謀朝篡位這個罪名已經落實，他想要翻盤必須要依靠外力，既然他能夠主動找我聯手，同樣可以找其他人，我和黑胡相比，誰的實力更強？」

夏長明笑了起來，這個問題他顯然不需要回答，任何人都知道目前黑胡的實力要比胡小天強大得多。

胡小天道：「為了一己私怨引兵入關的，他絕不是第一個。」

夏長明皺了皺眉頭，苦苦思索，卻仍然想不起究竟有誰引兵入關？他又哪裡會知道胡小天所說的乃是一個他從未聽說過的吳三桂。

夏長明道：「如果薛勝景當真和黑胡人勾結，東家還打不打算跟他合作？」

胡小天微笑道：「那可真得好好考慮一下了，黑胡人厲兵秣馬數百年來圖謀中原江山之賊心不死，薛勝景此舉無異於引狼入室，他自以為聰明，到最後說不定會搬石頭砸自己的腳，請神容易送神難，真要是把那些殘忍嗜殺的胡人請進來，再想將他們送走就沒那麼容易了。」停頓了一下又道：「我只是奇怪，上官雲沖又是通過何種途徑跟黑胡人勾結上了？」

夏長明想起那晚胡小天和番僧崗巴拉的凶險一戰仍然心有餘悸，歎了口氣道：「想不到黑胡也有那樣的高手。」

胡小天道：「我對當年藺百濤刺殺黑胡可汗完顏鐵鏜的事情還真是好奇，看來雙方積怨不淺。」

兩人正在閒聊之時，安翟到了，他顯得有些緊張，來到胡小天面前歎了口氣道：「公子，大事不好了，邱慕白被人救走了！」

胡小天聞言也是大吃一驚：「怎會如此？」他將邱慕白擄走之後交由安翟關押，此事做得極其隱秘，卻想不到終究還是出了差錯。

安翟滿臉愧色道：「我也沒有想到，關押他的地方是我精挑細選的，而且負責看守他的人也是信得過的兄弟。」

「知不知道是什麼人做的？」

安翟搖了搖頭，臉上的表情充滿悲憤道：「負責看守他的六名兄弟全部被殺無一倖免，我查驗過他們的傷勢，應該全都死於北冥密宗的大手印。」

胡小天和夏長明對望了一眼，兩人同時想到了黑胡國師崗巴拉。難道崗巴拉為了尉遲冲一路追蹤來到雍都，如果真是如此，尉遲冲的處境就危險了。

胡小天沉吟片刻道：「安大哥，你馬上撤回佈置在那周圍的人手，切記，一定不要再派人靠近那裡，還有，咱們現在藏身的地方也不安全，咱們分頭行動，安大哥，你帶領弟兄們另尋安身之處，我和長明這就回去。」

安翟重重點了點頭。

胡小天又道：「這裡也不安全，暫時不必來此會合，最近幾日我們最好不要見面，等到時機合適的時候再說。」

三人當即分手，胡小天和夏長明兩人徑直返回他們的藏身之處，等到了地方發現秦雨瞳並不在那裡，胡小天不由得驚慌起來，他讓秦雨瞳在自己離開期間寸步不離簡融心左右，想不到她居然把自己的話當成耳旁風，竟然獨自離開。

胡小天匆匆來到簡融心所住的房間內，敲了敲門，聽到簡融心輕柔的聲音道：「什麼人？」他這才放下心來。

得到簡融心的允許之後，他方才推門走入房內，看到簡融心正在書案前寫字，緩步來到近前，目光落在宣紙之上，但見簡融心所寫的乃是一篇思念父親的文章，當真是聲情並茂字字珠璣。

胡小天道：「為何簡姑娘一個人留在這裡？秦姑娘去了哪裡？」

簡融心將手中的狼毫放下，轉向胡小天，一雙明若秋水的眸子裡仍然帶著揮抹不去的憂傷，她輕聲道：「秦姑娘有急事出門去了，她說過你回來一定會怪她。」

胡小天笑了笑。

簡融心道：「你不用擔心，我既然答應了你不會離去，就不會做出不辭而別的事情，事實上天下雖大，卻已經沒有我的容身之地了。」

胡小天看到簡融心已經恢復了冷靜和理智，自然放下心來，安慰簡融心道：「簡姑娘還請放寬心，這世上還是有公道二字的。」

簡融心緩緩搖了搖頭道：「沒有什麼公理道義，我心已死，別無所求，只求公子能夠滿足我一個心願。」

胡小天道：「簡姑娘請說。」

簡融心道：「我想去東林書院看看。」

胡小天本以為她會提出去拜祭父親簡洗河的要求，卻沒有想到她只是要去東林書院，這個要求並不過分。

簡融心打開一個木盒，裡面放著一張人皮面具，乃是秦雨瞳所贈，她柔聲道：「秦姑娘這次可能要去上幾天，她送我這件東西說是可以掩人耳目。」

胡小天點了點頭輕聲道：「此地不宜久留，咱們也的確該換個地方了。」

東林書院並非是皇家書院，只是雍都城內一所普普通通的平民書院，還是薛勝康當年在位之時在國內大力推廣文德教化，此事就交給大學時簡洗河負責，而東林書院就是簡洗河在大雍境內開辦的第一家書院，東林書院的意義就是從此貧民子弟有資格走入書院，可以得到翰林院諸位才子學士的教導，每隔一段時間都會安排有名望有才學的飽學大儒過來講學。

只是這件事並未始終如一的推行下去，在黑胡進攻北疆之後，大雍讀書無用論再次塵囂而上，許多讀書人開始棄文習武，力求保家衛國，朝廷方面的導向也偏離了當初辦學的初衷，就連東林書院也因為朝廷的忽視而陷入停辦的窘境。大學士簡洗河在死前仍然多方奔走，以期能夠讓朝廷對辦學之事提起重視，可惜他的願望還沒有達成，人卻已經遭遇了不測。

雪停了幾日，東林書院門的積雪卻始終無人打掃，負責看門的老頭兒也裹著老棉襖在耳房內縮在爐前打著盹兒，聽到敲門聲第三次響起，這老頭兒方才不情願地起身去開門，看到門前的一對年輕男女，老頭兒睡眼惺忪道：「你們幹啥的？這書院已經沒有學生了。」

來人正是易容後的胡小天和簡融心，胡小天笑了起來，露出一口雪白整齊的牙齒，雖然經過易容，他的笑容仍然有足夠的感染力，當然他還擁有更容易打動人心的銀子，一錠足有五兩的元寶遞到了老頭兒的手裡，看門老頭忙不迭地握住，冰涼，可心裡激動的暖烘烘的：「這位公子……您這是幹啥……」

胡小天笑道：「老人家行個方便，昔日我曾經在東林書院遊學幾日，今日前來雍都想要拜望幾位師長，順便故地重遊。」

那老者歎了口氣道：「那還有什麼師長啊，學生都不剩一個了，天寒地凍的，又有什麼好看，公子看來也是良善之人，遠道而來總不能讓您空跑一趟。」老者將房門拉開，又向簡融心看了一眼，簡融心是認得這老者的，她並無易容的經驗，擔心被這老頭兒認出，有些心虛地垂下頭去。

胡小天看到她的反應就已經猜到她此時的心理狀況，微笑向那老者道：「老人家認得內子？」

老頭兒搖了搖頭訕訕道：「小老兒無禮了。」雖然是書院的看門人也懂得非禮勿視的道理。他打了個哈欠道：「兩位儘管隨便看，小老兒繼續烤火去了，你們走時幫我將院門帶上。」

胡小天笑著點了點頭，陪著簡融心一起向書院內走來，胡小天對東林書院當然沒有什麼特別的情結，簡融心卻全然不同，她曾經跟隨父親在東林書院生活過一段時間，對這裡的一草一木都擁有著深厚的感情，來到昔日他們曾經居住的院落，撫摸著院落中的那棵側柏不由得淚如雨下，這棵側柏乃是她和父親當年親手種下，父親的品格就像這棵側柏正直高潔，寧折不彎！

胡小天遠遠望著簡融心，一時間不知應該如何勸說她，他並不瞭解李沉舟和簡融心夫婦間發生過的事情，也很難想像，這曾經無比恩愛的夫妻怎會突然就分道揚鑣，而李沉舟的冷血和陰狠更讓人無法料到，如果那天晚上不是自己湊巧看到了雪中孤零零行走的簡融心，也許簡融心早已死於那場滅門慘案。

宮變發生已經過去了不少的時日，胡小天也瞭解到了不少的消息，除了發生在慈恩園的那場宮變之外，在雍都還有一幫老臣在當晚出事，其中就包括簡洗河，還有靖國公李明輔，不過分別在於簡洗河是被殺，而李明輔是自殺，根據李沉舟所說，簡洗河的被殺是薛勝景謀朝篡位計畫的一部分。而胡小天更願意相信這兩件事都和李沉舟有關，這個想法也得到了燕王薛勝景的證實。

胡小天自問不如李沉舟冷血狠辣，換成是自己不可能做出這樣的事情，政治和權力會讓一個人變得冷血，他已經見慣了這方面的例子，比起這一時代的多數人，他更清楚社會發展的規律，歸根結底還是因為他的野心並沒有想像中強大，在這個世界他始終還是一個外人。

想起自己的來歷，胡小天的唇角浮現出一絲苦笑，外人嗎？早就已經不是了吧，現在的他早已融入這個世界之中，他的生命他的感情，他的親人他的朋友，他所有的一切都已經被這一時代打上深深的印記，他從一開始都未曾想過要去改變這個世界，他只想在這個世界上舒舒服服的生活下去，這個看似簡單的要求，真正實施起來卻異常的艱難，若非親身體會，誰又能夠想到這其中的滋味。

簡融心在東林書院內待了半個時辰，離開的時候，胡小天本想跟那老頭兒道個別，等到門前卻聽到老頭兒濃重的鼾聲，顯然已經熟睡了，胡小天無意擾人清夢，和簡融心悄悄離開了書院，將院門掩上。

剛剛離開東林書院，就看到前方有車隊過來，路人紛紛閃避道路兩旁，他們兩人也混入人群之中，路人竊竊私語，看到那車隊的陣仗就知道絕非尋常人物。

簡融心舉目望去，當她看清車隊中一人的時候不由得鳳目圓睜，嬌軀一震，胡小天敏銳地察覺到她的劇烈反應，順著她的目光望去，看到的正是一身黑色勁裝神采飛揚的李沉舟，難怪簡融心會有如此反應。

胡小天心中暗叫不妙，他擔心簡融心情緒失控，慌忙湊近她的身邊，伸出手去，握住她的手臂，方才感覺到簡融心的嬌軀正在微微戰慄，不是驚恐而是憤怒。

胡小天以傳音入密向簡融心道：「小不忍則亂大謀！」

第九章

酣暢淋漓的大醉

胡小天發現酒可以改變一個人，
簡融心喝酒之後的狀態跟剛才完全不同，
這位名滿大雍的才女飲酒之後變得堅強、開朗許多，
不過好像也意味著她的酒量不怎麼樣，
或許再過一會兒她就要醉了，可醉了也未嘗不是一件好事，
對現在的簡融心來說，或許正需要一場酣暢淋漓的大醉。

簡融心咬了咬櫻唇，此時李沉舟護衛的那輛座駕錦簾掀起，從中露出一張閉月羞花的嫵媚面孔，一雙鳳目中滿是溫柔嫵媚，卻是長公主薛靈君，當著那麼多人她居然毫不避嫌，將一件黑色貂裘遞給了李沉舟，顯然是擔心李沉舟著涼。

李沉舟也沒有拒絕她的關心，微笑接過，然後披在了身上。兩人眼中流露出的柔情蜜意，即便是瞎子都能看得出。

胡小天心中暗罵真是一對姦夫淫婦，這對狗男女何時勾搭在了一起，他對薛靈君從未產生過真正的感情，有的只是彼此利用，如果說沒有動過慾念也是不可能的事情，畢竟長公主薛靈君是一個人間尤物，可胡小天也不是毫無底線和原則的，他深知薛靈君心機叵測，對此女始終抱有很重的戒心，就算是逢場作戲也只是點到即止，絕不敢跟薛靈君有任何實質性的接觸，更不要說投入任何的感情。雖然如此，看到薛靈君和李沉舟在人前秀恩愛，心中仍然有些不爽，這倒不是感情的緣故，而是男人的佔有欲作祟，雖然不爽也只是瞬間即逝。

一旁簡融心卻是嬌軀一軟，受不了眼前的刺激，竟然當場暈了過去，胡小天及時伸出手去將她抱住，自然引起了周圍不少人的注目。

李沉舟也被這邊的動靜所吸引，不過目光只是掃了一眼，他並未認出易容之後的簡融心。

車隊漸行漸遠，簡融心悠然醒轉，發現自己躺在胡小天的懷中，不由得又羞又急，掙扎著從他懷抱中離開。望著那早已遠走的車隊，簡融心一時間淚眼模糊，心中萬念俱灰，腦海中只是迴蕩著一個想法，讓我死了就是……

在簡融心的內心深處一直不肯承認一個事實，她不願接受家裡的這場滅門之災和李沉舟有關，甚至迴避那晚發生的一切，自從她嫁給李沉舟之後，他對自己也算不錯，簡融心婚前對男女之事一無所知，也是在婚後漸漸明白了自己和李沉舟之間和其他正常的夫妻並不一樣，她並沒有因此而埋怨李沉舟，而是加倍對他好，就算兩人以後都沒有子嗣，只要李沉舟對她好，她也甘心情願陪伴他一生一世，在外人眼中她和李沉舟也稱得上一對神仙眷侶。

可李沉舟在後來卻漸漸改變了，變得冷酷而無情，在無人之時，甚至連看她的眼神都透著厭惡。他多疑而善妒，無端指責自己和洪興廉有私情，任憑簡融心如何解釋他都不信，可直到今日親眼所見，她方才明白，原來背叛感情的不是自己，而是他李沉舟自己。

胡小天望著梨花帶雨的簡融心暗自歎了口氣，對她來說剛才的所見的確殘忍了一些，可有些事早晚都會讓她知道，他輕聲道：「走吧！」

簡融心點了點頭，她挺直了背脊，用力抹去眼角的淚痕，她不可以軟弱，更不可以為李沉舟流淚。

人的意識在很多時候很難主宰身體的反應，簡融心回到南風客棧的房間內，縱然胡小天特地讓人生好了火盆，她就坐在火盆旁邊，可仍然感覺到從心底發冷，似乎整個人都落入冰窟之中，沒有流淚，卻忍不住陣陣發冷。

房門被輕輕敲響，胡小天端著一個托盤走了進來，托盤內有酒有菜。

「我不餓！」簡融心的聲音明顯顫抖著，因為憤怒和懊惱，被人背叛的懊惱。

胡小天笑道：「我知道，只是看到你有些寒冷，所以特地讓人溫了一壺酒幫你禦寒。」他將酒菜放下。

簡融心輕聲道：「都說一醉解千愁，可是我卻從未喝過酒。」

胡小天鼓勵她道：「不妨嘗試一下，酒越喝越暖！」

簡融心抓起酒壺斟了一杯，然後一口飲盡，她從來都沒有過喝酒的經歷，烈酒入喉頓時嗆得咳嗽起來，剛剛止住的眼淚又被嗆了出來。

胡小天並沒有阻止她，只是默默幫她又滿上了酒杯，輕聲道：「不要喝得太急。」

簡融心喘了口氣，拿出錦帕擦去眼角的淚痕，望著面前的那杯酒小聲道：「我娘親走得早，所以我從小和父親相依為命。從小到大都是父親教我做人，為我安排好一切。」

胡小天點了點頭，不止簡融心如此，這個時代的多半女性都過著這樣的日子，她們的婚姻由不得自己做主，不過簡融心的性情溫柔，看不出她有任何的叛逆，想必一直都是個聽話的女孩子。

簡融心道：「直到現在我方才明白自己看錯了人。」

胡小天道：「並非是看錯了人，而是嫁錯了人。」父母之命媒妁之言，簡融心和李沉舟的婚姻絕非建立在彼此瞭解的基礎上，是她的父親簡洗河為她做出的抉擇，要說看錯了人也是簡洗河識人不善。

簡融心道：「你遇到我的那天晚上，他將我從靖國公府趕了出來，我心中很是委屈，多年以來我一直都瞞著父親，從不敢告訴他我們之間真正的狀況，那天是我這一生中最冷的時候，我原準備將所有一切都告訴我爹爹……」一行晶瑩的淚水順著她皎潔的俏臉滑下。她端起面前的那杯酒，仍然是一口飲下。

胡小天靜靜望著她，本以為簡融心這次會再被嗆到，卻沒有想到她居然很順暢地將這杯酒飲盡，因為酒精的緣故，蒼白的俏臉上飛起了兩抹嬌豔的紅色，一雙美眸也變得格外明亮。

簡融心輕聲道：「你果然沒有騙我，喝過酒之後真的不冷了。」

胡小天笑了起來，他也端起面前的酒一飲而盡：「你善良到讓人不忍欺騙。」

簡融心咬了咬櫻唇，靜靜望著胡小天道：「你是在嘲諷我的愚蠢嗎？」

胡小天搖了搖頭。

簡融心道：「那晚你出現在靖國公府外，應該不是一個巧合吧？」她主動為胡小天滿上了酒杯。

胡小天遞給她一雙筷子，她卻沒有接，仍然靜靜望著胡小天，等待著他的回答。胡小天端起酒杯跟她碰了碰，簡融心居然又爽快地喝了，胡小天飲盡這杯酒道：「我來大雍是為了救柳長生父子，我在這裡認識的人並不多，所以我去求助於長公主薛靈君，她提出了一個條件。」

簡融心緩緩將酒杯落下。

胡小天在心中斟酌了一下方才道：「她讓我用你來換柳長生父子的性命。」他本以為自己的話會再度打擊到簡融心脆弱的神經，可是卻看到簡融心的表情風波不驚，出奇的平靜。

簡融心黑長而蜷曲的睫毛如同蝴蝶翅膀一般閃動了一下，小聲道：「剛才見到他們我就想到了。」

胡小天道：「我一直以為你們夫婦很恩愛，所以那天晚上看到的情景讓我很是吃驚，可不可以告訴我，你們兩人究竟出了什麼問題？」

簡融心沒有回答，而是再次將酒斟滿，輕聲問道：「你會不會殺我？」

胡小天笑道：「如果我真打算用你的性命去換柳長生父子，那天晚上本該是最好的機會。」他搖了搖頭道：「我從沒有想過殺你，而且我這個人有個怪脾氣，從不受別人的威脅。」

簡融心主動端起酒杯跟胡小天碰了一下：「無論怎樣，我都應該謝謝你救了我。」又一杯酒下肚，感覺整個人輕鬆了許多舒服了許多，簡融心道：「我曾經想過死，可是現在我卻不能死，我要為我爹報仇。」

胡小天發現酒可以改變一個人，簡融心喝酒之後的狀態跟剛才完全不同，這位名滿大雍的才女飲酒之後變得堅強了許多開朗了許多，不過這好像也意味著她的酒量不怎麼樣，或許再過一會兒她就要醉了，可醉了也未嘗不是一件好事，對現在的簡融心來說，或許正需要一場酣暢淋漓的大醉，至少能夠讓她睡個好覺，至少能夠讓她暫時忘記李沉舟帶給她的傷痛。

於是胡小天決定陪著簡融心繼續喝下去，他很快就意識到自己的判斷準確無誤，簡融心的目光已變得迷離，俏臉已是粉面桃腮，舌頭也開始變得不靈活了。

換成平時胡小天一定會責怪自己無恥，居然將一位溫柔嫻淑的大才女灌成了這個樣子，不過現在他卻覺得自己在做好事，再來一杯，簡融心可能就要醉倒了，自己扶她上床，讓她好好睡上一覺，胡小天雖然不是光明磊落的正人君子，可也不會做出趁人之危的壞事。

簡融心目光迷離望著胡小天道：「你……你是不是想灌醉我？」

胡小天被她發現了自己的動機，不由得訕訕笑了起來：「沒有的事，你覺得自己酒量不行可以不喝。」

「你才不行呢……我……又沒醉……我過去都不知道原來……原來飲酒是那麼……那麼美好的事情……」

胡小天道：「人生得意須盡歡，莫使金樽空對月！」

簡融心有些驚奇地望著胡小天道：「好詩……你……你還會作詩啊……對了，我聽說過你……」她有些語無倫次了。

胡小天笑道：「馬馬虎虎，對了，你還沒有告訴我，你們兩人之間出了什麼問題？」

簡融心連酒杯都端不穩了，杯中酒潑出來不少，她說話都不經考慮了，居然回答道：「我和他根本沒有……夫妻之實。」

胡小天望著面前的簡融心目瞪口呆，可旋即心中暗笑，若是簡融心清醒過來，看到她現在的樣子只怕要羞得無地自容了。簡融心和李沉舟竟然是一對貌合神離的假夫妻，這事兒還真是意想不到。

簡融心總算找到酒杯將半杯酒喝了，她還想去抓酒壺，胡小天看到她的樣子，不能讓她再喝了，伸手抓住簡融心的手腕，勸道：「你醉了，別喝了！」

簡融心用前所未有的凶狠目光惡狠狠盯住了胡小天，彷彿盯著仇人一樣。

胡小天被她看得心裡發毛，輕聲勸慰道：「不如我扶你去休息？」

簡融心卻忽然揚起手來，在胡小天臉上啪地打了一記耳光，胡小天壓根沒想到她會打自己，以他的武功本來躲過應該不難，可是看到簡融心出手，他居然沒有躲避，這巴掌其實打得不重，對胡小天這張厚臉皮也造不成任何的傷害。

簡融心道：「畜生……你為何要害死我爹？」

胡小天這才明白簡融心醉酒後把自己看成李沉舟了，今天真可謂是搬起石頭砸自己的腳，自作自受，這耳光挨得活該。

簡融心打完胡小天一巴掌，似乎覺得還不過癮，搖搖晃晃站起身來準備衝上去再給他一記耳光，一站起就覺得天旋地轉，立足不穩向地上倒去，胡小天一直留意她的舉動，伸手將她抱住，暖玉溫香抱個滿懷，簡融心充滿憤怒道：「你……放開我……」不等她說完就嘔吐了起來，吐了胡小天一身。

胡小天好不容易才將簡融心安置好，回到自己的房間，洗了個澡，換了身衣服，這次感覺清爽了許多，雖然他們所住的院落相對獨立，可鬧出的動靜也沒有瞞過夏長明的耳朵。

胡小天來到夏長明房間的時候，夏長明正在逗弄他的那隻黑吻雀，看到胡小天進來，他意味深長地笑道：「好像有人醉了？」

胡小天道：「我看她心情不好，好心陪她喝了幾杯，想不到她不勝酒力。」

夏長明道：「邱慕白的事情有眉目了，黑吻雀找到了他的藏身所在。」

胡小天心中一喜：「在哪裡？」

夏長明道：「狗頭山！」

胡小天聞言一怔，狗頭山正是他上次來雍都的時候斬殺紫電巨蟒，服下風雲果得到誅天七劍的地方，記得黑胡人也曾經在桃花潭附近搜索，如果邱慕白果然是崗巴拉那些黑胡人擄走，藏在狗頭山並不稀奇。

夏長明道：「要不要去救他？」

胡小天搖了搖頭道：「此事不必我們出手，我看黑胡人劫走邱慕白目的並不是針對我們，而是要對付劍宮！」

夏長明有些不解地望著胡小天，他並不知道黑胡人和劍宮之間的那段恩怨，於是胡小天將當年劍宮創始人藺百濤和黑胡之間的恩怨向他說了一遍，夏長明方才明白這其中的因果，夏長明道：「如此說來，黑胡人此番前來雍都，不僅僅是對付尉遲沖，還要順手報復劍宮？」

胡小天道：「讓他們自相殘殺去吧，長明，你幫我照顧簡融心，我要出門一趟。」

夏長明道：「這事兒我可來不了。」

胡小天笑道：「她不勝酒力已經醉了，我看十有八九要睡到明天早晨，你只需負責保護她的安全就好。」

胡小天去的地方卻是鐵器場，自從來到雍都之後，他一直都想去拜會老友宗唐，可是因為事情層出不窮，所以直至今日方才抽得出時間，此前他曾經派熊天霸和高遠兩人前來雍都專程請宗元父子相助，可惜魔匠宗元病重，宗唐雖然跟他交情頗深，卻因為老父身體的緣故無法成行，委婉拒絕了胡小天的好意，可就在前不久魔匠宗元病故，宗唐就在這鐵器場內為老父修築墳塚，結廬守孝。這也是魔匠宗元的意思，他並不想兒子將大好時光耽擱在守孝上面。

宗唐並沒有認出易容後的胡小天，抱拳道：「在下乃是鐵器場宗唐，不知這位公子需要什麼貨物？」

胡小天看了看周圍，以傳音入密向宗唐道：「宗大哥，還記得你我在紅山會館鴻雁樓並肩戰鬥的事情嗎？」

宗唐內心劇震，雙目圓睜，他當然不會忘記，當初他和胡小天、董天將、霍勝男一起潛入紅山會館，在鴻雁樓的地下密室內遭遇黑白雙屍，當時那場大戰的凶險他仍然記憶猶新。宗唐慌忙摒退眾人，等到廳內只剩下他們兩個，宗唐伸出手去，大笑著握住胡小天的臂膀，低聲道：「胡老弟，當真想死我了！」

兩人寒暄了一會兒，胡小天提出去魔匠宗元墳前祭拜，宗唐引著他來到父親墳前，胡小天依子侄之禮向宗元的墳塚三次跪拜，以他如今的身分對魔匠宗元如此大禮，老人家在九泉之下也會欣慰。

兩人就來到墳塚旁邊的草廬內就坐，宗唐仍然在守孝，這草廬就是他用來遮風避雨的地方。

胡小天感歎道：「自從我離開雍都之後，一直忙於諸般事務，想不到這次過來竟然連宗老爺子最後一面都見不到了。」

宗唐對生死看得很開，他淡然道：「自從我們過去的地方遇襲之後，我爹的精神就大不如前了，久病纏身，得虧神農社的柳先生幫忙醫治，可後來柳先生父子因為那場行刺案被牽連蒙難，我爹聽到消息之後動用方方面面的關係想幫忙救人，可惜老爺子的那點人情薄面根本起不到任何的作用，他和柳先生投緣，因為這件事情受到了不少的打擊，一來二去病情加重，竟然等不到柳先生出來就撒手人寰了。」

胡小天也不由得感慨起來。

宗唐道：「我爹臨終前還希望我奔走營救柳先生父子，可現在柳先生也不在了。」

胡小天道：「宗老爺子，柳先生全都是與世無爭的忠厚之人，只可惜時世艱辛，人心險惡，他們不去招惹別人，卻要被無端捲入這些麻煩之中。」

宗唐苦笑道：「柳先生宅心仁厚，他怎會捲入刺殺皇上的事情？他乃至整個神農社懸壺濟世，數十年來不知救了多少人，連皇室也受盡了他的好處，想不到最後要蒙受這樣的不白之冤。」他對大雍朝廷的所作所為早已心冷。

胡小天道：「宗大哥也不必難過，事已至此，我們也無力回天，只求能夠幫忙救出柳玉城，保全柳家一脈。」

宗唐眨了眨眼睛，他聽出胡小天是來救人的，以胡小天今天的地位，仍然可以為朋友冒險而來，單單是這一點就能夠認定這個朋友可交。宗唐道：「胡老弟，我知道你很有本事，可這裡畢竟是在大雍，想要救出玉城沒那麼容易。」

胡小天也不瞞他，將他此次前來所為何事，其中發生的事情詳細告訴了宗唐，宗唐聽完方才明白胡小天來到雍都已有一段時間，而且他也做過不少的事情，從胡小天的話裡不難聽出他對柳長生之死感到內疚，宗唐勸道：「柳先生的事情與你無關，宮廷爭鬥原本就是不擇手段，你找薛靈君的初衷也是為了救人，只是你沒有估計到她會如此卑鄙。」

胡小天道：「我更加沒有想到她和李沉舟會聯手。」

宗唐道：「一個國家最怕的不是外敵入侵，而是內亂禍害，大雍的百年基業恐怕要壞在這幫人的手裡了。」

胡小天來見宗唐敘舊只是其中一個目的，更重要的目的是想請宗唐跟他一起返回東梁郡，宗唐盡得魔匠宗元的真傳，乃是天下頂級的工匠，如果有他相助，自己在武器研發製作方面必然可以突飛猛進，可是胡小天對宗唐也沒有太大的把握，畢竟宗唐是雍人，如果他選擇對大雍盡忠，很可能會拒絕自己，所以此時也不宜操之過急。胡小天道：「對了，尉遲冲已經回到雍都了。」

宗唐對外界的消息也非常靈通，他點了點頭道：「我也聽說了，正準備去拜會大帥，以大帥的人脈，或許能夠將柳玉城解救出來。」

胡小天卻不如他這樣樂觀，他此前已經見過尉遲冲，如果不是他出手相助，或許尉遲冲已經死在了刀魔風行雲和上官雲冲的聯手刺殺下，尉遲冲現在的處境非常微妙，據說已經被新君派去為太皇太后守陵，一個連自己的命運都無法掌握的老帥，又有什麼能力去救別人呢？胡小天對此前營救尉遲冲的消息隻字不提，輕聲道：「我聽說他被派去皇陵了。」

宗唐道：「太皇太后的陵墓乃是我爹設計，現在還有一些工程尚未完全完工，我接近大帥並不難。」他忽然轉向胡小天道：「你想不想跟我一起過去？」

胡小天並沒有想到宗唐會對自己提出邀請，心中暗自欣喜，看來宗唐對自己果然沒有任何的戒心，從另外一個角度來看，是不是證明宗唐對大雍已經失望？如果真的是那樣，豈不是天大的好事。

尉遲冲在得到新君薛道銘應允當日就抵達了蔣太后陵前守孝，蔣太后和昔日的太上皇合葬，也就是薛勝康的父親，這座陵墓最早就是由魔匠宗元設計，直到太上皇駕崩皇陵都尚未完工，後來蔣太后又為了自己的身後事提出了不少的改動方案，後續改建斷斷續續又進行了數十年，蔣太后死前一年所有改建才全部完工。因為魔匠宗元已經去世，所以將蔣太后送入陵墓的職責就由宗元的徒弟接手，宗唐也只是負責完善外部工程，並沒有能夠接觸到皇陵的內部。

胡小天記得歷代帝王為了保證皇陵的秘密不被洩露出去，往往會在皇陵完成之後對設計者下手，魔匠宗元能夠壽終正寢也算是他的運氣。他和宗唐兩人頂著寒風來到距離雍都北門三十里外的皇陵，這裡山巒起伏，人煙稀少，附近也沒有村落。宗唐出示通行令牌之後，得以順利進入皇陵區域，胡小天此前曾經去過大康皇陵，發現大雍的皇陵比起大康在規模上要小上不少，這和大雍此前幾代帝王提倡勤儉治國有關。

宗唐在通往敬德皇陵的途中將沿途皇陵一一介紹給胡小天，其中最可憐的要數薛道洪的陵墓，雖然最終恩准他葬在了皇陵區域，可他的皇陵只不過是一座墳包，比起普通百姓的陵墓稍大，在諸多皇陵之中顯得頗不起眼，也就是選在了其父薛勝康陵前的一處地方簡單埋葬。

宗唐向胡小天道：「薛道洪的棺槨乃是豎立埋下的。」

胡小天知道在風水上有講究，可薛道洪畢竟是做過皇帝的人，這樣埋又是何道理？

宗唐解釋道：「因為他謀害太皇太后，殺死董淑妃，本來是沒有資格進入皇陵區域的，可後來皇上又改變了想法，讓人將他葬在德隆皇的陵前，永世站在陵前聽候教誨。」

胡小天點了點頭，心中卻想，應該讓他跪著才對。

宗唐舉目望向前方那座雪白的山丘道：「那裡就是敬德皇和蔣太后的陵墓了，也是所有皇陵中最大的一座。」

胡小天順著他的目光望去，卻見前方又有一隊護陵衛隊迎著他們走了過來，那些護陵士兵多半都是認得宗唐的，雖然如此，宗唐仍然主動將通行令出示給他們。為首那名將領道：「宗先生今日又來檢查工程進度嗎？」

宗唐點了點頭道：「朝廷催得緊，若是不能在規定時間內完成，恐怕我們都要被問罪！」

那將領道：「宗先生還是儘快吧，免得連累我等跟著倒楣。」一幫人讓到一旁，宗唐和胡小天並轡前行。等到遠離護陵衛隊，胡小天方才問道：「蔣太后不是已經下葬多日了，為何至今仍未完工？」

宗唐歎了口氣，虎目之中充滿憤懣之色：「完工之日，或許就是我等遭殃之時。」

胡小天內心一沉，果不其然，大雍皇室仍然跳脫不出這個規律，他們是不可能讓這些掌握皇陵秘密的工匠存活人世的。宗唐顯然還有隱情沒有對自己說清楚，如此看來，說服宗唐輔佐自己的把握又大了許多。

來到德陵前方，又遇到了護陵衛隊，兩人將馬匹栓在陵園大門外，依照規矩步行進入陵區。雖然天寒地凍，仍然可以看到現場有工匠正在那裡辛勤勞作，為完成皇陵做最後的工作。

他們並沒有遭遇盤查，沿著神道旁邊的小道向皇陵走去，胡小天留意到在寒風中勞作的工匠一個個面容淒苦，在寒風中瑟瑟發抖，工作環境顯然極其惡劣，身體上的折磨還在其次，皇陵的勞工死亡率甚至高過戰場，恐懼時刻籠罩著他們內心。

尉遲冲就在皇陵西北的石台下的一個尚未來得及拆除的工棚內，這位為大雍江山立下汗馬功勞，威名顯赫的大帥如今正站在石台之上，俯瞰著皇陵民工勞作的情景，臉上的表情充滿了憂慮，雖然到這裡並沒有幾天，可是尉遲冲卻目睹了不少的死亡，他本以為戰場才是最殘酷的地方，卻沒有想到在遠離戰火的後方也有如此殘忍的場景不斷上演。

尉遲冲的身邊站著一位粗布衣衫的少年，樸素的衣著並沒有影響到他的清秀面容，她卻是尉遲冲女扮男裝的女兒尉遲聘婷，這次也堅持隨同父親一起前來為蔣太后守陵。

尉遲冲歎了口氣道：「聘婷，你還是儘早離開為好，我已經安排妥當……」

不等他把話說完，尉遲聘婷就打斷了他的話，換成過去她才不會表現出如此的叛逆，更不會公然頂撞自己的父親：「我不走，爹一日不離開皇陵，女兒就留在你的身邊。」

尉遲沖苦笑道：「聘婷，爹在這裡待不了太長時間，朝廷早晚還是要把我派去北疆，你又何須為我擔心？爹最擔心的反倒是你。」

尉遲聘婷道：「您擔心我什麼？女兒又不是沒有自保的能力，爹為了大雍辛苦付出，流血流汗，到頭來卻遭遇朝廷如此對待，當真讓人心寒齒冷，爹！乾脆咱們離開大雍，天下何愁沒有你我容身之地？」

尉遲沖望著女兒真是有些哭笑不得了，和清秀的外表不同，女兒性情剛烈，眼裡揉不得一顆沙子，她如今的性情也和自己對她驕縱慣了有關，相比較而言，反倒是自己的義女霍勝男更加沉穩一些，尉遲沖道：「走？爹何嘗不想說走就走，可是天下雖大，又能走到哪裡去？」他心中一陣黯然，自己被大康視為叛將，在大雍同樣不被認同，就連昔日提拔重用他的薛勝康也始終對他抱有防範之心，更不用說現在的這位新君薛道銘了。到了他這樣的年紀竟然落到無家可歸的地步，落葉歸根對他來說已經是可望而不可及了，尉遲沖抬頭望向正南方，巍峨的皇陵擋住了他的視線，也許最適合他的地方還是北疆，戰死沙場不失為一個最好的選擇。

尉遲沖默默北望，卻看到有兩道人影正向他這邊走來。尉遲聘婷也在同時發現了那兩道人影，小聲道：「有人來了！」

尉遲沖目力驚人，遠遠就已經認出了宗唐，他笑了笑道：「宗唐！」尉遲沖和魔匠宗元也是交情匪淺，宗唐在他面前向來是尊敬有加，以子侄之禮相待。父女兩人走下高台，宗唐和胡小天也剛好來到近前，宗唐抱拳行禮道：「小侄宗唐參見尉遲叔叔！」

尉遲沖點了點頭，望著宗唐魁梧的身軀頗有感觸道：「你爹的事我也聽說了，北疆戰事緊急，抽身不能，甚至沒有來得及去宗老先生的墳前拜祭，實在慚愧。」

尉遲聘婷一雙大眼睛忽閃忽閃的，目光和宗唐接觸，宗唐馬上認出了她，只是笑笑算是打了個招呼。尉遲聘婷的目光落在胡小天的臉上，她從未見過這個人，以為是宗唐的跟班。

想不到胡小天居然向前跨出一步，恭敬道：「參見岳父大人！」

尉遲聘婷被嚇了一跳，自己乃雲英未嫁之身，別說是丈夫，連未婚夫都沒有，此人當真是無禮至極，竟然當著自己的面稱呼爹爹為岳父？豈不是變相說自己是他的老婆？尉遲聘婷怒道：「你胡說什麼？」

尉遲沖卻已經明白胡小天的身分，心中暗歎，這小子無孔不入，想不到連宗唐都是他的朋友。尉遲沖微笑點了點頭道：「你好大的膽子，不怕被發現嗎？」

胡小天笑道：「內心坦蕩自然沒什麼好怕！」

尉遲沖道：「內心坦蕩？這世上敢說自己內心坦蕩的又有幾個？」他轉向尉遲聘婷道：「他就是你的姐夫！」

尉遲聘婷俏臉一熱，此時方才完全明白過來，原來眼前人是胡小天，人家是衝著霍勝男的緣故稱呼爹爹為岳父，跟自己可沒什麼關係，原是自己多想了。

宗唐剛才聽到胡小天稱呼尉遲冲為岳父也是吃了一驚，這會兒也明白了，本來他還糾結如何為尉遲冲引見胡小天，卻想不到人家原本就是親戚關係，在場之中反倒只有自己一個外人了。

尉遲冲請他們來到自己臨時居住的工棚內烤火，胡小天環視這間四處漏風的工棚，這裡的環境實在是太差了一些，的確委屈了尉遲冲這位大將軍。

胡小天道：「岳父大人打算長久留下來為蔣太后守陵了？」

尉遲冲道：「一切都要聽從皇上的意思。」

胡小天道：「您是蔣太后的義子，為她老人家守孝也是理所當然。只不過現在北疆形勢嚴峻，只要天氣轉暖戰事必然再起，我看只要他頭腦不糊塗就不會讓您在這裡安享太平。」

尉遲冲不由得笑了起來，安享太平，他的有生之年只怕無法安享太平了。他轉向宗唐道：「賢侄，你今天是來檢查工程進度的？」

宗唐搖了搖頭道：「特地前來拜會大帥，我爹臨終之前有心願未了，還望大帥相助。」

尉遲冲道：「有什麼事你只管說。」

宗唐這才將柳長生父子的事情說了。

尉遲沖聽完不由得歎了口氣道：「其實這件事無需你說，我和柳先生相交莫逆，更不用說他還曾經救過我的性命，在這件事上老夫必盡力而為，只是……」說到這裡他又歎了口氣，在這件事上他並不能幫上太大的忙，如今朝廷的權柄掌握在李沉舟和長公主薛靈君的手裡，他們未必肯給自己這個面子。

此時尉遲聘婷從外面走了進來，三人在工棚內聊天的時候，她出門去燒水，準備回來沏茶，可是又看到遠處有隊人馬過來了，所以前來通報，來人卻是大雍兵馬大都督李沉舟，聽聞這個消息，尉遲沖馬上讓他們三人迴避，他並不想女兒被李沉舟見到。

三人剛剛離開，李沉舟率領手下就已經來到，他讓部下在外面等候，獨自一人步入棚內，人還沒有走入其中，就朗聲道：「恩師在嗎？」他曾經在尉遲沖帳下聽令，雖然時間不久，可畢竟受過尉遲沖的教誨，稱呼他為恩師也是理所當然。

尉遲沖起身相迎，微笑道：「今個什麼日子？大都督居然親自來了？」

李沉舟雙手抱拳，深深一揖在尉遲沖面前表現得畢恭畢敬：「恩師在上，請受學生一拜。」

尉遲沖趕緊上前扶住他的手臂道：「大都督不必如此大禮，真是折殺老夫了。」

李沉舟道：「一日為師終生為父，恩師始終是學生最敬重的人！」這其中到底有幾分真實的成分，也只有李沉舟自己心裡清楚了。他望著這座四面透風的工棚感慨道：「這裡實在是太辛苦了，委屈恩師了。」

尉遲沖淡然笑道：「為太皇太后守陵又有什麼委屈的，更何況這也是我自己的選擇。」

李沉舟道：「恩師對太皇太后的一片孝心讓人佩服，可是沉舟剛剛收到北疆軍情戰報，最近黑胡人頻繁調兵遣將，看來又將有大動作。」

尉遲沖歎了口氣道：「我老了，鎮守北疆也是心有餘而力不足，應該讓年輕人去擔大樑的時候了。」他並非是故意在李沉舟面前說這番話，其實在他的內心深處對大雍的境況非常失望，早已產生了隱退的想法，只是他也明白，朝廷不可能讓自己歸隱，尤其是現在這種時候。

李沉舟道：「朝廷正值用人之際，恩師乃是國之棟樑，於大雍的意義如同定海神針，現在這種時候您千萬不可輕言退隱。」這番話說得極其真摯。

尉遲沖搖了搖頭：「都督，大雍兵多將廣，年輕一代中不斷湧現出良將之才，老夫年事已高，早已不復當年之用，不瞞你說，此前失去擁藍關，老夫至今仍然自責不已。」

李沉舟道：「黑胡人來勢洶洶，大帥雖然失去了擁藍關卻守住了整條北疆防線，朝廷看得到，皇上也看得到。」

尉遲沖歎了口氣，沒有說話。

李沉舟道：「大帥在途中的遭遇沉舟也已經聽說，目前展開全面調查，必然要還給大帥一個公道。」

尉遲沖眉峰一動，低聲道：「不知大都督指的是什麼事情？」其實他心知肚明，可還是故意這樣問，他倒要看看李沉舟會如何解釋這件事。

李沉舟道：「途中意圖刺殺大帥的疑凶我已經查明，其一乃是有刀魔之稱的風行雲，還有一個乃是昔日丐幫的少幫主上官雲沖。」

尉遲沖故意道：「哦？我還以為是黑胡人所為！」

李沉舟心中暗忖，你八成是揣著明白裝糊塗，因為懷疑這場刺殺背後是我在策劃所以才不肯說出真相。李沉舟道：「那上官雲沖我倒是熟悉，此人乃是丐幫叛逆，被丐幫所不容，他們父子在江南走投無路，經人引薦前來雍都投奔於我。」說到這裡他故意停頓了一下，卻見尉遲沖的表情古井不波，並沒有流露出任何的驚奇之色。

李沉舟道：「我卻沒有想到他會對大帥不利，若是大帥有什麼閃失，沉舟這一生都會難以原諒自己。」

尉遲沖道：「我並不認識上官雲沖，此前也和丐幫沒有打過什麼交道，跟他無怨無仇，卻不知他因何會找上了我？」

李沉舟道：「刀魔風行雲乃是燕王薛勝景所派！」

聽到燕王薛勝景的名字，尉遲冲不由得目光一亮，這他卻沒有想到，他和燕王之間雖無深交，可是也沒有什麼仇隙，搞不懂為何薛勝景會派人刺殺自己？李沉舟的話也不可全信，他皺了皺眉頭道：「燕王做這種事豈不是親者痛仇者快？」

李沉舟道：「大帥應該聽說了皇城新近發生的事情，太皇太后假傳遺詔，捧大皇子薛道洪上位，而先帝真正的遺願卻是要讓七皇子薛道銘繼承大統，太皇太后僅憑自身喜好改變了帝位傳承，而大皇子上位之後，卻因為太皇太后約束太多而對她生出殺心，太皇太后的死並非意外。燕王野心勃勃，想要趁亂奪走皇位，幸虧被長公主及時發現，我方才知道先帝遺詔被篡改之事，在長公主的要求下，我聯絡大臣撥亂反正，完成先帝遺願，如今已經幫助七皇子重登皇位。」

尉遲冲道：「老夫對宮裡的事情向來不感興趣，只要這江山在薛家手裡，只要皇上的遺願得以完成，老夫就會全力以赴為大雍征戰沙場。」

李沉舟道：「將大帥從北疆召回絕不是沉舟的意思，沉舟始終認為，北疆離不開大帥。可是皇上疑心太重，沉舟對大雍的一片苦心在他眼中成為別有用心，如今大雍的亂局必須要有人挺身而出，沉舟不來做，大雍就會陷入混亂之中，沉舟堅信，皇上現在不理解，可時間會證明一切，會證明我對大雍忠心耿耿。為了先帝的遺志，為了大雍能夠恢復昔日雄風，就算所有的罵名都被沉舟承擔又有何妨？」他的這番話說得慷慨激昂，擲地有聲。

尉遲沖表面動容，可心中對李沉舟的這番話卻是一句都不相信，他歎了口氣道：「大都督說得不錯，若是一心為了大雍，就不要太過在意別人說什麼，如果先帝在意別人的流言，又怎會將兵權交到我這個異國人的手中？又怎會放心將北疆交給我駐防？大都督現在的處境老夫能夠明白。其實於我這樣的武將而言，根本無需考慮朝內的事情，為大雍守好防線，免讓黑胡人侵入中原才是我們的首要職責。」尉遲沖的這番話等於向李沉舟挑明，我對你們的爭權奪利根本沒有任何的興趣，我也沒打算站在你們任何一方，你們爭你們的，我願意為你們守好防線。

李沉舟何其精明，當然能夠聽懂尉遲沖的意思，其實他要的就是尉遲沖的這種態度，自從知道薛道銘讓尉遲沖前來守皇陵，李沉舟就已明白定然是尉遲沖觸怒了這位新君，不肯站在他的同一立場上來對付自己。李沉舟之所以主動前來相見，也是因為這個緣故。他面露喜色道：「大帥可願繼續統領北疆大軍對抗黑胡？」尉遲沖的目光投向不遠處的皇陵，低聲道：「我已經在皇上面前奏請在太皇太后陵前守孝。」

李沉舟道：「太皇太后在天有靈必被大帥孝心所感，事有輕重緩急，忠孝之間必有抉擇，皇上那裡沉舟會去曉以利害！」這番話充分表明了他如今在朝中隻手遮天的能力。

尉遲冲心中暗歎，想薛勝康何其厲害，一代霸主憑藉個人的能力率領大雍走向興盛，卻想不到他去世後不久，他開創的偌大基業就被他人染指，皇族之中也是日漸凋零，以薛道銘的實力想要和李沉舟對抗恐怕力有不逮。

尉遲冲雖然是武將，可畢竟縱橫大雍政壇多年，深諳這其中的規則，這種時候恰恰是提出條件的絕佳時機，他已經暗示李沉舟，不會參與朝堂之爭，從李沉舟的表現來看，對他的態度是滿意的。尉遲冲道：「老夫有一事想大都督給我幫忙。」

李沉舟點了點頭，尉遲冲也非尋常人物，沒理由那麼聽自己的話，此人在軍中德高望重，若是能夠保持中立，為大雍守住北疆，自己才能騰出手來徹底控制住大雍的內部政局，所以李沉舟從一開始就沒想過要除掉尉遲冲，如果尉遲冲遇害，那麼北疆必亂，黑胡人一旦南侵，他也不得不暫時放下眼前的事情，去解決北方首要的危機，他微笑道：「大帥請說，只要學生能夠辦到，必傾力而為！」

尉遲冲道：「神農社的柳長生乃是我的救命恩人，我聽說他涉及謀害太皇太后一案，此事暫且不提，柳長生之子柳玉城乃是我未來的女婿，還望大都督看在老夫的面子上給他一條生路。」

柳玉城一直愛慕尉遲聘婷，尉遲聘婷對他也有好感，原本柳長生也提起過這件事，可尉遲冲始終不捨得女兒，所以只說讓他們自然發展，並沒有一口應承他們的婚事，現在柳長生死了，他主動提起了這件事，其實尉遲冲對這位老友還是心中有愧的，若是能夠救出柳玉城，他甘願將女兒嫁給他。

李沉舟居然毫不猶豫，爽快點了點頭道：「此事我答應了，不過我也想大帥答應我一件事，我幫忙救出柳玉城之後，大帥要保證他離開大雍，今生今世不得踏足大雍的領地。」他這番話說得斬釘截鐵斷無迴旋的餘地。

尉遲冲心中暗喜，只要李沉舟能夠放了柳玉城，這根本不算什麼苛刻的條件，他低聲表明態度道：「老夫解決這件事之後即刻返回北疆，至於柳玉城，我會派人將他送出大雍，以後他若再出現在大雍的領地，是死是活，老夫絕不過問。」

李沉舟微微一笑，兩人等於達成了協定，其實穩住尉遲冲也只是權且之計，無論是大雍還是他都必須要依靠尉遲冲來擋住黑胡人的進攻，一旦等他將大雍國內的形勢穩定下來，他會第一時間著手剝奪尉遲冲的兵權，利用自己的心腹來取代尉遲冲的位置，到時候尉遲冲就已經毫無價值了。

尉遲冲又道：「燕王為何要害我？」

李沉舟道：「他很可能與黑胡人勾結！」

宗唐帶著胡小天和尉遲聘婷兩人沿著小道來到皇林之中，從山坡上遠眺工棚的位置，李沉舟和尉遲冲談了很久都不見出來。尉遲聘婷不由得有些擔心道：「不知他們在談些什麼？李沉舟會不會對我爹不利？」

胡小天笑道：「怎麼會啊？李沉舟為人那麼精明，他來見大帥十有八九是想勸大帥返回北疆抗擊黑胡人。」

尉遲聘婷打量著胡小天，她並未見過胡小天本來的樣貌，現在胡小天以易容後的樣子出現在她的面前，雖然身材高大魁梧，也算得上濃眉大眼，可皮膚黝黑，整個人透著一股子土氣，尉遲聘婷心中暗忖，不知我勝男姐姐因何會看上他？看起來沒什麼出色的地方？不由得想起了柳玉城，和柳玉城的翩翩風采相比胡小天簡直相差太遠。

胡小天被尉遲聘婷赤裸裸地打量看得也有些不自在，乾咳了一聲道：「尉遲姑娘為何總是盯著我看？」

尉遲聘婷道：「我就是想看看我姐為何會對你如此迷戀。」停頓了一下又道：「看起來也沒什麼出色的地方啊！」

這姑娘可真是心直口快，一旁宗唐忍不住笑了起來。

胡小天也不禁莞爾，抬頭看了看這座皇陵，輕聲道：「這座陵墓應該是規模最大的一座了？」

宗唐點了點頭道：「不錯。」

胡小天道：「好像是一座山呢？」

宗唐道：「過去這裡叫牛頭山，敬德皇看中了這裡後，挖空山腹建造皇陵。」

尉遲聘婷忽然打斷他們的話道：「走了，他走了！」

胡小天和宗唐順著她所指的方向望去，卻見李沉舟帶著一眾部下離開了工棚，直到那些人的身影完全消失在暮色之中，他們方才返回工棚，看到尉遲冲已經開始收拾，尉遲聘婷驚喜道：「爹，您打算離開嗎？」

尉遲冲點了點頭道：「北疆形勢不容樂觀，大都督讓我儘快準備，很快就能夠收到聖旨了。」尉遲冲心中極其明白，李沉舟的意思就代表了朝廷的意思，無論薛道銘樂意與否，自己返回北疆已經成為定局。尉遲冲返回雍都不僅僅是為了表明態度，更是要親眼觀察大雍目前的政局，只有親眼所見才能做出正確的判斷。他轉向宗唐道：「李沉舟已經答應老夫，會放過柳玉城。」

「真的？」尉遲聘婷驚喜更甚，這下所有人都能看出她對柳玉城的感情絕非一般了。

尉遲冲點了點頭，向胡小天道：「老夫有幾句話想單獨跟你說。」

宗唐和尉遲聘婷知趣地退了出去，工棚內只剩下胡小天和尉遲冲兩人，胡小天恭敬道：「岳父大人請講。」

尉遲冲歎了口氣道：「你的心思老夫明白，可老夫的心思你明不明白？」

「晚輩洗耳恭聽！」

尉遲沖道：「老夫這一生做事只求無愧於心，然而過了大半輩子，至今方才發現，原來我什麼都沒有做好，在大康眼中我已經被打上叛將的烙印，在大雍我也不是一個忠臣，此次前來雍都面見皇上，皇上對我寄予厚望，希望我能夠護衛聖駕，掃除奸佞，重振大雍，老夫卻不敢答應。」

胡小天點了點頭，尉遲沖沒有答應薛道銘的要求乃是明智之舉，如果他同意站在薛道銘的立場上，那麼必然成為李沉舟的敵人，李沉舟絕不會容留這樣一個強敵活在人間。

尉遲沖道：「剛剛李沉舟過來找我，意在試探我的立場選擇，老夫怎麼說你應該可以猜得到。」

胡小天道：「識時務者為俊傑，岳父乃是顧全大局之人，無論做出怎樣的決定，小婿都支持您。」

尉遲沖苦笑道：「我非俊傑，也不是什麼顧全大局的人物，老夫心中想著的只是保全自己，保全自己的親人和朋友，道義上我應該選擇與他抗衡，可是我若是做出那樣的選擇，只怕我再也沒有返回北疆的機會，我若不回北疆，北疆必然軍心渙散，就算可以擋得住黑胡人的進攻，我方將士必然損失慘重。」

胡小天道：「朝堂之爭只不過是小事，無論誰當皇帝都不重要，大雍並非薛家的大雍，大康也非龍家的大康，中原的土地不屬於他們之中的任何一個，真正的主人乃是在這片土地上繁衍生息的千萬百姓，岳父做出這樣的選擇就是大局之選，如果沒有您率軍擋住黑胡人的鐵騎，別說大雍，就連整個中原的百姓都會遭遇戰火屠戮。」

尉遲沖淡然笑道：「聽你這麼一說，老夫心中稍稍好過了一些。李沉舟對我禮遇也只是權宜之計，他真正的用意是想北疆防線穩固，也只有這樣他才能騰出手來鞏固大雍國內的權力，從這一點上來說，老夫豈不是成了他的幫兇，百年之後，老夫又有何顏面去面對我的義母和先帝？」雖然已經明確了心中的選擇，可尉遲沖的內心中仍然飽受煎熬。

胡小天道：「大帥無需想得太多，做好眼前事，做好分內事。」

尉遲沖點了點頭道：「老夫已近花甲之年，距離大限已不久遠，是忠是奸死後任人評說，小天，你既然稱我一聲岳父，我就認了你這個女婿，老夫這一生中最珍視的就是我的兩個女兒，勝男如今已經脫離險境，她做事識大體知進退，現在又有你在她身邊，老夫已經沒什麼可操心的了，至於聘婷……」尉遲沖說到這裡停頓了一下。

「聘婷性情直爽單純，一直在老夫庇佑下長大，根本不懂得人世艱辛，老夫此去北疆，不方便帶她同去，更不能將她留在雍都，所有人都知道她是我的軟肋，若是想害我，必然先從她下手。」尉遲沖深邃的雙目中蒙上一層深深的憂色。

胡小天已經明白，尉遲冲顯然是要將尉遲聘婷託付給自己。

尉遲冲道：「她和柳玉城也算互有好感，柳先生生前曾經多次流露出想跟我結親家的意思，可是我一直都捨不得這個女兒，所以沒有應承下來，如今柳先生已經仙逝，老夫準備幫他完成這個心願。李沉舟答應我會放了玉城，我會安排部下護送玉城前往東梁郡，至於聘婷，我想你將她帶到勝男的身邊，和玉城團聚。」

胡小天點了點頭道：「此事小天會安排妥當，不過聘婷那裡未必肯聽從。」

尉遲冲道：「我會跟她曉以利害，只是前往東梁郡山高水長，途中只怕會有麻煩。」

胡小天笑道：「岳父大人不必擔心，我自有帶他們平安離開的辦法。」擁有雪雕和飛梟，想要神不知鬼不覺地運出兩個人還不容易。

胡小天和尉遲冲一直談到暮色蒼茫方才結束，他並未提出讓尉遲冲倒戈的想法，從尉遲冲安排這些事不難看出，尉遲冲早已將一切計畫周詳，他不肯介入大雍的朝堂之爭並不意味著他肯背叛大雍投靠自己，返回北疆才是尉遲冲最好的選擇。

宗唐始終都在外面等著胡小天，等胡小天出來，他和胡小天一起共同辭別了尉遲冲，離開工棚之後，宗唐低聲道：「我帶你看樣東西。」

胡小天有些詫異地望著宗唐，本以為他們現在要離開皇陵呢，今天宗唐的表現有些反常，好像來皇陵並不僅僅是帶他見尉遲冲那麼簡單。

宗唐道：「還記得那次翼甲武士突襲鐵匠鋪嗎？」

胡小天點了點頭，他當然記得，如果不是那次他出手相助，宗唐手下的工匠肯定會死傷慘重，在擊退翼甲武士之後，他還和柳玉城聯手救治了不少的傷者。

宗唐道：「跟我來！」

胡小天跟隨宗唐一起離開了皇陵工地，取了他們的馬匹一路向西而行。

胡小天也不知宗唐要去哪裡，只是他對宗唐非常信任，知道宗唐絕不可能害自己。兩人一路奔行，來到距離皇陵西北約莫十里左右的山下，這裡已經離開了護陵衛隊警戒的範圍，此時夜幕已經完全降臨，宗唐指著前方的那座山道：「這裡叫黑駝山！」

第十章

大雍皇陵地宮

胡小天的目光投向敬德皇的棺槨，因為剛才看到的一幕，
他對敬德皇的棺槨也產生了強烈的好奇心。
更何況前來大雍皇陵地宮的機會這輩子可能只有這一次，
既然來了就索性看個究竟，
親眼見證一下這敬德皇究竟變成了什麼樣子。

胡小天點了點頭，舉目望去，那山巒起伏果然如同駱駝的背脊，只不過因為冬雪未融的緣故，山丘都已經被積雪染白，現在應該叫白駝山更為貼切。不過地名好像有些熟悉，胡小天一時想不起來在何處聽過。

宗唐道：「鬼醫符刓就埋在這裡。」

胡小天聽到鬼醫符刓的名字，頓時想起，此前曾聽柳長生提起，是他告訴自己鬼醫符刓死後就埋在黑駝山，不過那黑駝山在燕州城外，沒想到距離雍都那麼近。

宗唐繼續縱馬前行，黑駝山山勢並不險峻，他們來到半山腰一座廢棄的藥神廟，將兩匹馬栓在大殿內，又從廚房內找到草料。

胡小天心中暗忖，看來今晚是無法趕回雍都了。

宗唐帶著他來到藥神殿，藥神身邊童子的塑像，下方現出一個小孔，他從腰間取出一個奇形怪狀的鑰匙，插入孔洞之中，左右旋動，不一會兒功夫，就聽到身邊發出吱吱嘎嘎的響聲，伴隨著地面的震顫，藥神像整個移動開來，露出一個黑魆魆的洞口。

胡小天眨了眨眼睛，想不到這荒山野嶺中也設有這等機關。

宗唐點燃火把，向胡小天道：「咱們下去再說！」

胡小天向外面看了看道：「這裡不會有人過來吧？」

宗唐搖了搖頭道：「荒廢多年，香火早就斷了，而且冰天雪地，誰會來這種地方？」他已經率先進入那個地洞中。

胡小天抑制不住心中的好奇，跟在宗唐身後走了進去，地洞直上直下，洞壁凹凸不平可供上下攀援，換成普通人想要下行也沒那麼容易，可宗唐和胡小天都是武功高手，對他們根本造不成任何的障礙，來到地洞底部，現出一個橫向的洞口，宗唐又將那藥匙插入牆上的孔洞，擰動之後，上方的藥神像重新歸位，這是為了以防萬一，避免萬一有人進來發現這裡的秘密。

剛開始的時候洞口狹窄，他們貓著腰走了五十餘步，洞口頓時變得寬闊起來，宗唐直起腰來，他向胡小天道：「這座密道乃是我爹主持修建皇陵之時發現，敬德皇的陵墓在三十年前就已經修建，十九年前啟用，蔣太后為了她的身後事幾次提出改建方案，我爹在改建皇陵的時候，發現了一個盜洞。」

胡小天驚聲道：「有人盜墓？」任何時代盜墓都屢見不鮮，只是皇陵被盜，而且是當朝的事情這就有些稀奇了。

宗唐點了點頭道：「不錯！我爹發現這件事之後不敢聲張，因為敬德皇的陵墓是他所設計，若是被朝廷得知皇陵被盜，他必然難逃罪責，於是集合親信弟子修補盜洞，也發現了其中的不少秘密。」

胡小天心中暗忖，魔匠宗元這樣做無可厚非，換成是誰都會這樣做，若是事情敗露，恐怕要面臨抄家滅族的懲罰，不用問，修補盜洞的工作自然有宗唐在內。

宗唐舉著火把繼續向前方走去，一邊走一邊向胡小天道：「當初朝廷找我爹來設計皇陵，我爹是婉言謝絕的，因為誰都知道修築皇陵這種事情是不會有好報的。敬德皇死得早，當時我爹就擔心會被滅口，已經做好了送我逃離大雍的準備，可是後來蔣太后又讓他改建皇陵，因此而暫時逃過了一劫，隨著皇陵改建的結束，我爹也知道大限已近，幾次催促我離開大雍。」

胡小天點了點頭，宗老爺子還是有先見之明的，想讓一個人保守秘密最好的辦法就是殺死他，蔣太后為了死後的安穩當然不會放任陵墓的設計和修造者繼續活在這個世界上。

宗唐道：「我爹一直都有意讓我遠離修築皇陵之事，雖然如此可朝廷仍然不會輕易放過我們，我爹這次病重絕非是因為年老體衰，而是在陵墓即將完工之時，蔣太后賞賜酒宴，那酒中摻雜了毒藥。」他說到這裡，一雙虎目迸射出憤怒的光芒。

胡小天此時方才知道宗唐在心中對大雍皇室是充滿仇恨的，他歎了口氣道：「宗老爺子是中毒而死？」

宗唐道：「我爹心中明白，可是他讓我不要聲張，在臨死前向蔣太后表明皇陵仍未完工，需由我來接替他的工作，可能是因為他的這句話，蔣太后方才放棄了當即將我殺死的打算。」

胡小天道：「蔣太后現在已經死了，她應該不會再危及到你的安全。」

宗唐道：「就算她死了，我們這些參與修建皇陵的工匠，尤其是承擔重要工作的幾個絕不會有什麼好下場，我爹臨終之前讓我儘量拖延皇陵完工的時間，尋找時機逃離大雍，只有離開這裡才能保全性命。」

胡小天道：「宗大哥，不瞞您說，我這次來見您就是想請您跟我一起去東梁郡共創大業，只是我擔心大哥會拒絕我，所以才猶豫不提。」

宗唐道：「大雍如此待我，毒害我父，乃不共戴天之仇，就算沒有兄弟相邀，我也已經下定決心前往投奔。」大雍的作為已經讓宗唐徹底死心，他想要活下去就必須要離開大雍，否則早晚還是要面對被人滅口的下場。

胡小天喜出望外，宗唐深得其父真傳，自己能夠得到宗唐相助，必然在武器研發方面更進一步，實力可在短時間內獲得提升。不過宗唐今天帶他來這裡，絕不只是為了說這番話那麼簡單。

宗唐道：「盜洞從敬德皇的皇陵之中一直通往西北，咱們剛才進來的藥神廟乃是後來我爹開掘的一個出口，另外一個出口就在前方。」他指了指前方，胡小天走到近前一看，那裡有一個分岔，不過洞口已經被從裡面封死。

宗唐道：「這條地道通往黑駝山下，出口處乃是鬼醫符刓的墳塚。」

胡小天愕然道：「鬼醫符刓不是早就死了？難道他用詐死來掩人耳目，其實悄悄在這裡開挖地道盜掘皇陵？」

宗唐點了點頭道：「從我們瞭解到的情況應該是這樣，我們沿著那盜洞一直追尋到鬼醫的墳墓之中，發現鬼醫符刓的棺槨內空無一物。」他指了指那被堵死的地洞道：「我爹發現盜洞的時候距離鬼醫符刓死去已經整整五年，根據當時皇陵被盜的痕跡來看，距離潛入皇陵也有三年了，於是我們亡羊補牢，先將這條盜洞封住，我爹又集合親信弟子重新開鑿了一條密道，也就是咱們剛剛經過的這條，這是為了以防萬一，如果有一天皇室對我們痛下殺手，或許能夠留下一條生路。」

胡小天也看過不少這方面的故事，古今中外不乏在皇陵修成之後，將民工一起坑殺的先例，一來給死去的君主殉葬，二來可以將所有秘密扼殺。盜洞完全在山體中開鑿，四周岩壁光滑整齊，一看就知道絕不是普通盜墓賊所為。胡小天道：「鬼醫符刓總不能以一己之力完成這麼大的工程？」

宗唐道：「這也正是我們百思不得其解的地方，我們打通的那條密道，總長度不過一里，就已經斷斷續續耗去了六年時間，鬼醫符刓最多只用了兩年，就已經從他的墳塚打通了一條直通皇陵的密道，這條密道的總長要在十二里左右，而且全都通過堅硬的岩層，開鑿得如此整齊。」宗唐伸手撫摸岩壁，直到今日他都對此困惑不已，這樣的工程量，按理說一個人是完不成的，就算集合眾人，這麼大的工程又怎會做得毫無痕跡？

胡小天雖然從未見過鬼醫符刓，但是卻聽說了此人的不少傳說，鬼醫符刓曾經救治過不少人，而且他還是天人萬像圖的創作者，從種種跡象來看，鬼醫符刓應該是一位醫道高手，擁有現代化的醫學知識，甚至和自己一樣懂得外科學，他記得鬼醫符刓曾經委託魔匠宗元打造手術器械，兩人之間應該有些交情。

宗唐道：「他對皇陵的內部結構極其熟悉，知道皇陵的弱點所在，對我爹的設計瞭若指掌。」

胡小天道：「皇陵之中可曾丟失了什麼？」

宗唐點了點頭，前方已經現出一道石門，宗唐打開石門，兩人繼續向前方走去，此時他們已經重新回到了皇陵的區域範圍內，只不過剛才他們是從地面上進入，現在是直接通過密道進入了皇陵地宮。

前方已經到了盡頭，看上去已經無路可行，宗唐將火炬交給胡小天，然後躬下身去，用衣袖拂淨地上的塵土，現出幾塊石磚，他揚起拳頭，猛然一拳砸在石磚之上，蓬的一聲塵土飛揚，石磚在他的鐵拳之下轟然坍塌，現出一個四四方方的洞口，剛好可供一人通行，如果不是對皇陵內部結構擁有足夠的瞭解，即便是行走其上也不會想到這下面還有地洞。

兩人先後進入下方地洞，貓著腰又走了數十步，從地洞的開鑿風格來看，這地洞應該出自魔匠宗元的手筆，胡小天問過宗唐果然驗證，原來魔匠宗元將過去盜墓賊出入皇陵的洞口全都封住，又趁著改建皇陵的機會，在下方留了一條密道。只不過宗老爺子可不是為了日後盜墓方便，他是為了以防萬一，給自己和眾弟子們留下一條生路。

經由這條密道可以直達敬德皇的墓室，敬德皇和蔣太后全都是智慧超群心機深重的人物，他們生前根本沒有將這些小小的工匠放在眼中，為了避免這些猶如螻蟻一般的小人物滋擾他們死後的安寧，他們想到了斬盡殺絕這最為徹底的方法，可哪裡有壓迫哪裡就有反抗，這些工匠在強權高壓下也偷偷給自己留了一條後路。

只是魔匠宗元並沒有機會用上這條後路。

敬德皇的墓室也是極盡奢華，頂部雕刻著龍騰雲海，點綴著一顆顆的夜明珠，將整個墓室照亮，擺放棺槨的靈台四周雕刻著雲朵的形狀，寓意是早登極樂，進入天國。

兩具棺槨一新一舊，舊的是敬德皇，新的自然屬於蔣太后。宗唐掏出棉巾將口鼻裹住，又遞給了胡小天一塊。

胡小天隨身帶有口罩，自己取了口罩戴上，對他而言盜墓可算得上是全新的經歷，只是不知宗唐來此的目的。

宗唐輕車熟路，他向胡小天道：「我爹發現皇陵被盜之後，沿著盜洞找到了這裡，皇陵內的陪葬之物全都原封不動，也沒有任何損壞的痕跡。」

胡小天笑道：「鬼醫符刓花費那麼大的經歷打一條地洞，難不成只是為了到此一遊？」

宗唐搖了搖頭：「當然不是，他的目標是……」

胡小天的目光盯住敬德皇的棺槨，其實他剛才就已經想到鬼醫符刓的目標應該是這棺槨，難道敬德皇的棺槨中隱藏著什麼秘密？一定是其中收藏著稀世珍寶，不過縱然有稀世珍寶也被鬼醫符刓盜走了。

宗唐圍繞蔣太后的棺槨轉了一周，對一旁敬德皇的棺槨根本沒有看上一眼，胡小天心中暗想，一定是宗唐此前已經看過敬德皇棺槨裡面的東西，所以對他並不好奇，真正能引起他好奇心的是蔣太后的棺槨，畢竟蔣太后才剛剛下葬不久。

宗唐看來早就有所準備，利用隨身的工具將蔣太后棺槨上的釘子一顆顆啟了下來，在他心中蔣太后是害死了他父親的仇人，對這老太婆當然不會有任何的尊重和敬意。

胡小天甚至擔心宗唐可能會溜進來復仇，一刀把老太婆的腦袋砍下來以泄心頭之恨。

宗唐很快就將釘子啟開，胡小天幫忙，兩人合力將棺槨移開，皇陵之中雖然機關重重，可對宗唐這個對皇陵內部結構瞭若指掌的人來說，根本就是形同虛設。

兩人借著夜明珠的光芒向棺槨內望去，卻見蔣太后頭戴鳳冠，上面綴滿翡翠明珠，面容栩栩如生，彷彿酣睡一般，蔣太后的屍體雖然被薛勝景帶走，可畢竟及時找回，再加上正值冬季，天寒地凍，屍體沒那麼容易腐爛變質，不過蔣太后的臉色是經過化妝，不然也不會那麼好看。

棺槨內擺放著無數價值連城的陪葬品，胡小天對此卻沒有太多的興趣，總覺得死人的東西有些晦氣。宗唐也沒有盜走殉葬品的意思，他伸出手去將蔣太后的屍體從棺材裡面扶了起來，示意胡小天幫忙扶住。

胡小天也不知道他究竟想幹什麼，可既然已經到了這裡，也只能按照他的意思去做，卻見宗唐抽出匕首，竟然挑開蔣太后的壽衣，胡小天目瞪口呆，縱然蔣太后手段狠辣害死了宗老爺子，可宗唐要扒光一個死老太婆的衣服，這事兒也太天雷滾滾了，他正想出聲勸阻，卻聽宗唐倒吸了一口冷氣道：「果然如此！」

胡小天探頭一看，卻見蔣太后的後背上缺了整整一塊皮膚，看起來真是觸目驚心，宗唐大老遠潛入皇陵就是為了驗證這件事。

胡小天道：「什麼人將她背後的皮給扒了？」

宗唐將蔣太后的屍體重新放好，跟胡小天一起重新將棺槨蓋上，這才道：「應該是進入皇陵之前就被人扒皮，敬德皇也是一樣，不過他是在進入皇陵之後。當年我爹發現皇陵盜洞之後，一直追尋到這裡，看到敬德皇的棺槨有被人動過的痕跡，於是跟我一起打開了棺槨，發現敬德皇的屍體被人扒走了一大塊皮肉，位置和蔣太后一樣。」

胡小天心中暗忖，這敬德皇和蔣太后背後的皮膚上一定藏有秘密，不然因何會在他們死後被人扒皮？扒走他們皮膚的人或許是同一個。

宗唐歎息道：「我本以為還可以從蔣太后的身上找到秘密，卻想不到有人已經捷足先登了。」

胡小天的目光投向敬德皇的棺槨，因為剛才看到的一幕，他對敬德皇的棺槨也產生了強烈的好奇心。更何況前來大雍皇陵地宮的機會這輩子可能只有這一次，既然來了就索性看個究竟，親眼見證一下這敬德皇究竟變成了什麼樣子。

宗唐看到胡小天走向敬德皇的棺槨，忍不住提醒他道：「只是一具被扒皮的屍體罷了。」他雖然認為再開棺驗屍並無必要，可是也沒有阻止胡小天的好奇心。

兩人合力將棺蓋打開，敬德皇的屍體因為去世的時間太久，皮肉已經枯萎，此前盜賊潛入皇陵剝去敬德皇皮膚，在做完這件事之後並未給敬德皇將壽衣穿上，任憑敬德皇的屍體赤裸裸躺在棺槨之中，魔匠宗元父子兩人發現盜洞，循著盜洞找到皇陵深處，打開棺槨，看到敬德皇身上的皮膚被剝去，他們也沒敢亂動，只是按照原來的樣子將棺槨合上。

敬德皇絕對想不到在自己死後他的棺槨被人反反覆覆揭開多次，連遺體都被人給扒皮了，不過頭頂帶著皇冠，頸部還套著一個純金項圈。

宗唐看到棺槨內的乾屍，已經看不出敬德皇原來的樣子，根本就是一具風乾的骷髏，心中暗歎敬德皇真是死都不得安寧。

胡小天將屍體拉了起來，看到屍體的後背果然少了一大塊皮膚，那屍體的頭顱突然耷拉了下去，讓胡小天意想不到的是，那頭顱竟然喀嚓一聲從頸部齊根斷裂，腦袋宛如一個皮球滾到了棺槨裡面，項圈也噹啷一聲滾落了下去。

胡小天和宗唐對望了一眼，表情頗為無辜，的確這腦袋不是他給掰下來的，他檢查了一下敬德皇的頸椎斷裂處，發現頸部斷口光華齊整，顯然是被人一刀切斷。宗唐顯然也看出了這一點，一旁充滿迷惑道：「據我所知敬德皇是病死的，並非他殺。」

胡小天道：「那就是他死了之後腦袋又被人給割了下來，不知他和鬼醫符刓有什麼不共戴天的仇恨。」他放下敬德皇的屍體，伸手去抓起棺槨中的那顆腦袋，人都已經死了，總不能讓他身首異處，還是好心把腦袋和脖子湊在一起，留給敬德皇一具全屍，卻發現角落之中擺放著一根棍子，胡小天拿起一看，卻並不是什麼棍子，乃是此前他曾經見過的光劍手柄。

上次得到的那柄光劍卻是在大康皇宮龍靈勝境的地宮內，後來胡小天將那柄光劍送給了姬飛花，想不到在大雍敬德皇的棺槨之中又見到了一個。

胡小天撿起那柄光劍，這柄光劍和他過去那一柄幾乎一模一樣，只不過在手柄上所刻的文字不同，這兩柄光劍應該分屬於不同的主人。胡小天雖然不認得這上面所刻的文字，不過隱約猜到這上面應該刻著此前主人的名字。他擰動光劍的手柄，發出一聲清脆的咔啪聲，不過，光劍內並無光刃射出，連續旋動了幾下依然毫無反應，看來因為經年日久光劍內部所儲存的能量已經消耗殆盡，當然也不排除光劍本身損壞的緣故，胡小天將光劍收好，又檢查了一遍敬德皇的遺體。

敬德皇應該不是光劍的主人，如果他生前擁有這樣厲害的武器，一定會拿著這柄光劍大殺四方，或許這柄光劍從他得到就已經損壞了。

胡小天又在棺槨內搜索了一會兒，確信再也沒有其他特別的殉葬品，這才捧起敬德皇的腦袋，準備重新安放在屍體的脖子上，可是他又發現一件奇怪的事情，頭顱斷裂的地方竟然和頸部對不上，兩道骨骼的裂痕相差甚多，他將自己的發現告訴了宗唐。

宗唐低聲道：「難道是他的頭顱事先就被人砍了下來？」

胡小天道：「不排除他的頭顱和身體不屬於同一個人的可能。」

宗唐並不明白胡小天的意思，眨了眨眼睛。

胡小天推測道：「有人已經將敬德皇的屍體盜走，弄了一個假的身體和他的腦袋縫合在了一起，這座皇陵埋著的其實只是敬德皇的腦袋，也就是說，敬德皇身上的皮早已被人扒去。」

宗唐道：「那會是什麼人？」

胡小天向一旁蔣太后的棺槨看了一眼道：「盜走敬德皇身體的人應該是和扒蔣太后皮膚的是同一個，根據我所知道的情況，當初蔣太后的屍體曾經被薛勝景盜走，也就是說最可能做這件事的是薛勝景。」

宗唐目瞪口呆道：「他的親生爹娘，緣何會如此殘忍？」他的目光又望向敬德皇的屍體道：「如果惦記敬德皇背後的皮膚，那麼只需將他的皮膚扒掉就是，何須要將他的身體整個盜走？」

胡小天道：「不排除有人想將這件事做得神不知鬼不覺，盜走敬德皇背後的皮膚，還要瞞過所有人的耳目。」

宗唐道：「敬德皇夫婦背後到底是什麼秘密？為何要將他們的皮膚扒走？」

胡小天道：「肯定是一個驚天秘密。」

宗唐只覺得毛骨悚然，他甚至連一刻也不想在這裡待下去了，低聲道：「咱們還是離開這裡吧。」

胡小天點了點頭，兩人將棺槨蓋好，沿著來時的地洞返回，宗唐舉起火炬走在前方，胡小天跟在他的身後，宗唐率先從地洞中爬回上方的盜洞之中，胡小天準備跟上的時候，外面的火光卻突然熄滅，他內心不由得一怔，低聲道：「宗大哥！宗大哥！」

上方無人應聲，胡小天傾耳聽去，以他驚人的耳力都聽不到任何的動靜。

寂靜，死一般的寂靜，胡小天緩緩從地洞中向上攀爬，身體的六識警惕留意著周圍的一切動靜，以他如今的修為，三丈以內即便是羽毛落地的聲音他都能夠清晰察覺到，更不用說在這死一般寂靜的地洞之中。等到了入口處，忽然感覺前方空氣蕩動，刀刃的破空之聲響起，一道尖利的刀芒直奔他的面門劈斬而來。

胡小天臨危不懼，揚起手中的光劍手柄，擋住了對方志在必得的一擊，震開對方刀刃的同時，左手攀住洞口的邊緣，身軀騰空而起，後背在洞頂的石壁上撞了一下，在短時間內已經看清了眼前的狀況，卻見一個黑衣蒙面的男子手握一柄細窄的長刀，就在自己的身下，剛才向自己發動攻擊的那個人就是他。遠處還有一個模糊的身影，從輪廓看應該不是宗唐。

眼前的狀況下胡小天已經顧不上多想，唯有先將對手擊敗，然後再確認宗唐的安危，俯衝下去一拳向對方面門擊落，正是神魔滅世拳，拳風凜冽，將黑暗洞穴中的空氣完全鼓蕩起來。

那黑衣人挺動手中細窄的長刀直奔胡小天的下腹刺去，胡小天這一拳雖然聲勢浩大，可只是虛招，他要抓住時機將對方的長刀奪過來。

遠處傳來一個低沉而嘶啞的聲音道：「啞巴，住手！」

黑衣人聞聲迅速收刀撤退，胡小天看到對方主動撤退，也沒有繼續進逼，而是落在了地上，循聲望去，卻見遠處那個身影手臂一抖，原本因為昏厥在他執掌中的宗唐軟綿綿倒在了地上。

那人在黑暗中點燃了一支火摺子，燃亮手中旱煙的同時也照亮了他蒼老的面容，他的嘴唇一動一動，濃重的煙霧從他的鼻孔中噴了出來，老者低聲道：「若想他活命，你最好乖乖聽話！」

胡小天投鼠忌器，畢竟宗唐被對方控制住，自己如果貿然進擊恐怕會傷害到宗唐的性命。當下咧開嘴笑道：「大家都是求財，何必拚上一個你死我活？不如我們坐下來心平氣和地談談。」心中卻猜測對方可能不是普通的盜墓賊。

老者冷冷道：「老夫籌畫了這麼久，等待了那麼久，想不到卻被你們捷足先登。」

胡小天心中一怔，聽他話裡的意思顯然是衝著蔣太后背後的那塊皮過來的，如此說來此人的身分很可能就是鬼醫符刓。自從宗唐將這個地底盜洞的秘密告訴他之後，胡小天就認定鬼醫符刓只是詐死，其實仍然活在這個世上。

胡小天笑瞇瞇道：「老前輩怎麼稱呼？不如咱們先認識認識？」

那老者唇角露出一絲冷笑，然後從腰間抽出了一柄柳葉刀，抵在了宗唐的頸側，只要他稍稍用力，刀鋒必然刺穿宗唐的頸總動脈。胡小天望著那把手術刀，心中隱然猜到對方十有八九就是鬼醫符刓。

胡小天不禁哈哈大笑起來：「我當是誰，原來您老就是鬼醫前輩！」

老者陰惻惻望著胡小天，陰冷的目光讓人不寒而慄，他低聲道：「小子，將地圖交出來，我放你們一條生路。」

胡小天道：「地圖？什麼地圖？我們只是過來盜墓，可不是為了什麼地圖？」

老者手中的柳葉刀稍稍用力，刀鋒已然刺破了宗唐的皮膚，一縷鮮血沿著他的頸部流了出來：「我沒耐心聽你說廢話，把你們盜取的東西拿出來。」

胡小天歎了口氣，將手中的光劍劍柄扔到了地上，老者白眉一動，低聲道：「不是這個！」

胡小天道：「我只有這個，前輩，其實咱們應該好好談談，肯定可以找到不少的共同語言，前輩的天人萬像圖我也曾經欣賞過，卻不知前輩因何懂得這麼多現代醫學的知識，所謂的天人萬像圖只不過是人體解剖圖譜罷了，從前輩既往做過的事情來看，前輩應該是一位外科專家！不知前輩從何處學來那麼多的外科知識？」

老者雙目中流露出錯愕的光芒，他的喉結動了動，沉聲道：「你是胡小天？」

胡小天笑了起來，看來他猜對了，眼前正是鬼醫符刓，這個世界上可能只有他們才相互瞭解對方的醫術。

鬼醫符刓緩緩點了點頭，他將手中的柳葉刀從宗唐的頸部移開，深邃的雙目打量著胡小天，或許因為胡小天跟他想像中完全不同，他的表情又充滿了疑竇。

事到如今，胡小天也不怕承認自己的真實身分，他轉過身去，悄然恢復了本來的面貌，取下口罩，重新轉過身來，向鬼醫符刓施禮道：「晚輩胡小天參見鬼醫前輩。」畢竟宗唐在對方的控制之中，胡小天禮讓三分，好讓對方放下殺意。

鬼醫符刓望著胡小天道：「我見過你，我也知道你，你也是個流落異鄉的不幸之人！」說到這裡他歎了口氣，將手中的柳葉刀向胡小天晃了晃道：「我本以為在這個世界上不可能再遇到同鄉了，想不到還會跟你相遇，湊巧的是，你我居然還是同行！」

胡小天點了點頭，他的內心不由得激動了起來，鬼醫符刓的這番話無異於已經承認他們兩人全都來自於同一個世界，所以他們才會使用相同的醫療器械，擁有幾乎相同的醫術，只不過自己還年輕，鬼醫符刓卻已經老了，他們有著幾乎相同的遭遇，所以胡小天更能體諒鬼醫在這個世界上漫漫歲月中的孤獨和寂寞，如果不是無路可走，鬼醫符刓應該不會選擇詐死脫困。

可是在世上所有人都以為他已經死去，鬼醫符刓又為何要來到這裡？所有的疑團或許都要他親口解釋。

鬼醫符刓撿起了地上的那個光劍手柄，看了看，然後重新拋還給了胡小天：「你潛入皇陵地宮，該不是過來參觀旅遊那麼簡單。」

胡小天道：「無論前輩信或不信，我來這裡的主要目的都是出自於好奇，你想要的東西並不在我的手上。」

鬼醫符刓道：「我想親眼看看。」

胡小天帶著鬼醫符刓從剛才的地洞重新回到了地宮，耳聽為虛眼見為實，縱然已經知道胡小天和自己來自於同一時空，鬼醫符刓對胡小天仍然無法完全信任，當他看清一切的時候，不禁皺起了眉頭，臉上的表情寫滿了失望。

胡小天沒有欺騙他，從蔣太后背後創口來看，屍體背後的皮膚已被揭走多日。

鬼醫符刓看完之後，不由得喟然長歎：「看來我終究還是晚了一步。」

胡小天道：「敬德皇背後的那塊皮是被你揭走的？」

鬼醫符刓望著胡小天點了點頭，並沒有否認自己曾經做過的事情。

胡小天道：「你應該發現他的身體和頭顱並非屬於同一個人吧？」

鬼醫符刓聞言一驚，胡小天從他臉上的表情就推斷出鬼醫應該沒有發現這件事，他將自己剛才發現的秘密告訴了鬼醫。

鬼醫得悉這個秘密之後，臉上的表情極其古怪，他萬萬沒有想到自己精心計畫的這件事居然從頭到尾都被人瞞過，心中的沮喪實在難以形容。黯然在一旁的石階上坐下，整個人彷彿瞬間蒼老了許多。

胡小天來到他的身邊坐下，伸出手去輕輕拍了拍他的肩膀表示安慰，雖然他們是第一次見面，可因為共同的遭遇，胡小天對他產生一種難言的親切感。

鬼醫符刓道：「你也參加了越空計畫？還有沒有其他人跟你一起？」

胡小天搖了搖頭，目光充滿迷惘道：「什麼越空計畫？連我都不知道自己怎麼到了這裡。」

鬼醫符刓聽他說完此前的經歷，不由得長歎了一口氣道：「看來你只是一個誤打誤撞的闖入者，我說的越空計畫乃是政府的一個秘密計畫，以研究時空跳躍為目的，我們的小隊一共有五個人，我是隊醫，在首次試驗之中就出了問題，我們五人雖然全都落地，可是來到這個世界就出現在戰場之上，我的五名隊友在沒有搞清狀況的時候就已經被亂箭射殺，我僥倖活了下來。」

胡小天道：「有沒有回去的辦法？」

鬼醫符刓搖搖頭道：「沒有，因為本來就是個有去無回的計畫，我只不過是一個普通的隨隊醫生，就算能夠回去，離開了我的那幫隊友我也沒有任何的可能。」

胡小天道：「於是你就留了下來？」

鬼醫符刓點了點頭：「這對我來說是一個嶄新的世界，從我抵達這裡的第一天就從血腥和殘酷中開始，我不得不為如何活下去而拚命掙扎，那種孤獨和困惑你應該懂得。」

胡小天當然懂得，不過和鬼醫符刓相比，他在這個世上的開端要幸運得多，至少降臨在大康戶部尚書之家，一開始也不是落在了殊死搏殺的戰場。他對鬼醫符刓充滿了好奇，如果鬼醫符刓所說的一切屬實，那麼他為何會選擇這個時空，他們的越空計畫的目的何在？既然鬼醫已經註定無法回去，那麼他又為何要詐死？在別人都以為他死後，他為何還要冒險潛入皇陵地宮？他究竟想得到什麼？

鬼醫符刓忽然劇烈咳嗽了起來，肩膀因為咳嗽而劇烈抖動，他掏出一方手帕掩住嘴唇，咳嗽了許久方才停歇。

胡小天望著鬼醫，心中暗忖，醫者不自醫，看來鬼醫符刓的身體狀況也不好。

鬼醫符刓喘口氣，低聲道：「我活不久了。」

胡小天關切道：「什麼病？」

鬼醫符刓道：「應該是肺癌，不過目前已經轉移，我體內的各個器官都已經廣泛轉移，手術已經來不及了。」說到這裡他望著胡小天苦笑道：「如果我在三年前認識你，或許還可以請你幫我切除掉病灶。」

胡小天點了點頭，就算他跟鬼醫沒什麼交情，只衝著他們是同鄉的份上他也會毫不猶豫的這樣做。

鬼醫道：「你一定很奇怪，我為何要潛入皇陵地宮？」他站起身來指了指並排放置的兩具棺槨道：「因為他們的身上有兩幅地圖，這兩幅地圖合併在一起就可以找到無極洞的位置。」

「無極洞？」胡小天不止一次聽說過無極觀，可是無極洞卻是第一次聽說。

鬼醫點了點頭：「我剛剛跟你說過，我們的越空計畫乃是一個有去無回的計畫，這次計畫源於天象局觀測到了一次異常的時空波動，如果你讀過愛因斯坦的相對論，你就應該會瞭解一些這方面的知識……」說到這裡他停頓了一下：「對了，我忘了問你，你生存的年代是？」

胡小天道：「二〇一四年，我最後離開的年代！我來到這裡整整七年了！」

鬼醫符刓的眉頭舒展：「如此說來我比你還要晚來三十年，可是我比你來到這個世界卻要早了四十九年！」

胡小天並不難理解這種情況的發生，在穿越時空的過程中任何的狀況都可能發生，鬼醫符刓針對他而言是一個來自於未來的人，鬼醫符刓在醫術和科技方面應該超過自己許多，二〇四四年的科技已經可以監測到異常的時空波動。

鬼醫符刓道：「你一定知道蝴蝶效應的故事？」

胡小天點了點頭，一隻蝴蝶在巴西震動翅膀，一個月後將在德克薩斯州形成一場超級颶風。

鬼醫符刓道：「蝴蝶效應是指在一個特定的動力系統中，初始條件下微小的變化能帶動整個系統長期巨大的連鎖反應。這通常被稱為一種混沌現象。任何事物發展都存在定數與變數，事物在發展過程中其發展軌跡有規律可循，同時也存在不可預測的「變數」，往往還會適得其反，一個微小的變化能影響事物的發展，說明事物的發展具有複雜多變性。經過無數科學家證明，這一效應法則尤其適用於時空理論，那次的異常時空波動對我們所生存的時空造成了巨大的影響。如果那樣的波動再次發生，又或者更大，那麼我們過去所賴以生存的時空將會遭受無可估量的損失。」他表情嚴峻，顯得極其鄭重。

「不是同一時空的世界怎麼可能？」胡小天並沒有多少這方面的專業知識，只是直覺上感覺到鬼醫符刓的說法有些太過玄妙，可是鬼醫符刓來自的是自己之後三十年的世界，在科技的認識上也至少要比自己提升三十年。

鬼醫符刓的表情絕沒有任何玩笑的成分，他低聲道：「如果你用宇宙來解釋看待時空的概念就會變得非常簡單，將虛幻的時空視為一個個實質的星球，星球彼此之間存在著萬有引力，時空也是這樣，不同時空存在著我們看不到的某種力量聯繫，一旦這種力量的平衡體系被打破……」他並沒有把話說完，可是胡小天卻已經完全領悟了他的意思。這種平衡體系一旦被打破，就會產生一系列可怕的連鎖反應，甚至會毀去他們現在和過去賴以生存的世界。

鬼醫符刓道：「當我意識到所有同伴都已經死去，我就不得不忘記自己此次前來的任務，我想盡一切辦法適應這個世界，活下去才是我首先面對的事情。在這個世界上，我們的醫術是不被認同的，雖然我們的醫術更為現代，我們所掌握的醫學知識更為先進，但是在這個世界上幾乎沒有外科學的概念。」

胡小天心中暗忖，鬼醫符刓在這個世界必然過得很不容易。

鬼醫符刓道：「如果被人知道我的來歷，那麼我將處於危險之中，我不得不學習他們的言行舉止，不得不學習像他們一樣生活，甚至我要娶妻生子，去融入這個世界。」

胡小天點了點頭，其實自己來到這個世界之初何嘗也不是像他一樣，他和鬼醫符刓都屬於這個世界上的異端，只不過他們都還算隱藏得不錯。

鬼醫符刓道：「我很快就意識到自己再也回不去了，經過幾年的努力，我漸漸開始融入了這個世界，擁有了自己的家庭，自己的妻子兒女，就在我下定決心拋開一切準備就這樣平靜生活下去的時候，我忽然發現自己卻並非這個世界上唯一的外來者……」他的臉上流露出惶恐的神情。

胡小天知道他一定和自己一樣發現了這世界上還有其他智慧生命的事實。

鬼醫符刓道：「因為一個偶然的機會，我救了一個大康皇室的女人。」

胡小天低聲道：「凌嘉紫？」他幾乎不假思索就說出了這個名字。

鬼醫符刓目光一亮，他驚詫不已道：「你怎麼會知道？」

胡小天道：「凌嘉紫乃是大康太上皇的愛妃，當初她生下永陽公主的時候因為難產而找到了你，你別忘了，我和永陽公主曾訂過婚，多少瞭解一些她的事。」

鬼醫符刓點了點頭道：「是這個原因，我當時為凌嘉紫做了剖宮產手術，可是我卻發現凌嘉紫的生理結構和正常人類不同。」

胡小天眨了眨眼睛。

鬼醫符刓以為他並不明白自己的意思，繼續解釋道：「雖然時空不同，可是我們和這個世界上的人並沒有太多不同，尤其是生理結構方面，只是他們的恢復和癒合能力遠遠超過我們，可凌嘉紫不同，雖然她的外形跟這個世界上的人沒有任何不同，但是她體內的生理結構完全不一樣。」

胡小天道：「怎麼不一樣？」

鬼醫符刓道：「完全不一樣，你如果親眼見到，就會顛覆你對此前所有生理結構的認識，對了，她的內臟全都是藍色透明的。」

胡小天不由得想起了龍靈勝境裡面發現的藍色頭骨，低聲道：「你有沒有見過藍色透明的頭骨？」

鬼醫符刓身軀劇震，他的雙目不可思議地望著胡小天道：「你見過？」

胡小天點了點頭道：「在大康縹緲山下藏著一個龍靈勝境，我在其中發現了一顆藍色透明頭骨，那頭骨比起正常人頭大上一倍，質地卻很輕，在頭骨旁邊我還找到了一個劍柄。」他將光劍的手柄在鬼醫面前晃了晃道：「跟這個幾乎一模一樣，只不過上面所刻的字完全不同。」

鬼醫符刓明顯激動不已：「你可知道那頭骨何在？」

胡小天搖了搖頭，逢人只說三分話，不可全交一片心，雖然他相信鬼醫符刓和自己來自於同一時空，可這並不代表鬼醫符刓可以相信。

鬼醫符刓喟然歎道：「看來一切冥冥之中早有註定，我當時出手救凌嘉紫，實屬無奈，當我發現凌嘉紫的秘密，有人本想殺我滅口，可後來得一位高人相救，我方才躲過一劫，後來不久就聽說凌嘉紫難產而死，當時我為她手術其實很成功，本該母女平安才對。」

胡小天心中暗忖，鬼醫既然這麼說應該不會有錯，看來一定是有人又出手殺了凌嘉紫。

鬼醫道：「有人以我家人的性命作為交換，讓我從皇宮之中盜取一樣《般若波羅蜜多心經》，我卻在藏書樓中湊巧發現了一個秘密，原來在一百五十年前，在康都郊外棲霞湖曾經發生過一件奇怪的天相，有一個巨大的火球落入棲霞湖中，當時剛巧在附近有士兵操練，被波及傷亡的士兵竟達萬人。」

鬼醫符刓雖然蒐集到了不少的資料，可是比起曾經深入過龍靈勝境的胡小天仍然無法相提並論，胡小天避重就輕，將自己在龍靈勝境發現藍色頭骨的經歷簡單向他說了一遍，鬼醫符刓聽完之後許久沒有說話。

胡小天道：「我想，那火球應該是不慎墜落在棲霞湖的一架飛船，飛船墜落的時候剛巧被大康士兵發現，於是集結兵馬將飛船從湖中拖了上來。裡面的那些天外來客認為遭到了攻擊，於是開啟他們的飛行器跟這些大康將領發生了一場大戰，在這場戰鬥中，有部分人逃離，有部分人被當場擊落，我看到的壁畫上應該是有飛行器墜毀，乘坐其中的兩名天外來客被抓，他們被處死後，頭骨和他們的武器被秘密收藏在大康皇宮內。」

鬼醫符刓點了點頭道：「你分析得很有道理，看來你對這件事比我瞭解的更多。」

胡小天搖了搖頭道：「我瞭解到的情況非常片面，只是剛巧發現了那藍色頭骨，對了，那藍色頭骨究竟有什麼用處？為何會有那麼多人如此看重，圍繞藍色頭骨爭來鬥去？」

鬼醫符刓道：「那些智慧生命跟我們不同，他們應該可以通過某種特殊的方式將掌握的資訊留存在體內，然後傳給後代，縱然他們已經死亡，可是資訊仍然可以存在於他們遺體之上，除非將他們挫骨揚灰，否則資訊永世不滅。」

胡小天想起姬飛花頭戴藍色頭骨時候發生的奇怪現象，心中不禁暗忖，難道姬飛花也是那些天外來客的後代？他當然不會將所有的事情和盤托出，故意道：「你是說我們可以通過那藍色頭骨得到他們的資訊？」

鬼醫符刓搖了搖頭道：「沒可能的，他們的資訊只能傳給自己的後代，就算將頭骨交給我們，我們也不可能從中得到任何資訊。」

胡小天道：「敬德皇和蔣太后他們又是什麼人？他們背後的紋身也和這些事情

有關嗎？」

鬼醫符刓歎了口氣道：「此事說來話長，按照你剛才所說的那幅壁畫來看，那場一百五十年前發生在棲霞湖的戰鬥，當時有兩人被擒獲，還有幾人逃走，這些人的生命要比我們更加長久，不過他們終究也逃脫不了生老病死的規律。逃走的幾人中有人因為無法適應這裡的環境，很快就染病死亡，因為他們的外形和這裡的人有很大不同，所以不便隱藏，但是他們有個最奇怪的地方，就是可以在短時間內完成基因改變和進化，這種事情發生在他們的後代身上。」

胡小天充滿不解道：「後代？他們那個醜樣子怎麼會有人願意給他們生下後代？」

鬼醫符刓道：「這些人做事往往是不擇手段的，為了繁衍生息，他們不惜去掠奪良家女子，強行迫使她們成為生育的工具，畢竟雙方的基因存在很大的不同，生育率很低，而且存活率更低，即便是僥倖存活，他們的基因發生了很大的改變，當然這其中也有這些天外來客自己結合的純正血統的後代。這些後代才是能夠領悟他們資訊，繼承他們優點的天命者。」

「天命者？」胡小天低聲重複道。

鬼醫符刓點了點頭道：「不錯，他們將之稱為天命者，本來他們希望後代得到繁衍，以他們的智慧和科技想要佔領這個世界應該是很容易的事情，然而他們遇到了一個接著一個的問題，他們的內部甚至也出現了分裂，一些人打算放棄努力，終老於這個世界，還有一部分人卻無時無刻不在想著回到他們來時的地方，那艘沉沒於棲霞湖的飛船就成了他們返回的最大希望。」

胡小天點了點頭道：「洪北漠應該也是天命者之一，他在大康修建皇陵，真正的目的就是用來掩蓋他維修飛船的事實。」

鬼醫符刓呵呵笑了一聲道：「哪有那麼多的天命者？天命者的血統必然純正，不可摻雜任何異族基因，我所見過的人中，只有凌嘉紫才算得上真正的天命者！」

胡小天皺了皺眉頭，如果凌嘉紫是天命者，那麼七七也有可能，如果七七是血統純粹的天命者，那麼她就不可能是龍燁霖的後代，她的親爹應該另有其人。只是凌嘉紫既然是天命者，那麼她又為何要屈就嫁給龍燁霖？成為大康的太子妃呢？她的族人因何會對這件事坐視不理？

鬼醫符刓道：「天命者最強大的地方，就是隨著年齡的增長，他們的意識就會開始慢慢復甦，上一代遺留給他們的知識和記憶會在他們的腦海中一點一滴地回憶起來。」

胡小天望著鬼醫符刓，他知道的事情果然不少，難道這些全都記錄在大康皇室的典籍之中？應該並不可能，如果一切都有記錄，恐怕大康皇室絕不會容留凌嘉紫和七七活命。不過從他描述的情況來看，七七正符合天命者的特徵。

鬼醫符刓道：「這些天外來客無時無刻不在想著奪回飛船，在棲霞湖的事情發生之後，當時大康皇帝下令將棲霞湖填平，連同其中的秘密一起全都埋葬起來，當時負責這件事的乃是一個名叫薛尚武的將軍。」

胡小天對大康歷史上的官員並不熟悉，可是鬼醫符刓的解釋馬上又引起了他的重視：「薛尚武乃是大雍開國皇帝薛九讓的父親。」

鬼醫符刓道：「薛家之所以能夠自立為王，到後來發展壯大，和大康分庭抗禮，其實和某種神秘力量的背後支持有關。棲霞湖的事件之後，大康朝廷將此作為最高機密，因為那場戰爭死傷慘重，他們對天外來客提起了足夠的重視，開始組建秘密部隊在全國範圍內查詢那些天外來客的蹤跡，對他們進行追殺。」

胡小天點了點頭，低聲道：「這些天外來客為了在這個世界中存活下去，不得不分裂大康，幫助薛家在北方建立起一個全新的國度。」

鬼醫符刓欣賞地望著胡小天道：「不錯！雖然我沒有確切的證據，可是薛家的祖上必然和那些天外來客達成了某種秘密協議，否則他們也沒可能在短時間內猶如彗星般崛起中原，甚至超越大康從大康的手中將中原霸主的地位奪走。可是任何族類都會有內部鬥爭，那些天外來客後來內部分裂成為兩派，一派是準備自生自滅，不去打擾這個世界的一切規則，還有一派就是要想盡辦法返回他們的故鄉，不惜採取任何的手段，我也是在為凌嘉紫行剖宮產之後，方才得悉了其中的不少秘密。我才推斷出原來當初我們的任務和他們飛船墜毀有關，正是那次的事故引發了時空波動，從而引起了我們過去世界的足夠重視，為了避免時空的力量平衡被打破，所以派出我們的小隊消除隱患，本來我們的出現應該是飛船降落之前，可是在我們實行越空計畫的具體過程中出現了偏差。」

胡小天現在已經基本明白了鬼醫符刓的來歷，他低聲道：「想要消除隱患最直接的辦法是毀掉飛船。」

鬼醫符刓道：「我們根本沒有那個力量，你根本不知道他們的強大，其實大康和大雍的局勢根本都是在他們的執掌之中，是他們故意讓雙方分庭抗禮，彼此爭鬥，相互消耗對方的力量。」

胡小天道：「如果他們真有那麼厲害，為何不直接將所有國家滅掉，換成自己來統治這個世界？」

鬼醫符刓道：「如果他們能夠不斷繁衍或許真的會這樣做，可是他們在這方面存在著致命的缺陷，他們的生育率低下，來到這個世界一百多年，非但沒能繁衍壯大，反而人才凋零，無論他們的自體如何強大，都不可能以幾個人的力量去統治這個世界。他們也曾經想通過控制一些人來達到掌控一切的目的，可是人性的貪婪和背叛讓他們嘗盡苦頭，所以他們中的一些人越發堅定了返回的念頭，他們要找到並修復那艘飛船。」

胡小天道：「如果只是想走倒也是一件好事，大家可以拍手歡送。」他隱然發現鬼醫符刓和那些天外來客的聯繫可能非常密切，否則又怎會知道那麼多的內情？

鬼醫符刓搖了搖頭道：「他們來到這個時空也不是偶然，他們所在世界的資源已經枯竭，必須尋找新的更適合他們生存的環境，如果他們修復了飛船，將資訊傳遞出去，他們的同類就會通過時空跳躍源源不斷地來到這裡，這個世界將會徹底淪陷，不僅如此，連我們昔日的世界也會受到他們的威脅。」

胡小天點了點頭，鬼醫符刓說得已經夠清楚了，兩人來到這個世界的初衷不同，鬼醫符刓從一開始就作為世界的拯救者而到來，可自己卻從未想過要去拯救什麼人，要承擔多麼光榮而艱巨的任務。胡小天感覺鬼醫符刓仍然沒有把事情說明白：「敬德皇和蔣太后身上的紋身究竟代表著什麼？」

鬼醫符刓道：「那應該是聯絡那些神秘天外來客的唯一方式，據我所知，當年來到這裡的人中存活下來的應該還有一個，想要見到此人，就必須要通過紋身上的資訊，也只有他可以改變一切。」他的目光黯淡了下去：「我隱姓埋名那麼多年就是為了找到這個人，在我的有生之年或許還可以為這個世界，為過去那個世界做一些事，可現在看來似乎來不及了。」鬼醫符刓的唇角露出苦澀的笑容，對這個世界的多數人來說他等同於先知，可是他可以看透一切，卻仍然無法把握自己的命運。

胡小天道：「就算你見到那位天命者，又怎麼知道他一定會幫你？」

鬼醫符刓低聲道：「因為他欠我一個人情！很大的人情！」他並未告訴胡小天那人究竟欠他怎樣的人情，可是他篤信的表情卻讓人感覺到他擁有足夠的把握。

胡小天發現自己和鬼醫符刓還是有著很大的區別，或許是因為經歷的不同，他寧願相信自己，也不肯將命運交給別人去主宰，他來到這個世界的時間雖然不如鬼醫符刓，可是他卻看到了太多的勾心鬥角和爾虞我詐，這讓他很難對他人建立起信心，一路走到現在，生活的磨礪讓他變得更加積極主動，當然這和他的迅速成長有關，與日俱增的不僅僅是他的武功，還有他不斷擴張的勢力，如今的胡小天完全可以在這片土地上立足。

鬼醫符刓卻走上了和他完全不同的道路，不同於他誤打誤撞進入這個世界，鬼醫符刓從一開始就帶著使命而來，時間點和降落地點的偏差讓他從一開始就陷入掙扎求生的境地，為了活命，鬼醫不得不委曲求全，不得不忍氣吞聲，隨波逐流掙扎求生在這個陌生的人世間。

從鬼醫符刓剛才的那番話，胡小天隱約覺察到鬼醫應該一度準備放棄任務，守著妻子兒女平平淡淡地生活一輩子，可是後來應該是他遇到了一件足以改變他人生的大事，也許就是凌嘉紫，也許是別的事情，總之促使鬼醫下定決心重新拾起昔日尚未完成的任務，繼續他的越空計畫，然而一切似乎已經來不及了。

胡小天道：「你說的這個人藏身在什麼地方？」

鬼醫符刓的目光變得迷惘，他低聲道：「無極洞，可是沒有人知道無極洞在什麼地方。」

胡小天道：「那倒未必，我曾經見過幾個無極觀出身的人。」言下之意就是通過那些人或許可以追問出無極觀的下落，無極洞想必和無極觀有所關聯，只要找到無極觀就應該可以找到無極洞。

鬼醫符刓淡然道：「只怕他們早已斷了聯絡。」

胡小天道：「解決這件事沒必要找什麼無極洞，只要將昔日他們留下的那艘飛船毀去，一切自然迎刃而解。」

鬼醫符刓搖了搖頭道：「你將這件事想得太簡單了，洪北漠那些人的實力遠比你想像中要強大得多。」

胡小天道：「他若是真的厲害，早就修復了飛船，也不要等到現在。」

鬼醫符刓道：「洪北漠並非天命者，所以他無法得到足夠的資訊，自然無法修復那艘飛船，可是一旦被他找到真正的天命者就完全不同了。」

胡小天不由得想到了七七，現在看來七七應該就是鬼醫口中的天命者，隨著她的成長，昔日母體遺傳給她的記憶也在迅速復甦，一旦當她傳承了凌嘉紫全部的記憶，那麼她也就擁有了修復飛船的能力。

鬼醫符刓道：「當初因飛船降落的幾個人也和我們的小隊一樣分工明確，據我估計被大康俘獲並殺死的兩個人恰恰是負責飛船維修技術的隊員，正是因為他們的死才造成了其他人的羈留，這些年來他們一直都在致力於尋找和修復飛船。」

胡小天道：「若非陰差陽錯，當年大康及時發現了他們的蹤跡並殺死了兩名關鍵人物，也許他們早已將資訊傳回了家鄉。」

鬼醫符刓歎了口氣道：「正是如此，一旦他們修復飛船，後果將會不堪設想，這個世界很可能會被完全毀滅，從而導致一連串的連鎖反應，時空的力量平衡體系會被打破，我們昔日生存的世界將會因此而遭遇一場前所未有的天崩地裂……」他的話戛然而止，雙手捂住腹部，額頭上冷汗簌簌而落，體內的癌腫突然發作了，疼痛讓他根本說不出話來。

胡小天同情地望著鬼醫，如果鬼醫的病情屬實，那麼他無疑已經過了做手術的最佳時間，在缺少放化療條件的當下，鬼醫應該來日無多了。

胡小天忽然想到了任天擎，那個玄天館出身的神秘人物，不知他的醫術對鬼醫有無作用？胡小天低聲道：「你對任天擎和玄天館有沒有瞭解？」

鬼醫這會兒疼痛稍稍減緩，他淡然笑道：「天外來客雖然也掌握了高深莫測的醫術，但是他們生理結構和這個世界的人存在著太多的不同，所以他們的醫術對這裡的人並不適用，玄天館的醫術應該有不少源於那些天外來客，雖然並沒有真正得到其中的精髓，可也足以讓玄天館傲立於這個世界了。」

胡小天道：「任天擎會不會是那些人的後代？」

鬼醫道：「不清楚，不過縱然不是他們的後代，也跟那些人有著密切聯繫。」他長歎了一口氣，搖了搖頭道：「我已經時日無多了，原本指望著能夠找到無極洞，說服天命者出山，如果他能夠活到現在的話……」言語之間流露出頗多感觸。

胡小天道：「你所說的這個天命者，是不是當年唯一存活到現在的那個？」

鬼醫符刓點了點頭，臉上的表情顯得有些黯然，連他也無法確定那天命者可不可以活到現在，他的病情漸趨惡化，癌腫已經在全身範圍內轉移，根據他既往的經驗，他的性命最多還剩下三個月的時間，或許上天準備給他一個機會，剛巧在此時蔣太后去世，鬼醫符刓也終於有了一個可以深入皇陵取走蔣太后後背紋身的機會，可是卻沒有想到有人已經捷足先登。更讓鬼醫符刓沒想到的是，連他昔日盜走的那塊皮膚都是假的，敬德皇的身體和頭顱根本不屬於同一個人。

鬼醫本來以為自己在臨死前還擁有一次完成任務，拯救人類的機會，可現在方才完全明白，自己一直以來都被人騙過，他當時潛入皇陵的時候，只顧著從敬德皇的身上揭走皮膚，卻沒顧得上觀察有何異常，現在方才留意到敬德皇的脖子上戴著半寸寬度的黃金項圈，正是這個項圈擋住了頭和身體的破綻，將他騙過。現如今一切都已經晚了，他再也沒有找到天命者的辦法，更何況他身患絕症，就算能夠找到，他也沒有機會勸說對方了。

鬼醫的目光投向胡小天，原本黯淡的眼神卻陡然變得明亮了許多。

胡小天被他看得有些不自在了，苦笑道：「您為何這樣看著我？」

鬼醫低聲道：「你還有機會！」

胡小天道：「拯救全人類嗎？」他搖了搖頭道：「我沒有那麼崇高的理想，也沒什麼遠大的抱負，只想著能夠在這裡安穩一生足矣！」

鬼醫符刓道：「難道你的家鄉沒有親人和朋友？難道你眼睜睜看著生養自己的世界就此毀滅？」

胡小天呵呵笑了一聲道：「我不是什麼救世主，所謂蝴蝶效應我也相信，可是我並不認為這裡發生的一切會影響到我們曾經所在的那個時空。」胡小天意識到鬼醫符刓肯定還有很多事情瞞著自己，現在他有求於自己，明顯期望自己能夠接過他的使命，趁著這個機會一定要讓鬼醫符刓將所有的事情都跟自己說清楚。

鬼醫符刓因為胡小天的態度而焦急起來：「難道你不想回去？」

胡小天內心一震，表面卻仍然風波不驚，平靜望著鬼醫道：「回得去嗎？」

鬼醫符刓點了點頭。

胡小天呵呵笑道：「你若是回得去，還會羈留在此？」這是個簡單至極的道理，鬼醫符刓之所以留在這裡，顯然是沒有返回昔日時空的辦法。

鬼醫符刓低聲道：「回得去，那艘飛船擁有空間跳躍的能力，能夠返回他們的時空，就有可能回到我們的時空。」

胡小天又搖了搖頭道：「就算我能夠搶到那艘飛船，可是我對操作飛船方面一無所知，我又如何去操縱它？」

鬼醫符刓道：「未必你去操縱它，只要你能夠奪取飛船，自然會有人幫你。」

胡小天靜靜望著鬼醫符刓，他能夠斷定鬼醫符刓仍然不肯向自己說實話，鬼醫符刓顯然不是孤身一人，在他的背後必然還有很多的幫手，否則他又怎麼可能在短期內挖出如此規模的盜洞？他說越空小隊其他人都死了，也只是他的一面之詞，未必可信。

胡小天道：「什麼人幫我？」

鬼醫符刓低聲道：「啞巴，他由我撫養長大，幾乎學會了我所有的知識。」

胡小天笑道：「你是說他會開飛船？」

鬼醫符刓道：「沒有你想像中神通廣大，我也不可能在目前這種情況下訓練出一名宇航員，可是他知道如何將這裡的時空座標傳送回我們的世界，只要求救信號發出去之後，很快就會有人過來救援。」

胡小天道：「這一切只不過是你的猜測！既然你知道如何發出求救訊號，為何自己不動手？」他對鬼醫符刓仍然充滿疑心。

鬼醫符刓道：「那件東西已經耗盡了所有的能量，沒有能量只是一塊廢鐵，只有找到飛船利用飛船的能量才能實現。」他意味深長地望著胡小天道：「奪得飛船就意味著你有了返回的希望。」

胡小天淡然笑道：「你剛才不是說洪北漠的實力深不可測，現在又勸我去奪飛船，是不是有些前後矛盾？」鬼醫雖然道出了不少的內情，可是仍然有很多的秘密不肯說出來。

鬼醫符刓望著前方的兩具棺槨道：「我已經沒有機會再找到天命者並說服他放棄，你說得對，而今之計唯有控制那艘飛船才能保住這裡的一切。」

胡小天毫不客氣地說道：「只怕你真正想要保住的是你過去生存的世界吧？」

鬼醫符刓道：「那裡也是你的家園，難道你不想回去？」

胡小天搖了搖頭道：「曾經想過，現在已經不想了，就算回去我未必能夠過得更好。」

鬼醫符刓道：「即便是你已經習慣了這裡的一切，可是別忘了這裡也面臨著危機，一旦洪北漠將皇陵中的飛船修復成功，就會為這個世界帶來滅頂之災！」

胡小天淡然道：「對我來說，能多活一天就賺上一天，又何必去做那些吃力不討好的事情。世界那麼多，縱然你救得了這個世界也救不了所有的世界，還是安心做個平凡人，別想著去當什麼救世主了。」他伸出手去拍了拍鬼醫符刓的肩膀，低聲道：「多多保重吧！」

鬼醫符刓看到胡小天不為所動，心中不禁失望萬分，望著胡小天漸行漸遠的背影，他忽然道：「假如我可以給你一座寶藏呢？」

胡小天停下了腳步，唇角露出一絲會心的笑意，其實就算沒有遇到鬼醫符刓，他也會在適當的時候去阻止洪北漠。鬼醫符刓的這番話未必都是真的，可是有一點他沒有說錯，一旦洪北漠修復了皇陵中隱藏的飛船，那麼將會給這個世界帶來滅頂之災。胡小天並沒有活夠，他開始漸漸愛上了這裡的一切。

鬼醫符刓道：「我有一張藏寶圖，裡面的寶藏富甲天下，得此寶藏可安邦定國，就算你不肯回去，依靠這座寶藏足可以一統天下，睥睨眾生！成為這一世界的王者。」

胡小天緩緩轉過身去，靜靜望著鬼醫符刓：「你還有多少瞞著我的事情呢？」他對鬼醫的話越發懷疑，既然有這樣的好事，為什麼鬼醫自己不用？

鬼醫苦笑道：「我時日無多了，瞞你還有什麼意義？你信我也罷，不信我也罷，我都要選擇一個可以託付之人，這個世界上沒有比你更加合適的人選了。」

胡小天道：「你不擔心我得了你的寶藏，卻不肯兌現對你的承諾？」

鬼醫搖了搖頭：「若是你都不肯做，我也算盡力了，衝在你我來自同鄉的份上，就當是我送你的一份禮物吧。」

胡小天望著鬼醫，將信將疑。

鬼醫道：「一個月後我會將藏寶圖送到你的手中。」

胡小天呵呵笑了一聲，鬼醫符刓畫餅充饑的本事還真是不小，他向鬼醫拱了拱手道：「就此別過，多多珍重！」走了幾步卻再度停下腳步道：「在你的時代，癌症仍然沒有被攻克嗎？」

鬼醫符刓聽出他對自己的懷疑，輕聲道：「我若是死了，你如果有興趣可以解剖我的屍體證明一切！」

胡小天並沒有轉身，輕聲道：「我沒興趣！」

宗唐醒來的時候，發現自己已經在藥神廟內，身邊篝火熊熊燃燒，胡小天就坐在一旁守著自己，宗唐揉了揉痠痛的脖子，愕然道：「到底發生了什麼？」他的目光向藥神像望去，一切都已經回復原位，周圍也沒有任何其他人在。

胡小天道：「沒什麼，就是遇到了兩個盜墓賊，你被偷襲了！」他沒有告訴宗唐實情是因為事情太過匪夷所思，以宗唐的認識是不可能相信發生的這一切的。

宗唐不禁有些後怕：「這裡已經被人發現了？」

胡小天輕聲道：「或許是鬼醫符刓，或許是其他人，總而言之這裡已經不再是秘密了。」

宗唐點了點頭道：「可以將之毀去。」他們父子當初留下這條通道之初只是為了給自己人留下一條後路，可現在既然已經暴露，這條通道也沒有了留下的必要。

胡小天搖了搖頭道：「算了，我想他應該不會聲張。」

宗唐低聲道：「鬼醫符刓，一定是鬼醫符刓！」

鬼醫符刓靜靜站在山林中，望著夜色中的藥神廟，他的表情陰沉而悲傷，突然轉過身去，一手扶住樹幹，一手捂住口鼻，他的肩膀因為咳嗽而劇烈顫抖著，他在竭力克制著自己發出聲音。

啞僕站在他的身邊憂心忡忡地望著他。

鬼醫符刓許久方才平息下來，喘了口氣，低聲道：「我時日無多了，我若死了，還有誰能挽救這一切？」

啞僕望著他，張大了嘴巴右手用力拍了拍胸脯。

鬼醫符刓笑得慘澹：「人心叵測，這世上又有誰能像你一樣忠誠？又有幾個真正懂得知恩圖報？」他的目光再度回到藥神廟，專注地看了一會兒道：「他說得未必是實話，以為我是那麼容易騙過的嗎……」話未說完他又捂住了嘴巴，身體彎曲成一張顫抖的弓。

隨著北方寒潮的到來，雍都的天氣變得越發寒冷了，簡融心獨自一人坐在客棧之中，心中有些惶恐，胡小天已經出去了整整一天一夜，至今仍然沒有回來，她不免有些擔心，在這個世上能讓她信任的人已經不多，想到了胡小天她不禁有些頭疼，倒不是關心所致，而是醉酒的緣故，想起昨天胡小天灌醉自己的情景，簡融心不禁咬了咬櫻唇，雖然知道胡小天是好意，可這廝利用這樣的手段對付自己也實在太不光明了，而且她更為擔心的是，自己有沒有在胡小天的面前說錯了什麼話？

簡融心聽到了門外的說話聲，她有些激動地站起身來，從門縫中向外望去，看到的卻是夏長明和店小二說著什麼。到午飯的時間了，這個時候店家會送飯過來。

夏長明接過食盒來到簡融心的門前，輕輕敲響了房門，恭敬道：「飯我放在外面了。」

房門打開了，簡融心的身影出現在夏長明的面前，利用秦雨瞳送給她的面具，她已經搖身一變成為一個瘦弱的婦人，簡融心輕聲道：「夏先生，你知不知道胡公子去了哪裡？」

夏長明停下腳步，正要回答她問題的時候，卻聽到外面傳來胡小天爽朗的笑聲：「我回來了！」

胡小天回來了，簡融心卻拎起食盒悄然走入房內。

夏長明來到胡小天的面前，微笑道：「公子回來了！一切還順利嗎？」

胡小天點了點頭，向夏長明低聲道：「她醒了？」

夏長明詭秘一笑：「昨晚就醒了，醒來就找您。」他壓低聲音道：「估計是要找您算帳呢。」

胡小天啞然失笑，這他倒是沒有想到，看昨天簡融心的醉態本以為她要一直醉到今天中午才能醒呢。不過以簡融心的智慧應該能夠理解自己灌醉她的本意，主要是因為自己不忍心看她太過痛苦。

夏長明道：「對了，秦雨瞳回去了。」

胡小天皺了皺眉頭，秦雨瞳並不知道他們已經轉移到了這裡，所以她只能返回他們先前的藏身之處。

夏長明道：「公子不必擔心，安翟在那裡安排了人留守，已經第一時間告訴她轉移的事情，如今她安全離開了那裡，暫時住在城西清雅客棧。」

胡小天點了點頭指了指簡融心的房間，意思是自己先去見見她，有什麼話回頭再說。

夏長明笑道：「公子回來，我就能安然身退了，我去觀察一下狗頭山和劍宮那邊的情況。」

胡小天叮囑夏長明道：「凡事小心，千萬不可輕舉妄動！」

夏長明離開之後，胡小天整理了一下衣袍方才敲響了簡融心的房門，裡面傳來簡融心淡漠的聲音道：「門沒關，你自己進來就是。」

胡小天推開房門走了進去，房間內火盆燒得正暖，從嚴寒的戶外走入室內有種從嚴冬突然到了春天的感覺。

簡融心已經在桌上擺好了飯菜，讓胡小天意外的是，紅泥小火爐上居然還燙著一壺酒。

胡小天目光在酒壺上瞥了一眼，唇角露出一絲意味深長的笑意。

簡融心道：「還沒吃飯吧？一起吃！」

胡小天故意道：「喝兩杯暖暖身子？」

簡融心輕聲道：「昨天都不知道自己是怎樣喝醉，所以想在清醒的時候仔細回憶一下！」說起這件事兩道秀眉不由得豎立起來，向來溫柔賢淑的簡融心也是有脾氣的，以這樣的表情顯示出對胡小天此前作為的不滿。

胡小天呵呵笑了起來。

簡融心拿起一個大碗給他斟滿。

胡小天也不客氣，端起大碗一口氣就喝乾了，一碗熱酒下肚，周身暖烘烘的無比受用。

簡融心道：「早知道醉酒那麼難受，我說什麼都不會上你的當。」

胡小天道：「一醉解千愁，醉了睡了可以暫時忘記很多的事情。」

「可酒醒之後卻越發的頭痛，那些困擾你的事情仍然深刻在你的記憶裡。」簡融心幽然歎了口氣道：「所謂一醉解千愁，無非是自我欺騙罷了，我終於明白，為何有些人總是不停地喝醉，因為他們想不停地麻醉自己。」剪水雙眸看了看胡小天道：「若是那樣，活著和死去又有什麼分別？」

酒壺中的酒只夠倒滿一碗，胡小天再想喝已經沒了。

簡融心道：「我昨天有沒有說胡話？」

胡小天笑道：「你又不姓胡怎麼會說胡話？」

簡融心俏臉一熱，沉默了下去。

胡小天意識到自己無意中說的一句話可能又被她解讀成一種調笑，趕緊解釋道：「你沒說什麼，只是醉酒後吐了我一身。」

簡融心的臉紅了，有生以來她還從未如此失態過，尤其是在一個男子的面前，她咬了咬櫻唇道：「對不起！」

胡小天道：「應該說對不起的那個人本該是我才對，我本來以為可以幫你解憂，卻想不到害得你如此難過。」

簡融心搖了搖頭道：「沒什麼好難過的，我已經失去了一切，又何必在乎僅存的那點尊嚴呢？」雖然她已經不記得了，可是她相信自己在胡小天的面前一定是醉態百出，每念及此都有些無顏以對。

胡小天聽出她仍然對酒醉之事耿耿於懷，微笑道：「其實你也沒說什麼秘密的事情，只是說您父親簡大學士是如何風采，書畫雙絕。」其實胡小天根本就是根據他瞭解到的一些情況說出來，只是為了化解簡融心的尷尬。

簡融心點了點頭，雖然將信將疑，可聽胡小天這樣說畢竟好過一些，小聲道：「我還說了什麼？」想起死去的父親心中難免有些憂傷。

胡小天道：「沒什麼，就是說你的婚姻並非是你自己的主意，全都是奉了父親的命令，你跟他之間並沒有太深的感情。」這話完完全全就是胡小天的杜撰了。

簡融心俏臉緋紅，心中暗暗慶幸，幸虧自己沒有將夫婦兩人之間的秘密說出來，若是讓胡小天知道她和李沉舟是一對有名無實的假夫妻，只怕羞都要羞死了。

胡小天看到簡融心的情緒始終平靜，也為她感到高興，哀莫大於心死，或許簡融心看到李沉舟和薛靈君恩愛的一幕已經徹底斷絕了對他的感情，如果簡融心酒後所說的那番話屬實，那麼她和李沉舟的恩愛也只不過是在人前的假像罷了。

胡小天又道：「聽說簡姑娘書畫雙絕，改日有機會的話一定要向你討教。」

簡融心忽然想起了一件事：「哎呀，我倒忘了！」

胡小天道：「什麼事情？」

簡融心道：「我昨日去東林書院渾渾噩噩，總覺得有什麼事情未做，可一時間又想不起來，經你一說我倒想起來了。」她起身道：「我還要回去一趟。」

胡小天道：「什麼事情如此重要？」

簡融心道：「我爹說過他曾經在側柏下埋了一罈女兒紅，本來我嫁人的時候應當要取出來，可惜他忘了，他說若是有一天他離開了人世，就讓我將那罈酒取出灑在他的墓前。」

胡小天心中暗忖，如果僅僅是一罈酒好像也沒多麼重要，不過對他如此，對簡融心卻不同，畢竟是她父親生前的囑託，身為兒女無論如何都要完成父親的願望。

簡融心卻道：「我爹特地交代我這件事，這麼重要的事情居然被我給忘了。」

胡小天道：「此事你也無需親自出面，我去就是！」

簡融心愕然道：「你？」

胡小天道：「自然是我，難道你還想大搖大擺地去東林書院內挖出那罈女兒紅？自然要神不知鬼不覺地摸進去，偷偷將那罈酒挖出來。」他說做就做，起身道：「我去去就來，你只管在這裡耐心等我，最多一個時辰，我將那罈女兒紅給你帶回來。」

簡融心看到他馬上就要去辦，心中不由得一陣感激，這世上竟然還有一個人對她的話如此重視，輕聲道：「其實也不用如此著急，等幾天再做也不遲。」

胡小天道：「畢竟是你父親的心願，我若是不幫你完成，恐怕你很難心安。」

簡融心小聲道：「那……你小心些！」

胡小天趁著夜色出門，來到外面，看到街道上行人不少，隨著雍都局勢的平靜，城內的戒嚴令也已經解除，這兩日人們又開始出來正常活動，畢竟臨近新年，老百姓忙著走親訪友，置辦年貨，胡小天心中暗忖，看來今年要在雍都過年了。

來到東林書院外面，沿著書院的圍牆轉了一圈，尋到無人之處，足尖一點噌的一聲飛縱而起，越過院牆宛如一片落葉般輕輕落在書院內，胡小天記憶力驚人，徑直來到簡融心昨日帶他來過的院子裡，找到那棵側柏。

簡融心一直都在焦急等待，看到胡小天果然在約定的時間內返回，驚喜迎了上去：「你回來了？」

胡小天點了點頭，將新鮮出土的陶罐放在簡融心面前的桌子上，他笑道：「這罈酒我原封不動地帶回來了，只是這裡面好像不多了。」

簡融心抱起酒罈晃了晃，也是頗感驚奇道：「裡面好像沒有多少了。」

胡小天建議道：「不如打開來看看？」

簡融心嗯了一聲，胡小天得到她的應允，利用匕首刮去表面的蠟封，將木塞拽開，裡面卻有一股刺鼻的味道傳出，胡小天皺了皺眉頭，這味道絕不是酒香。

簡融心也不由得皺了皺眉頭：「什麼味道？好古怪？」

胡小天湊在罈口向裡面看了看道：「好像有東西！」

簡融心找了一個銅盆，讓胡小天將其中的東西倒出來，胡小天將裡面的液體小心倒出，從中竟然有一卷皮革樣的東西隨之落了出來，此外還有一個蠟丸。

胡小天撿起那張皮革，握在手中，內心中就變得忐忑起來，這東西分明就是一張人皮，他不由得聯想起皇陵中，敬德皇和蔣太后神秘失蹤的背部皮膚，從這罈女兒紅埋藏的時間來看，初步可以排除蔣太后的可能。

胡小天借著燈光仔細望去，這張尺許見方的東西必然是人皮無疑，酒罈中的液體絕非是什麼女兒紅，而是一種防腐劑，所以才能經歷這麼多年始終讓這張皮保持原樣不腐。

「什麼？」簡融心問道。

請續看《醫統江山》第二輯卷十五 千幻魔眼

醫統江山 II 卷14 生死相搏

作者：石章魚
發行人：陳曉林
出版所：風雲時代出版股份有限公司
地址：10576台北市民生東路五段178號7樓之3
電話：(02) 2756-0949
傳真：(02) 2765-3799
執行主編：劉宇青
美術設計：許惠芳
行銷企劃：林安莉
業務總監：張瑋鳳

初版日期：2021年3月
版權授權：閱文集團
ISBN：978-986-352-957-6
風雲書網：http://www.eastbooks.com.tw
官方部落格：http://eastbooks.pixnet.net/blog
Facebook：http://www.facebook.com/h7560949
E-mail：h7560949@ms15.hinet.net
劃撥帳號：12043291
戶名：風雲時代出版股份有限公司

風雲發行所：33373桃園市龜山區公西村2鄰復興街304巷96號
電話：(03) 318-1378
傳真：(03) 318-1378
法律顧問：永然法律事務所 李永然律師
北辰著作權事務所 蕭雄淋律師

行政院新聞局局版台業字第3595號 營利事業統一編號22759935

定價：270元

國家圖書館出版品預行編目資料

醫統江山 第二輯／石章魚 著. -- 臺北市：風雲時代，2021.02- 冊；公分

ISBN 978-986-352-957-6（第14冊；平裝）

857.7 109021687